Jane Austen

Persuasão

EXCELSIOR
BOOK ONE

São Paulo
2021

Persuasion (1818)

© 2021 by Book One
Todos os direitos de tradução reservados e protegidos pela Lei 9.610 de 19/02/1998. Nenhuma parte desta publicação, sem autorização prévia por escrito da editora, poderá ser reproduzida ou transmitida sejam quais forem os meios empregados: eletrônicos, mecânicos, fotográficos, gravação ou quaisquer outros.

Tradução	*Lina Machado*
Preparação	*Tainá Fabrin*
Revisão	*Silvia Yumi FK*
	Tássia Carvalho
Arte, capa, projeto gráfico e diagramação	*Francine C. Silva*

Dados Internacionais de Catalogação na Publicação (CIP)
Angélica Ilacqua CRB-8/7057

A95r Austen, Jane, 1775-1817
Persuasão / Jane Austen; tradução de Lina Machado. – São Paulo: Excelsior, 2021.
240 p.
Bibliografia
ISBN 978-65-87435-29-9
Título original: *Persuasion*
1. Ficção inglesa I. Título II. Machado, Lina

21-1702　　　　　　　　　　　　　　　　　　CDD 823

tipografia   adobe devanagari
impressão   coan

Capítulo 1

Sir Walter Elliot, de Kellynch Hall, era um homem que, para sua própria diversão, nunca lia outro livro além dos Anais do Baronato; neste encontrava ocupação para as horas de ócio e consolo para as de aflição. Por meio dele, sua admiração e respeito despertavam ao contemplar os poucos remanescentes dos primeiros títulos; com ele quaisquer sentimentos indesejáveis provocados por assuntos domésticos se transformavam naturalmente em pena e desdém, conforme folheava a quase interminável lista de novos títulos concedidos no último século. E, caso todas as outras páginas não surtissem efeito, nele podia ler a própria história com um interesse que nunca arrefecia. Era nesta página que seu volume favorito estava sempre aberto:

"ELLIOT DE KELLYNCH HALL.
"*Walter Elliot, nascido em 1º de março de 1760, casado em 15 de julho de 1784 com Elizabeth, filha de James Stevenson, cavalheiro de South Park, no condado de Gloucester, com esta senhora (falecida em 1800), teve: Elizabeth, nascida em 1º de junho de 1785; Anne, nascida em 9 de agosto de 1787; um filho*

natimorto, em 5 de novembro de 1789; e Mary, nascida em 20 de novembro de 1791."

O parágrafo havia saído do tipógrafo exatamente assim, porém Sir Walter o havia aprimorado adicionando para a própria informação e a de sua família, após a data do nascimento de Mary, as seguintes palavras: "Casada em 16 de dezembro de 1810 com Charles, filho e herdeiro do cavalheiro Charles Musgrove, de Uppercross, do condado de Somerset" e inserindo o dia exato no qual perdera a esposa.

Seguia-se, então, o relato da história e da ascensão da antiga e respeitável família, nos termos habituais: como havia inicialmente se instalado em Cheshire; como era mencionada por Dugdale; como seus membros ocuparam o cargo de xerife de condado, representando um município em três parlamentos sucessivos; as demonstrações de lealdade e a elevação ao baronato durante o primeiro ano do reinado de Charles II; detalhando todas as Marys e Elizabeths que haviam desposado; preenchendo assim duas belas páginas duodécimas, concluindo com o brasão e o mote – Residência principal, Kellynch Hall, condado de Somerset – e, mais uma vez na caligrafia de Sir Walter, a seguinte conclusão:

"Herdeiro pressuposto: o cavalheiro William Walter Elliot, bisneto do segundo Sir Walter."

A vaidade era a característica predominante da personalidade de Sir Walter Elliot; vaidade por sua pessoa e por sua posição social. Havia sido admiravelmente belo na juventude e, aos cinquenta e quatro anos, ainda era muito bem-apessoado. Poucas mulheres se preocupavam mais com a própria aparência do que ele, nem o criado de um lorde recém-nomeado se sentiria mais satisfeito com a posição que ocupava na sociedade. Considerava a benção da beleza inferior apenas à benção do baronato; e o Sir Walter Elliot, que possuía ambas, era objeto constante de seus mais calorosos respeito e devoção.

Sua boa aparência e posição social mereciam sua estima ao menos por um motivo, permitiram que desposasse uma mulher cujo caráter era muito superior a tudo que o dele próprio merecia. Lady Elliot havia sido uma mulher excelente, sensata e amável, cujo juízo e conduta – se perdoada a paixão juvenil que a tornou Lady Elliot – nunca mais necessitaram de indulgência. Durante dezessete anos, havia tolerado, abrandado ou disfarçado os defeitos do marido e promovido sua verdadeira respeitabilidade e, apesar de não ser a criatura mais feliz do mundo, havia encontrado em suas obrigações, amizades e filhas contentamento suficiente para apegar-se à vida e não se sentir indiferente quando foi inclinada a deixá-las. Três filhas, as duas mais velhas com dezesseis e catorze anos cada, consistiam em um terrível legado para uma mãe deixar; na verdade, eram um péssimo fardo a se confiar à autoridade e orientação de um pai vaidoso e tolo. No entanto, ela tinha uma amiga muito íntima, uma mulher sensata e merecedora, que fora impelida, pela forte amizade que as unia, a residir nas proximidades, no vilarejo de Kellynch. E era com a bondade e os conselhos dessa amiga que Lady Elliot contava para que os bons princípios e a instrução empenhados em transmitir para as filhas fossem preservados.

Contrariando as expectativas de seus conhecidos, essa amiga e Sir Walter não se casaram. Treze anos haviam transcorrido desde a morte de Lady Elliot e ainda eram vizinhos próximos e amigos íntimos, além de ambos permanecerem viúvos.

O fato de Lady Russell, mulher madura em temperamento e idade, de situação econômica extremamente confortável, nem sequer pensar em um segundo casamento não precisa ser justificado para o público, que tende a ficar mais absurdamente descontente quando uma mulher se casa outra vez, do que quando ela não o faz. Entretanto, o fato de Sir Walter continuar solteiro requer uma explicação. Saiba-se, então, que Sir Walter, sendo um bom pai (depois de uma ou duas decepções secretas com pretendentes muito pouco razoáveis), se orgulhava de continuar solteiro para o bem de suas filhas. Por uma delas, a mais velha, ele realmente abriria mão de tudo, o que não lhe era muito tentador. Elizabeth, aos dezesseis anos, sucedera à mãe na autoridade e nos direitos e em tudo o que era possível; e sendo muito bela e muito parecida com o pai, sua influência sobre ele fora sempre muito grande, e os dois sempre haviam se dado muito bem. As outras duas filhas eram muito menos valorizadas. Mary havia adquirido uma pequena falsa importância ao se tornar a sra. Charles Musgrove; mas Anne, que possuía tal elegância de temperamento e doçura de caráter que deveriam colocá-la em posição de alta conta aos olhos de qualquer pessoa de verdadeiro discernimento, não era ninguém para o pai e a irmã mais velha; sua palavra não tinha importância, seu papel era ceder sempre. Era apenas Anne.

Para Lady Russell, no entanto, era uma afilhada muito querida e estimada, sua favorita e também uma amiga. Lady Russell amava as três, porém, era apenas em Anne que podia vislumbrar a mãe vivendo novamente.

Alguns anos antes, Anne Elliot havia sido uma garota muito bela, mas seu frescor se dissipara cedo e, mesmo em seu auge, o pai pouco vira nela que fosse digno de admiração (tão diferentes eram as feições delicadas e os suaves olhos escuros dela dos seus), não havia nada neles, agora que estava esvaída e magra, que lhe despertasse a afeição. Nunca tivera grandes esperanças, agora não tinha nenhuma, de ler o nome dela em alguma outra página de sua obra favorita. Toda esperança de uma aliança em pé de igualdade repousava em Elizabeth, pois Mary havia se unido pelo casamento apenas a uma antiga família rural, respeitável e abastada, portanto, concedendo toda a honra sem receber nenhuma; Elizabeth, mais cedo ou mais tarde, faria um casamento apropriado.

Algumas vezes, ocorre de uma moça ser mais bonita aos vinte e nove anos do que era uma década antes e, em geral, se não sofreu por alguma doença ou ansiedade, é um período da vida no qual nada de seu charme se perdeu. Assim aconteceu com Elizabeth, ainda era a mesma bela srta. Elliot que começara a ser há treze anos, assim, era possível desculpar Sir Walter por esquecer a idade da filha, ou, ao menos, podia ser considerado menos tolo por pensar que ele mesmo e Elizabeth tinham ainda o mesmo viço de sempre, em meio à ruína da beleza de todos; pois via claramente como o restante de sua família e de seus conhecidos estava envelhecendo. Anne, descorada, Mary, embrutecida, as faces de todos na vizinhança se deteriorando, e o rápido aumento dos pés de galinha nas têmporas de Lady Russell há muito eram motivo de preocupação para ele.

Elizabeth não sentia exatamente o mesmo contentamento pessoal do pai. Há treze anos era a senhora de Kellynch Hall, presidindo e dirigindo a casa com tal segurança e decisão que jamais fariam a ideia de que fosse mais nova do que era. Por treze anos fizera as honras, definira as regras da casa, tomara a dianteira ao entrar na carruagem e saindo imediatamente após Lady Russel de todas as salas de visita e de jantar da região. As geadas de treze invernos a viram abrir todos os bailes dignos de nota que uma região tão modesta proporcionava, e treze primaveras revelaram suas flores enquanto acompanhava o pai em sua viagem anual a Londres, para desfrutar por algumas semanas as diversões que o mundo proporcionava. Ela se recordava de tudo isso, tinha a consciência de ter vinte e nove anos para lhe conceder alguns arrependimentos e apreensões; estava plenamente satisfeita por ainda ser tão bela quanto sempre fora, mas sentia que se aproximava de uma idade perigosa e ficaria alegre se tivesse a certeza de que receberia uma proposta apropriada de um descendente de baronetes dentro de um ou dois anos. Assim sendo, poderia voltar a pegar o melhor dos livros com tanto contentamento quanto o fazia no início da juventude; agora, porém, não gostava dele. Deparar sempre com a data de seu nascimento e não ver uma de casamento em seguida, exceto pelo de uma irmã mais nova, tornava o livro um mal; e, mais de uma vez, quando o pai o deixara aberto na mesa ao seu lado, fechara-o, sem olhar para ele, e empurrara-o para longe.

Além disso, sofrera uma decepção que aquele livro, em especial a história da própria família, lhe recordaria para sempre. O herdeiro pressuposto, o próprio cavalheiro William Walter Elliot, cujos direitos seu pai havia tão generosamente apoiado, a desiludira.

Quando era ainda muito menina, ao saber que, caso não tivesse um irmão, o senhor William Elliot seria o futuro baronete, Elizabeth decidira desposá-lo; e essa sempre havia sido a intenção de seu pai. Não o conheceram durante a infância, mas logo após o falecimento de Lady Elliot, Sir Walter buscara se aproximar do rapaz e, apesar de seus esforços não terem sido recebidos com qualquer afeição, insistiu no contato, deduzindo que a atitude era causada por um acanhamento juvenil e, em uma de suas viagens de primavera a Londres, quando Elizabeth acabara de florescer, o sr. Elliot havia sido forçosamente apresentado a ela.

Naquela época, ele era muito jovem e havia apenas iniciado os estudos do Direito; Elizabeth o considerou extremamente simpático, e todos os planos em relação a ele foram confirmados. Ele foi convidado a visitar Kellynch Hall; falaram dele e o esperaram o restante do ano, mas ele nunca apareceu. Na primavera seguinte, encontraram-no outra vez na cidade, ele foi igualmente agradável e, de novo, encorajado, convidado e esperado e, mais uma vez, não apareceu. As próximas notícias que receberam sobre ele diziam que havia se casado. Em vez de buscar aumentar sua fortuna conforme o caminho traçado para o herdeiro da casa, Elliot conquistara a independência se unindo a uma mulher rica de nascimento inferior.

Sir Walter sentiu-se ofendido. Como cabeça da família, achava que deveria ter sido consultado, especialmente após ter favorecido o rapaz tão publicamente: *Com certeza fomos vistos juntos*, refletiu, *uma vez no mercado de cavalos de Tattersall e duas vezes na entrada da Câmara dos Comuns.*

Manifestou seu desagrado, mas, aparentemente, pouca importância lhe fora atribuída. O sr. Elliot não fez nenhuma tentativa de se desculpar e mostrou-se tão pouco interessado em continuar a ser notado pela família quanto Sir Walter o considerava indigno de o ser, e todo contato entre eles cessou.

Toda essa história embaraçosa do sr. Elliot, mesmo depois de vários anos, ainda provocava raiva em Elizabeth, que havia gostado do homem por ele mesmo e ainda mais por ser o herdeiro do pai, e cujo forte orgulho familiar via apenas nele um pretendente adequado para a filha mais velha de Sir Walter Elliot. Não havia, de A a Z, baronete ao qual seus sentimentos reconheciam com tanta boa vontade como seu igual. Entretanto, ele se comportara de forma tão abominável que, embora atualmente (verão de 1814) Elizabeth estivesse usando fitas de luto por sua esposa, não era capaz de admitir que ele fosse digno de sua consideração de novo. Talvez, a desgraça de seu primeiro casamento pudesse ter sido superada, pois não havia razão para supor que houvesse sido perpetuada com rebentos, caso ele não tivesse feito algo ainda pior. Pela costumeira intervenção de bons amigos, haviam sido informados de que ele falara sobre todos eles do modo mais desrespeitoso, referindo-se da forma mais desdenhosa e insultuosa ao próprio sangue e às honrarias que haveriam de ser suas. Isso era imperdoável.

Tais eram os sentimentos e percepções de Elizabeth, tais eram as preocupações que perturbavam e as agitações que alteravam a mesmice e a elegância, a prosperidade e o vazio das circunstâncias de sua vida; tais eram os sentimentos que acrescentavam algo de interessante a uma longa e pacata residência, numa mesma região do interior, e que preenchiam os momentos deixados vagos pela falta de hábitos úteis fora de casa e de talentos ou realizações dentro do lar que os ocupassem.

Contudo, agora, outra preocupação e consideração começava a se juntar a essas em seus pensamentos. O pai estava ficando aflito devido a problemas financeiros. Sabia que, quando ele pegava os Anais do Baronato, agora, era para tentar esquecer as vultosas dívidas com os comerciantes e as desagradáveis insinuações do sr. Shepherd, seu administrador. O patrimônio de Kellynch era sólido, no entanto, não correspondia à concepção que Sir Walter tinha do estilo de vida exigido de seu proprietário. Enquanto Lady Elliot ainda era viva, havia método, moderação e economia, que o limitaram a um estilo condizente com sua renda; junto com ela, porém, morrera todo tipo de prudência, e desde então ele constantemente excedia seus meios. Não lhe era possível gastar menos, não fizera nada além do que Sir Elliot era obrigado a fazer. No entanto, mesmo não tendo qualquer culpa, não apenas estava se endividando terrivelmente, mas ouvia falar disso com tanta frequência que passou a ser inútil tentar escondê-lo, ainda que parcialmente, da filha. Havia lhe dado algumas pistas disso quando estavam na cidade na primavera anterior, chegando a ponto de perguntar:

– Seria possível economizar? Consegue pensar em algo em que podemos reduzir as despesas?

E justiça seja feita, no primeiro ardor do alarme feminino, Elizabeth havia considerado com seriedade o que poderia ser feito e, por fim, propôs estas duas vias de economia: cortar doações de caridade desnecessárias e não redecorar a sala de visitas, e, depois, acrescentou a esses expedientes a feliz ideia de não levarem um presente para Anne, como costumavam fazer todos os anos. Entretanto, apesar de terem seu valor, essas medidas não eram suficientes diante da extensão do problema, cuja magnitude Sir Walter se viu obrigado a confessar-lhe pouco tempo depois. Elizabeth não tinha nada mais eficaz a propor. Tal como o pai, sentia-se maltratada e infeliz e nenhum dos dois era capaz de vislumbrar meios de reduzir suas despesas sem comprometer sua dignidade ou abrir mão dos confortos de sua vida de maneira inaceitável.

Sir Walter podia vender apenas uma pequena parte de sua propriedade; porém, mesmo que todos os hectares estivessem à sua disposição, não faria diferença. Consentiu em hipotecar tudo quanto era possível, mas jamais concordaria em vender. Nunca faria recair tamanha vergonha sobre o próprio nome. O patrimônio de Kellynch seria transmitido completo e integral tal como o havia recebido.

Seus dois amigos íntimos, o sr. Shepherd, que morava na cidade mercantil vizinha, e Lady Russell, foram chamados para aconselhá-lo; tanto pai quanto filha pareciam esperar que um dos dois encontrasse um meio de acabar com seus problemas sem que isso envolvesse abrir mão dos prazeres exigidos por seus gostos e orgulho.

Capítulo 2

O sr. Shepherd, advogado educado e cauteloso, qualquer que fosse a influência ou a opinião que tivesse sobre Sir Walter, preferia que qualquer sugestão desagradável fosse dada a este por outra pessoa, então se esquivou de opinar, apenas pedindo permissão para recomendar uma confiança implícita no excelente juízo de Lady Russell, que acreditava plenamente que, com seu notório bom senso, aconselharia as medidas resolutas as quais desejava serem adotadas.

Lady Russell dedicou todo zelo ao assunto, tratando-o com a maior seriedade. Era uma mulher de faculdades mais sólidas do que ligeiras, cuja dificuldade para chegar a uma decisão quanto a esse caso fora grande, pela oposição de dois importantes princípios. Era também portadora de uma integridade rígida e de um delicado senso de honra, mas desejava tanto poupar os sentimentos de Sir Walter, preocupava-se tanto com a reputação da família e possuía ideias tão igualmente aristocráticas sobre o que lhes era devido quanto qualquer pessoa sensata e honesta. Era uma mulher benevolente, caridosa e bondosa, capaz de criar laços profundos, muito correta em sua conduta e possuía uma noção rigorosa de decoro e modos que eram considerados o padrão da boa estirpe. Possuía uma mente culta e era, em geral, racional e coerente, mas tinha preconceitos em relação à linhagem; a importância que dava à posição e ao prestígio social a deixava cega para os defeitos daqueles que os possuíam. Sendo viúva de um simples fidalgo, concedia à dignidade de um baronete tudo o que lhe era devido e, na sua concepção, Sir Walter – independentemente dos direitos que tinha como velho conhecido, vizinho atencioso, senhorio prestativo, marido de sua amiga querida, pai de Anne e de suas irmãs –, apenas porque era Sir Walter, merecia muita compaixão e consideração nas suas atuais dificuldades.

Precisavam economizar, não havia dúvida quanto a isso. Contudo, pre-ocupava-se para que isso fosse feito com o menor sofrimento possível para ele e para Elizabeth. Traçou planos de economia, fez cálculos cuidadosos e, o que mais ninguém pensou em fazer, consultou Anne, que nunca pareceu considerada pelos outros como tendo algum interesse na questão. Lady Russell a consultou e, em certo grau, foi influenciada por ela ao criar o plano de economia que por fim apresentou a Sir Walter. Todas as alterações de Anne favoreciam a honestidade, em oposição ao prestígio. Desejava medidas mais rigorosas, uma reforma completa, o pagamento mais rápido das dívidas, um nível muito maior de indiferença a tudo que não fosse justiça e equanimidade.

– Se conseguirmos persuadir seu pai a fazer tudo isso – disse Lady Russel passando os olhos pela folha –, muito poderá ser feito. Se ele adotar essas medidas, em sete anos estará livre de dívidas. Espero que sejamos capazes de convencer tanto ele quanto Elizabeth de que Kellynch possui uma respeitabilidade intrínseca que não pode ser abalada por essas economias e que a verdadeira dignidade de Sir Walter Elliot não será diminuída em nada aos olhos das pessoas sensatas, por agir como um homem de princípios. O que ele fará, de fato, além do que muitas de nossas famílias já fizeram, ou deveriam fazer? Não haverá nada de singular em seu caso, e é a singularidade que constitui o pior de nosso sofrimento, tal como sempre constitui o pior de nossa conduta. Tenho grandes esperanças de conseguirmos fazê-lo. Precisamos ser sérias e decididas, pois, afinal, a pessoa que contraiu dívidas deve quitá-las e, embora os sentimentos de um cavalheiro e chefe de família, como seu pai, devam ser levados em conta, deve-se ainda mais consideração ao caráter de um homem honesto.

Era por esse princípio que Anne desejava que o pai se guiasse e que seus amigos o aconselhassem. Considerava uma obrigação indispensável a quitação das dívidas com os credores com a maior rapidez que as economias mais amplas permitissem, via qualquer outro comportamento como indigno. Desejava que isso fosse recomendado e considerado como um dever. Atribuiu grande valor à influência de Lady Russell; quanto ao grau severo de privações que sua própria consciência ditava, acreditava que não haveria muita diferença na dificuldade em persuadi-los a uma reforma completa em relação a uma parcial. Pelo que conhecia do pai e de Elizabeth, pensava que o sacrifício de abrirem mão de uma parelha de cavalos não seria muito diferente daquele de se desfazerem de duas e assim por diante, ao longo de toda a lista de reduções excessivamente brandas de Lady Russell.

Não importa como as exigências mais rígidas de Anne teriam sido recebidas. As de Lady Russell não obtiveram o menor sucesso, eram insuportáveis, não havia meio de tolerá-las.

– Como!? Abrir mão de todos os prazeres da vida! Viagens, Londres, criados, cavalos, alimentos... Reduções e restrições por todos os lados! Deixar até mesmo de ter as regalias de um mero cavalheiro! Não! Era preferível abandonar Kellynch Hall imediatamente a permanecer ali em condições tão vergonhosas.

– Deixar Kellynch Hall. – O sr. Shepherd imediatamente aproveitou a deixa. Tinha grande interesse na concretização dos planos econômicos de Sir Walter e absoluta certeza de que nada poderia ser feito sem uma mudança de residência. – Já que a ideia partiu daquele que deveria dar as ordens, não tinha escrúpulos ao dizer que era completamente favorável à ideia. Não considerava possível que Sir Walter alterasse seu estilo de vida de forma substancial em uma casa que precisava manter tal caráter de hospitalidade e dignidade ancestral. Em qualquer outro lugar, Sir Walter poderia fazer as coisas conforme sua vontade, seria respeitado, no estabelecimento de seu padrão de vida, não importando como decidisse administrar sua casa.

Sir Walter deixaria Kellynch Hall; depois de mais alguns dias de dúvida e indecisão, resolveu-se a grande questão de para onde iria e o plano inicial dessa importante mudança foi traçado.

Havia três alternativas: Londres, Bath e outra casa no campo. Todos os desejos de Anne se voltavam para a última opção. Uma pequena casa nas redondezas, onde ainda pudessem conviver com Lady Russel, estar perto de Mary e, algumas vezes, desfrutar o prazer de ver os gramados e bosques de Kellynch, este era o objeto de sua ambição. Contudo, a sorte habitual de Anne a esperava e a decisão tomada foi a que se opunha aos seus desejos. Ela não gostava de Bath, achava que a cidade não lhe fazia bem; Bath viria a ser seu novo lar.

A princípio, Sir Walter estivera mais inclinado a ir para Londres; porém, o sr. Shepherd sentiu que não podia confiar nele na cidade e foi hábil o suficiente para dissuadi-lo da ideia e fazê-lo preferir Bath. Tratava-se de um destino muito mais seguro para um cavalheiro enfrentando suas dificuldades; lá, poderia manter sua importância com gastos comparativamente menores. Duas vantagens concretas que Bath possuía sobre Londres haviam, é óbvio, sido salientadas: sua distância mais conveniente de Kellynch, estando a apenas oitenta quilômetros, e o costume de Lady Russell de sempre passar parte do inverno lá; então, para satisfação de Lady Russell, cuja opinião sobre a mudança desde o início fora em favor de Bath, Sir Walter e Elizabeth foram levados a crer que não perderiam prestígio nem diversões ao se estabelecerem ali.

Lady Russell viu-se obrigada a se opor aos desejos de sua querida Anne. Seria demais esperar que Sir Walter se rebaixasse a habitar em uma casa menor na mesma vizinhança. A própria Anne consideraria que as humilhações decorrentes disso eram maiores do que previra e que eram insuportáveis para as sensibilidades de Sir Walter. Quanto à aversão de Anne a Bath, considerava-a um preconceito e um erro originados, em primeiro lugar, do fato de ela ter passado três anos na escola nessa cidade, após a morte da mãe; e segundo, por não ter se sentido bem no único inverno que passara lá depois disso em sua companhia.

Em suma, Lady Russell gostava de Bath e estava disposta a pensar que a cidade seria agradável para todos eles; quanto à saúde de sua jovem amiga, se ela passasse todos os meses quentes em sua companhia em Kellynch Lodge, qualquer perigo poderia ser evitado; de fato, era uma mudança que beneficiaria tanto sua saúde quanto seu estado de espírito. Anne passara muito pouco tempo fora de casa, havia visto muito pouco. Não era uma moça muito animada. Um círculo de convivência maior lhe faria bem. Lady Russell desejava que ela conhecesse mais pessoas.

A opinião de Sir Walter sobre o caráter indesejável de qualquer outra casa na mesma vizinhança, certamente, foi muito fortalecida por um aspecto muito concreto do esquema, que havia sido estabelecido sem problemas desde o princípio. Sir Walter não apenas deixaria sua casa, também a veria ocupada por outros; tratava-se de um desafio à fortaleza que homens de temperamentos mais firmes do que ele não haviam conseguido suportar. Kellynch Hall seria alugada. Isso, porém, era um grande segredo, que não deveria ser revelado fora de seu círculo.

Sir Walter não suportaria a humilhação de ser conhecido por ter a intenção de alugar a própria casa. O sr. Shepherd havia mencionado uma vez a palavra "anúncio", porém nunca mais se atrevera a tocar no assunto. Sir Walter rejeitou a ideia de que a residência fosse anunciada de qualquer forma; proibiu que fosse dada qualquer pista de que tivesse tal intenção, e somente caso fosse espontaneamente solicitado por algum candidato irrecusável, estabelecendo as próprias condições e como um grandioso favor, ele a alugaria.

Como surgem depressa motivos para aprovar aquilo que nos agrada! Lady Russell tinha outro excelente motivo para estar extremamente satisfeita com o fato de Sir Walter e sua família estarem se mudando do campo. Nos últimos tempos, Elizabeth vinha estreitando uma amizade que Lady Russell desejava que fosse interrompida. Era com a filha do sr. Shepherd, que, depois de um casamento infeliz, havia retornado para a casa do pai com o fardo adicional de dois filhos. Era uma jovem esperta, que compreendia a arte de agradar, ou pelo menos a arte de agradar em Kellynch Hall, e que conseguira se fazer tão aceitável aos olhos da srta. Elliot a ponto de já ter se hospedado ali mais de uma vez, apesar de todos os conselhos em relação à cautela e à reserva de Lady Russell, que considerava essa amizade bastante inadequada.

Na verdade, Lady Russell não tinha quase nenhuma influência sobre Elizabeth, e parecia amá-la mais porque desejava fazê-lo do que por Elizabeth merecer. Nunca recebera da moça mais do que uma atenção superficial, nada além da condescendência às regras da polidez; jamais tivera sucesso em convencer a moça a fazer algo que fosse contrário à sua inclinação anterior. Por diversas vezes, tentou enfaticamente fazer com que Anne fosse incluída na viagem a Londres, sentindo muito toda injustiça e vergonha dos arranjos egoístas que a excluíam e, em muitas ocasiões menos importantes, tinha tentado beneficiar Elizabeth com as vantagens de seu próprio juízo e experiência superiores. Entretanto, tudo havia sido sempre em vão: Elizabeth fazia apenas o que desejava; e em nenhuma ocasão se mostrara mais decidida em sua oposição a Lady Russell do que na escolha de se relacionar com a sra. Clay, deixando de lado a relação com uma irmã tão digna, para conceder seu afeto e confiança a uma mulher que não deveria ser nada para ela além de objeto de uma distante civilidade.

Na opinião de Lady Russell, a sra. Clay era uma companheira muito inadequada devido à sua posição social e muito perigosa devido ao seu caráter; e uma mudança que deixasse a sra. Clay para trás e que proporcionasse à srta. Elliot uma variedade de companhias mais adequadas era, portanto, uma questão de suma importância.

Capítulo 3

Certa manhã em Kellynch Hall, o sr. Shepherd disse, enquanto pousava o jornal na mesa:

– Se me permite, Sir Walter, gostaria de observar que a atual conjuntura em muito nos favorece. Essa paz trará de volta para casa todos os nossos ricos oficiais da Marinha. Vão todos precisar de moradia. Não poderia haver momento mais propício para se escolher um inquilino, e um muito responsável. Diversas nobres fortunas foram feitas durante a guerra. Caso algum rico almirante se apresentasse, Sir Walter…

– Ele seria um homem de muita sorte, Shepherd, é tudo o que tenho a dizer – retrucou Sir Walter. – Kellynch Hall seria mesmo um prêmio para um homem desses; na verdade, o maior de todos os prêmios, mesmo que já tenha obtido muitos outros antes, não é mesmo, Shepherd?

O sr. Shepherd riu do comentário espirituoso, como sabia que deveria fazê-lo, e acrescentou em seguida:

– Atrevo-me a sugerir, Sir Walter, que é muito bom fazer negócios com os senhores da Marinha. Tenho algum conhecimento de seu modo de tratar dessas questões e posso afirmar que eles têm noções muito liberais e que provavelmente seriam inquilinos tão desejáveis quanto quaisquer outros que se poderiam encontrar. Assim sendo, Sir Walter, o que gostaria de sugerir é que, caso algum boato sobre as suas intenções se espalhe, o que deve ser considerado provável, pois sabemos como é difícil manter as ações e os propósitos de uma parte do mundo longe da atenção e da curiosidade de outra, esse é o preço da eminência. Eu, John Shepherd, seria capaz de ocultar qualquer questão familiar que desejasse, porque ninguém consideraria que vale a pena perder seu tempo me vigiando; Sir Walter Elliot, no entanto, tem olhares a observá-lo que devem ser muito difíceis de escapar. Assim sendo, tomarei a liberdade de afirmar que não me surpreenderia muito caso, mesmo com toda nossa cautela, algum rumor da verdade se espalhasse. Se isso ocorrer, como estava prestes a observar, já que as candidaturas decerto chegarão em seguida, penso que qualquer um de nossos ricos comandantes navais seria um candidato particularmente digno de nota; imploro que me permita dizer, ainda, que a qualquer momento eu levaria apenas duas horas para estar aqui, de modo que lhe pouparia o trabalho de responder.

Sir Walter apenas assentiu com um gesto de cabeça. Logo em seguida, porém, levantando-se e caminhando pelo aposento, comentou em um tom sarcástico:

– Suponho que sejam poucos os cavalheiros da Marinha que não ficariam surpresos ao se encontrarem dentro de uma casa como esta.

– Sem dúvida olhariam à sua volta e dariam graças por sua boa sorte – comentou a sra. Clay que também estava presente, já que o pai a levara até lá, pois nada beneficiava tanto a saúde da sra. Clay quanto uma visita a Kellynch. – No entanto, concordo com a opinião de meu pai de que um membro da Marinha possa ser um inquilino muito desejável. Conheci vários deles; além de generosos, são muito ordeiros e cuidadosos em tudo que fazem! Essas suas pinturas preciosas, Sir Walter, caso o senhor decida deixá-las aqui, estariam perfeitamente seguras. Tudo na casa e no seu entorno seria muito bem-cuidado! Os jardins e o arvoredo seriam quase tão perfeitamente mantidos quanto agora. Não precisa temer que seu lindo jardim fique abandonado, senhorita Elliot.

– Quanto a tudo isso, supondo que me permita ser convencido a alugar minha casa, de modo algum já decidi quais privilégios seriam atrelados a quem a alugar. Não estou muito disposto a favorecer um inquilino. O terreno ficaria à sua disposição, é claro, e poucos oficiais da Marinha ou homens de qualquer outra condição jamais puderam gozar de tanto espaço; porém, quanto às restrições que possa vir a impor sobre o uso da propriedade são outra história. Não gosto da ideia de meus bosques estarem sempre abertos a todos e aconselho a senhorita Elliot a se precaver quanto aos seus jardins. Garanto-lhes que estou muito pouco inclinado a conceder qualquer favor extraordinário a um inquilino de Kellynch Hall, seja ele marinheiro ou soldado.

Após uma curta pausa, o sr. Shepherd se atreveu a responder:

– Quanto a todos esses aspectos, há procedimentos costumeiros muito bem estabelecidos que tornam tudo mais fácil entre senhorio e inquilino. Seus interesses, Sir Walter, estão em boas mãos. Esteja seguro de que não permitirei que um inquilino tenha mais do que aquilo a que tem direito. Atrevo-me a dizer que Sir Walter Elliot não teria nem metade do zelo pelo que lhe pertence do que John Shepherd terá por ele.

Nesse momento, Anne disse:

– Creio que a Marinha, que tanto fez por nós, tem pelo menos os mesmos direitos que qualquer outro grupo de homens a todos os confortos e privilégios que qualquer casa possa proporcionar. Devemos admitir que os marinheiros trabalham duro para merecer seu conforto.

"Sim, sim, o que a senhorita Anne diz é a mais pura verdade" foi a resposta do sr. Shepherd, e a de sua filha foi "Ah, mas com certeza!".

Pouco depois, no entanto, Sir Walter fez o seguinte comentário:

– A profissão tem lá a sua utilidade, mas me entristeceria ver algum amigo meu dedicar-se a ela.

– Verdade? – foi a resposta, acompanhada por um olhar de surpresa.

– Sim; a profissão me desagrada por dois motivos, tenho duas fortes objeções a ela. Primeiro, é um meio para que indivíduos de nascimento obscuro acessem uma distinção imerecida, elevando esses homens a honras com as quais seus pais e avós nem sequer sonharam. Segundo, interrompe a juventude e o vigor de um homem da maneira mais horrenda; os marinheiros envelhecem muito mais rápido do que quaisquer outros. Tenho observado isso a vida toda. Na Marinha, mais do que em qualquer outra profissão, um homem corre o risco de ser insultado pela ascensão de outro com cujo pai o seu próprio talvez tivesse se recusado a falar, e de, prematuramente, se tornar um alvo de repulsa. Certo dia, na primavera passada, em Londres, estive na companhia de dois homens que são exemplos notáveis do que estou dizendo: Lorde St. Ives, cujo pai, todos sabemos, foi um vigário do interior que não tinha o que comer; tive que ceder o lugar a St. Ives e a um certo almirante Baldwin, a criatura de aparência mais deplorável que possam imaginar, com o rosto da cor do mogno, extremamente grosseiro e maltratado, tomado por rugas e vincos, com nove fios de cabelo grisalho em um dos lados da cabeça e apenas um leve toque de pó no topo. "Pelo amor de Deus, quem é esse velho?", perguntei a um amigo que estava por perto, Sir Basil Morley. "Velho!", exclamou Sir Basil, "Aquele é o almirante Baldwin. Quantos anos acha que ele tem?" Respondi: "Sessenta, talvez sessenta e dois." "Quarenta", retrucou Sir Basil, "tem apenas quarenta anos." Imaginem o meu assombro, não esquecerei o almirante Baldwin tão facilmente. Nunca vi exemplo tão lamentável do que uma vida passada no mar é capaz de fazer. Entretanto, até certo ponto, sei que é assim com todos eles, são todos castigados e expostos a todo tipo de clima e de intempérie até suas aparências estarem totalmente arruinadas. É uma pena que não recebam logo uma paulada na cabeça, antes que cheguem à idade do almirante Baldwin.

– Mas, Sir Walter, está sendo severo demais – declarou a srta. Clay. – Tenha mais compaixão pelos pobres homens. Nem todos nascemos para ser belos. Certamente, o mar não é um embelezador, e os marinheiros envelhecem antes da hora. Já observei que logo perdem a aparência de juventude. No entanto, não ocorre o mesmo em muitas outras profissões, talvez na maioria delas? Soldados da ativa não têm melhor sorte; até mesmo em profissões mais tranquilas, são exigidos trabalho e esforço mentais, se não físicos, que raramente deixam a aparência do homem nas mãos dos efeitos naturais do tempo. O advogado anda arrastado de tanta preocupação, o médico fica acordado a qualquer hora e se desloca sob qualquer tempo, e até mesmo o sacerdote... – Deteve-se por um momento para pensar no que afetaria o sacerdote. – Até mesmo o sacerdote, como sabe, é obrigado a entrar em locais infectados e a expor sua saúde e aparência aos riscos de ambientes insalubres. Na verdade, embora todas as profissões sejam necessárias e honradas, há muito estou convencida de que somente aqueles que não são obrigados a seguir nenhuma, que podem conduzir uma vida regrada, no campo, fazendo os próprios horários, escolhendo as próprias atividades e residindo em sua propriedade, sem o tormento de tentar obter mais, estes são os únicos, afirmo, que podem gozar das bênçãos da saúde e da boa aparência pelo máximo de tempo possível. Não conheço nenhum outro grupo de homens que não perca algo de seus atrativos quando deixam a juventude para trás.

Parecia que o sr. Shepherd, em sua ânsia de conquistar a boa vontade de Sir Walter quanto a aceitar um oficial da Marinha como inquilino, havia tido o dom da vidência; pois a primeira candidatura à casa foi um certo almirante Croft, que veio a conhecer pouco depois na reunião trimestral do tribunal em Taunton; e, na verdade, havia sido informado sobre o almirante por um correspondente em Londres. De acordo com o relatório que se apressou a fazer em Kellynch, o almirante Croft nascera em Somersetshire e, tendo acumulado uma bela fortuna, desejava fixar residência na sua região e fora a Taunton para visitar algumas casas anunciadas das redondezas, no entanto, nenhuma dessas lhe haviam agradado. E depois de ouvir falar por acaso – justamente como havia previsto, observou o sr. Shepherd, era impossível manter a situação de Sir Walter em segredo – da possibilidade de Kellynch Hall estar disponível para alugar e, uma vez informado da sua (do sr. Shepherd) ligação com o proprietário, se apresentara a ele para saber mais detalhes e, no decurso de uma longa conversa, expressara tanto interesse em relação ao imóvel, quanto um homem que o conhecia apenas por descrição poderia sentir. E dera ao sr. Shepherd, por meio da clara descrição que fizera de si mesmo, todas as provas de ser um inquilino extremamente responsável e adequado.

– E quem é o almirante Croft? – foi a pergunta fria e desconfiada de Sir Walter.

O sr. Shepherd respondeu que o almirante pertencia a uma família respeitável, e mencionou o nome de um lugar; Anne, após a pequena pausa que se seguiu, acrescentou:

– Ele é contra-almirante da esquadra branca. Lutou em Trafalgar e desde então esteve nas Índias Orientais; creio que ficou situado lá há vários anos.

– Então, estou certo de que seu rosto é tão avermelhado quanto os punhos e as capas da libré de meus criados – observou Sir Walter.

O sr. Shepherd se apressou em lhe assegurar que o almirante Croft era um homem muito saudável, vigoroso e bem-apessoado, um pouco castigado pelas intempéries do tempo, era verdade, mas não muito, além disso era um verdadeiro cavalheiro em todas as suas ideias e atitudes. Era improvável que criasse qualquer dificuldade quanto aos termos do aluguel; tudo o que desejava era uma casa confortável para a qual pudesse se mudar o mais rápido possível. Estava ciente de que precisaria pagar por esse conforto, de quanto poderia custar uma casa mobiliada desse gabarito e não se surpreenderia caso Sir Walter pedisse um valor maior; perguntara sobre a mansão; sem dúvida, ficaria satisfeito se tivesse o direito de caçar na propriedade, mas não fazia muita questão; dissera que às vezes pegava em uma espingarda, mas que nunca matava, realmente um cavalheiro.

O sr. Shepherd foi convincente em relação ao assunto, detalhando todas as características da família do almirante que o tornavam um inquilino especialmente atraente. Era casado, mas não tinha filhos, como seria mais desejável. Era impossível ter uma casa bem cuidada sem a presença de uma dama, observou o sr. Shepherd. Além disso, estava em dúvida se os móveis corriam mais riscos em uma casa sem uma senhora ou em uma com muitas crianças. Uma dama, sem filhos, era a melhor forma para se conservar o mobiliário. Ele também havia encontrado a sra. Croft; ela estava com o almirante em Taunton e estivera presente durante quase todo o tempo em que os dois haviam conversado sobre o assunto.

– Pareceu-me uma senhora cortês, refinada e sagaz – continuou. – Fez mais perguntas sobre a mansão, as condições, os impostos do que o próprio almirante, e parecia saber mais sobre negócios. Além disso, Sir Walter, descobri que possui família nessa região, assim como o marido; ela mesma me disse que é irmã de um senhor que morou aqui na região há alguns anos, em Monkford. Meu Deus! Qual era o nome dele? Não consigo me lembrar agora, apesar de ter ouvido falar dele recentemente. Penelope, minha querida, pode me ajudar a lembrar o nome do cavalheiro que vivia em Monkford, o irmão da senhora Croft?

Mas a sra. Clay estava tão entretida conversando com a srta. Elliot que não ouviu o pedido do pai.

– Não tenho a mínima noção a quem se refere, Shepherd. Não me recordo de nenhum cavalheiro que tenha morado em Monkford desde a época do velho governador Trent.

– Meu Deus! Que coisa esquisita! Daqui a pouco esqueço meu próprio nome. Um nome que me é tão familiar; eu conhecia o cavalheiro tão bem de vista! Vi-o uma centena de vezes; lembro-me de que uma vez ele veio me consultar sobre um de seus vizinhos que invadiu sua propriedade, um auxiliar de fazenda que invadiu seu pomar, derrubou o muro, roubou maçãs, foi pego em flagrante; depois, indo contra minhas orientações, aceitou um acordo amigável. Realmente muito estranho!

Depois de esperar mais um momento:

– Creio que esteja se referindo ao senhor Wentworth? – perguntou Anne.

O sr. Shepherd estava inteiramente agradecido.

– Wentworth, esse mesmo! Senhor Wentworth, era o homem. Ele foi vigário de Monkford durante dois ou três anos, Sir Walter, já faz algum tempo. Creio que chegou aqui por volta do ano de ...5. Tenho certeza de que se lembra dele.

– Wentworth? Ah, sim, senhor Wentworth, pároco de Monkford. Enganou-me ao usar a palavra cavalheiro. Pensei que estivesse falando de algum homem de posses; lembro-me de que o senhor Wentworth não era ninguém, não tinha conexões, nem qualquer relação com a família Strafford. Questiono-me como os nomes de tantas famílias nobres se tornam tão comuns.

Ao perceber que essa ligação dos Croft não lhes beneficiava aos olhos de Sir Walter, o sr. Shepherd não a mencionou mais, voltando a se referir, com todo o zelo, às circunstâncias que lhes eram indiscutivelmente mais favoráveis: sua idade, número e fortuna; a ideia elevada que faziam de Kellynch Hall e o enorme desejo de obterem o privilégio de alugar a casa, fazendo parecer que para eles nada era mais importante do que a felicidade de serem inquilinos de Sir Walter Elliot; um bom gosto extraordinário, decerto, caso soubessem da opinião de Sir Walter sobre quais eram as obrigações de um inquilino.

No entanto, deu certo; e embora Sir Walter sempre fosse ver com maus olhos qualquer pessoa interessada em morar naquela casa e considerar essa pessoa infinitamente privilegiada por poder alugar o local por um preço altíssimo, foi convencido a permitir que o sr. Shepherd desse continuidade às negociações e encontrar o almirante Croft, que permanecia em Taunton, e a marcar um dia para que este visitasse a casa.

Embora não fosse muito sensato, Sir Walter era experiente o bastante para saber que da pouca probabilidade de encontrarem um inquilino mais aceitável, em todos os aspectos importantes, do que o almirante Croft. Até esse ponto conseguia refletir e sua vaidade percebeu outra pequena fonte de consolo, a posição social do almirante, que era elevada o suficiente, mas não em excesso. "Aluguei minha casa para o almirante Croft" soaria muito bem, muito melhor do que para um simples senhor; um senhor (salvo, talvez, por uma meia dúzia no país) requeria sempre uma explicação. Um almirante fala de sua própria importância e, ao mesmo tempo, nunca faria um baronete parecer insignificante. Em todas as suas negociações e conversações, Sir Walter Elliot deveria ter sempre a primazia.

Nada podia ser feito sem consultar Elizabeth, mas ela estava cada vez mais inclinada a uma mudança de modo que ficou contente pela questão ser resolvida e agilizada com a aparição repentina de um inquilino e, por isso, não disse nada que adiasse a decisão.

O sr. Shepherd recebeu plenos poderes para agir. Assim que tudo havia sido decidido, Anne, que escutara a conversa com grande atenção, saiu da sala em busca de ar fresco para aliviar as faces afogueadas e, enquanto caminhava por um de seus arvoredos preferidos, disse suspirando suavemente:

– Mais alguns meses e talvez ele esteja caminhando por aqui.

Capítulo 4

Ele não era o sr. Wentworth, pároco anterior de Monkford, não importava o quão suspeitas fossem as aparências, mas seu irmão, o capitão Frederick Wentworth, que, tendo sido promovido devido aos combates em São Domingos, mas sem ser imediatamente destacado, viera para Somersetshire no verão de 1806; e, como seus pais já não eram vivos, residiu por volta de seis meses em Monkford. Na época, era um rapaz extraordinariamente bem-apessoado, muito inteligente, espirituoso e brilhante; e Anne era uma moça incrivelmente bela, dotada de gentileza, modéstia, bom gosto e sensibilidade. Metade da atração sentida por ambos talvez tivesse bastado, pois ele não tinha nada para fazer, e ela, praticamente ninguém para amar; mas o encontro de tantas abundantes qualidades não podia dar errado. Conheceram-se aos poucos e, depois de familiarizados um com o outro, apaixonaram-se rápida e profundamente. Seria difícil dizer qual dos dois viu no outro maior perfeição ou qual dos dois estava mais feliz, se ela ao receber as declarações e propostas dele ou se ele por elas serem aceitas.

Seguiu-se um curto período de deliciosa felicidade, e como foi curto. Os problemas não demoraram a surgir. Sir Walter, ao ser consultado, embora sem de fato negar seu consentimento ou dizer que jamais o concederia, negou ao reagir com grande espanto, frieza, silêncio e ao professar a determinação de nada fazer pela filha. Considerou a união muito degradante; e, embora com um orgulho mais comedido e perdoável, Lady Russell julgou-a realmente infeliz.

Anne Elliot, possuindo todas as vantagens de um bom nascimento, da beleza e da inteligência, jogar tudo fora aos dezenove anos, envolvendo-se em um compromisso com um rapaz que nada tinha que o recomendasse além de si mesmo, nem qualquer esperança de alcançar uma posição de afluência, exceto pelas oportunidades de uma profissão muito arriscada, e sem ligações que pudessem garantir sua contínua elevação nesta, seria de fato um desperdício que lhe causava desgosto só de imaginar! Anne Elliot, tão jovem, conhecida por tão poucos, ser arrebatada por um estranho sem conexões ou fortuna ou, na verdade, arrastada por ele ao pior estado de extenuante e aflitiva dependência que acabaria com sua juventude! Isso não aconteceria, se pudesse ser evitado por meio de qualquer justa intervenção amistosa, por qualquer conselho de alguém que possuía um amor e direitos quase maternos em relação à moça.

Capitão Wentworth não possuía fortuna. Havia tido sorte em sua carreira; contudo, gastara com liberalidade o que ganhara com facilidade e não guardara nada. Entretanto, estava certo de que logo enriqueceria, cheio de energia e entusiasmo, sabia que logo teria seu navio e ocuparia um cargo que o encaminharia rumo a tudo que desejava. Sempre fora um homem de sorte e sabia que continuaria a sê-lo. Tal confiança, poderosa por sua própria vivacidade e cativante pela animação com a qual era expressada, deve ter sido suficiente para Anne, mas Lady Russell pensava muito diferente. O temperamento confiante e o espírito destemido dele a afetavam de maneira muito diversa. Considerava-os apenas um agravante. Somente tornavam seu caráter ainda mais perigoso. Ele era brilhante, era obstinado. Lady Russell tinha pouco apreço pela esperteza e verdadeiro horror por tudo que se aproximasse da imprudência. Desaprovou o enlace em todos os aspectos.

A oposição gerada por esses sentimentos era maior do que Anne podia enfrentar. Jovem e delicada como era, talvez fosse capaz de resistir à contrariedade do pai, embora esta não tivesse sido abrandada por nenhuma palavra ou olhar gentil da irmã; mas Lady Russell, a quem sempre amara e em quem sempre confiara, não poderia, com tanta firmeza e tanta delicadeza, aconselhá-la seguidamente em vão. Anne foi convencida a considerar o noivado um erro, imprudente, impróprio, praticamente incapaz de ser bem-sucedido e indigno. Contudo, não foi somente uma cautela egoísta que a impulsionou a agir e romper o noivado. Caso não houvesse considerado estar agindo pelo bem dele, até mais do que pelo próprio, não teria sido capaz de abrir mão de Wentworth. A convicção de estar sendo prudente e altruísta, sobretudo em benefício dele, foi seu maior consolo em meio à infelicidade de uma separação, uma ruptura definitiva; e toda consolação fora necessária, pois ela ainda teve de encarar toda a dor adicional de vê-lo inconformado e irredutível, sentindo-se traído por um rompimento tão forçado. Em consequência disso, ele deixara o país.

Poucos meses haviam se passado entre o início e o fim de sua relação; o sofrimento de Anne, porém, não terminou em tão pouco tempo. Por um longo tempo, seu apego e arrependimento embotaram todas as alegrias da juventude, e seu efeito duradouro foi a perda precoce do viço e da alegria.

Passaram-se mais de sete anos desde o encerramento dessa pequena e melancólica história, e o tempo havia abrandado grande parte, talvez quase todo o afeto que Anne nutria por ele, mas ela havia confiado demais apenas no tempo; não lhe oferecera nenhuma ajuda na forma de uma mudança de ambiente (exceto por uma visita a Bath logo após o rompimento), nem por qualquer novidade ou aumento de seu círculo social. Ninguém jamais adentrou o círculo de Kellynch, que pudesse ser comparado a Frederick Wentworth tal como ele sobrevivia na memória dela. Não foi possível à delicadeza de sua mente e ao refinamento de seu gosto encontrar nenhuma outra afeição, única cura perfeitamente natural, feliz e suficiente, na sua idade, dos limites estreitos da sociedade ao seu redor. Quando tinha cerca de vinte e dois anos, recebera uma proposta para mudar de nome feita pelo mesmo rapaz que pouco tempo depois encontrou uma mente mais disposta na sua irmã mais nova. Lady Russell lamentara sua recusa, pois Charles Musgrove era o primogênito de um homem cujas propriedades e influência na região perdiam apenas para as do próprio Sir Walter, além de possuir boa índole e boa aparência. E ainda que Lady Russell pudesse ter desejado mais quando Anne tinha dezenove anos, teria se regozijado em vê-la, aos vinte e dois, afastada de forma tão respeitável das desigualdades e injustiças da casa paterna e instalada de modo tão permanente próximo a si mesma. Nesse caso, todavia, Anne não deu espaço para conselhos; e embora Lady Russell, como sempre confiante no próprio juízo, jamais desejasse que o passado pudesse ser mudado, começou a nutrir uma ansiedade que beirava o desespero de ver Anne se deixar tentar por algum homem de talentos e independência a adentrar um estado para o qual a julgava particularmente capaz por sua calorosa afetuosidade e seus hábitos domésticos.

Uma não sabia a opinião da outra, sua constância ou sua mudança, quanto ao principal ponto da conduta de Anne, pois o assunto nunca era mencionado; no entanto, aos vinte e sete anos, Anne pensava de forma muito diferente da que fora levada a pensar aos dezenove. Não culpava Lady Russell, nem culpava a si mesma por ter seguido os conselhos dela; mas sentia que, caso uma jovem em situação parecida viesse se aconselhar com ela, jamais ouviria um que lhe indicasse tanta certeza de sofrimento imediato ou de incerteza de felicidade futura. Estava convencida de que, mesmo sofrendo todas as inconveniências de ser reprovada em casa, todas as aflições causadas pela profissão dele, todos os prováveis temores, demoras e decepções, teria sido uma mulher mais feliz caso tivesse mantido o noivado do que fora ao sacrificá-lo. E isso, acreditava piamente, caso a parcela habitual ou mesmo mais que a parcela habitual de tais preocupações e incertezas tivesse se abatido sobre eles, sem considerar os resultados reais de seu caso que, na verdade, teriam lhes proporcionado prosperidade mais cedo do que se poderia esperar. Todas as suas expectativas otimistas, toda a sua confiança, haviam sido justificadas. Parecia que sua genialidade e ardor haviam previsto e ordenado sua próspera jornada. Pouco depois do rompimento de seu compromisso, ele havia sido designado; e tudo o que dissera a Anne que aconteceria aconteceu. Distinguira-se e logo fora promovido à patente superior e, àquela altura, por sucessivas capturas, já devia ter acumulado uma bela fortuna. Anne dispunha apenas dos registros da Marinha e dos jornais para obter informações, mas não tinha dúvidas de que agora ele estava rico; ademais, em respeito à sua constância, não tinha qualquer motivo para acreditar que estivesse casado.

Quão eloquente Anne Elliot poderia ter sido! Quão eloquentes, pelo menos, eram seus desejos a favor de uma ligação afetuosa precoce e de uma confiança alegre no futuro, em oposição à cautela excessivamente ansiosa que parece desmerecer o esforço e desacreditar a Providência! Havia sido forçada a ser prudente na juventude, conforme ficava mais velha, aprendia o que era o romantismo: a sequência natural de um início nada natural.

Diante de todas essas circunstâncias, recordações e sentimentos, ela era capaz de ouvir que a irmã do capitão Wentworth provavelmente moraria em Kellynch sem que se reavivasse a dor do passado; foram necessários muitos passeios e muitos suspiros para neutralizar a agitação que a notícia provocou. Disse repetidas vezes para si mesma que era uma tolice, antes que pudesse controlar suficientemente os próprios nervos para aguentar as contínuas conversas sobre os Croft e seus negócios. Todavia, foi auxiliada pela total indiferença e aparente desinteresse por parte das únicas três pessoas de seu círculo que sabiam desse segredo de seu passado, que pareciam quase negar qualquer lembrança dele. Podia reconhecer a superioridade das motivações de Lady Russell, em comparação com as do pai e de Elizabeth; respeitava toda a nobreza de sua calma, porém, a atmosfera de indiferença generalizada que reinava entre os três, qualquer que fosse sua origem, era muito importante; e, caso o almirante Croft de fato alugasse Kellynch Hall, regozijou-se novamente com a convicção pela qual sempre se sentira mais grata, o passado era conhecido apenas pelas três pessoas de seu círculo que, segundo acreditava, jamais iriam deixar escapar nem mesmo uma palavra a respeito e na certeza de que, entre as dele, apenas aquele irmão com quem ele morava na época recebera qualquer informação sobre o curto noivado dos dois. Esse irmão fora morar em outro local há muito tempo e, sendo um homem sensato, além de solteiro na ocasião, ela estava muito segura de que ninguém soubera da história de sua boca.

A irmã dele, a sra. Croft, estivera fora da Inglaterra, acompanhando o marido em um posto no exterior, e sua própria irmã, Mary, estivera na escola quando tudo acontecera, e o orgulho de uns e a delicadeza de outros nunca haviam permitido que soubesse qualquer coisa a respeito depois.

Com essas garantias, Anne esperava que o contato entre ela e os Croft, que decerto aconteceria, já que Lady Russell ainda morava em Kellynch, e Mary residia a apenas cinco quilômetros de distância, não necessariamente envolveriam nenhum constrangimento.

Capítulo 5

Na manhã para a qual estava marcada a visita do almirante e da sra. Croft a Kellynch Hall, Anne considerou muito natural fazer sua caminhada quase diária até a casa de Lady Russell e ficar longe até que a visita estivesse concluída; então, considerou muito natural lamentar não ter aproveitado a oportunidade para conhecê-los.

Esse encontro entre as duas partes provou-se altamente satisfatório e selou o negócio na mesma hora. Cada uma das senhoras estava predisposta a chegar a um acordo e, portanto, não viu nada na outra além de boas maneiras; quanto aos cavalheiros, havia da parte do almirante um bom humor tão jovial, uma liberalidade tão honesta e confiante, que não podia deixar de influenciar Sir Walter que, além disso, havia sido bajulado a ponto de apresentar seu melhor e mais cortês comportamento pelo sr. Shepherd, a lhe assegurar que o almirante o conhecia por comentários de outros como um modelo da boa estirpe.

A residência, os terrenos e a mobília foram aprovados, os Croft foram aprovados, os termos, os prazos, tudo e todos estavam corretos; os funcionários do sr. Shepherd começaram a trabalhar, sem que fosse necessário alterar qualquer cláusula preliminar do contrato de aluguel.

Sir Walter declarou, sem hesitação, que o almirante era o marinheiro mais bem-apessoado que já conhecera, disse até que, caso seu próprio criado penteasse seu cabelo, não se envergonharia de ser visto com ele em qualquer lugar; já o almirante, com simpática cordialidade, comentou com sua esposa conforme atravessavam a propriedade de volta para casa:

– Sabia que chegaríamos logo a um acordo, minha querida, apesar do que nos disseram em Taunton. O baronete nunca fará nada de extraordinário, mas não parece ser má pessoa.

Tais elogios recíprocos seriam considerados equivalentes.

Os Croft tomariam posse da mansão pela celebração de São Miguel; e como Sir Walter tinha intenção de ir para Bath no decorrer do mês que a antecedia, não havia tempo a perder com os preparativos.

Lady Russell, convencida de que Anne não teria qualquer permissão de ser útil ou importante na escolha da casa que iriam alugar, estava muito relutante de vê-la ir embora tão depressa, e desejava encontrar um meio de fazer com que ela ficasse para trás até que pudesse ela mesma levá-la para Bath depois do Natal; porém, tendo os próprios compromissos que a afastariam de Kellynch por várias semanas, não era capaz de fazer o convite que desejava. Anne, apesar de temer o possível calor de setembro na luminosa brancura de Bath, e lamentando ter que abrir mão de toda a doce e melancólica influência dos meses de outono no campo, não pensava que, considerando tudo, desejava ficar. Seria mais correto, mais sábio e, portanto, envolveria menos sofrimento acompanhar os outros.

Entretanto, algo ocorreu que lhe deu outro dever. Mary, que frequentemente se sentia um pouco adoentada e que sempre pensava que seus males eram maiores do que de fato eram, costumava sempre convocar Anne quando tinha algum problema; prevendo que não teria um dia de saúde durante todo o outono, pediu, ou melhor, exigiu – pois não foi exatamente um pedido – que fosse até o chalé de Uppercross fazer-lhe companhia pelo tempo que precisasse de Anne, em vez de ir para Bath.

– Não posso passar sem Anne. – Foi o argumento de Mary, ao que Elizabeth respondeu:

– Então, estou certa de que Anne deve ficar, pois ninguém precisará dela em Bath.

Ser considerada útil, ainda que em modo inadequado, ao menos é melhor do que ser rejeitada por ser totalmente inútil. E Anne, feliz por alguém pensar que servia para algo, contente por lhe incumbirem alguma tarefa e, com certeza, nada infeliz por isso ocorrer no campo, no seu próprio campo adorado, prontamente concordou em ficar.

Esse convite de Mary acabou com todos os problemas de Lady Russell, por isso, pouco tempo depois ficou acertado que Anne não iria para Bath até que Lady Russell a levasse e que todo o período até lá seria dividido entre o chalé de Uppercross e a casa de Kellynch.

Até então, tudo corria na mais perfeita ordem; porém, Lady Russell ficou quase alarmada pelo erro de uma parte dos planos de Kellynch Hall, quando este lhe ocorreu, que era o fato de a sra. Clay ter sido convidada a acompanhar Sir Walter e Elizabeth até Bath, como sendo importante e valiosa ajudante a essa última em todas as tarefas que tinha diante de si. Lady Russell lamentou imensamente que tivessem recorrido a tal expediente, questionou-se, afligiu-se e temeu; e a afronta que isso representava para Anne, o fato de a sra. Clay ser tão útil enquanto Anne não o poderia ser, era um agravante ainda muito pior.

Anne já havia se tornado insensível a tais afrontas, mas percebia a imprudência do arranjo tanto quanto Lady Russell. Por meio de muita observação discreta e graças a um conhecimento do caráter do pai, que muitas vezes desejava que fosse menor, sabia que era perfeitamente possível que essa intimidade tivesse sérias consequências para a família. Não imaginava que o pai atualmente tivesse qualquer pensamento nesse sentido. A sra. Clay tinha sardas, um dente torto e pulsos deselegantes, características sobre as quais ele vivia fazendo comentários desagradáveis em sua ausência; no entanto, ela era jovem e certamente, de modo geral, tinha boa aparência e possuía, por um raciocínio rápido e modos sempre agradáveis, atrativos muito mais perigosos do que qualquer outro encanto meramente físico. Anne estava tão preocupada com o grau do perigo que esses atrativos representavam que não se privou de tentar torná-los perceptíveis à irmã. Tinha pouca esperança de êxito, mas Elizabeth, que sofreria muito mais que a própria Anne caso tal reviravolta ocorresse, jamais teria motivos para censurá-la por não ter lhe dado o alerta.

Ela falou e, aparentemente, só ofendeu. Elizabeth foi incapaz de compreender como uma desconfiança tão absurda podia lhe ocorrer e, indignada, respondeu afirmando que todos os envolvidos estavam perfeitamente cientes de sua posição.

– A senhora Clay nunca se esquece de quem é – disse ela, arrebatada –, e, como eu conheço melhor os sentimentos dela do que você, posso lhe garantir que em relação ao casamento estes são particularmente adequados, e que ela reprova qualquer desigualdade de condição e prestígio mais do que a maioria das pessoas. Quanto a meu pai, jamais pensaria que ele, que se manteve solteiro por tanto tempo por nossa causa, deva ser alvo de suspeitas agora. Se a senhora Clay fosse uma mulher muito bela, concordo que talvez fosse errado tê-la comigo com tanta frequência; não que haja qualquer coisa no mundo, estou segura, capaz de levar meu pai a se casar com alguém abaixo de sua posição social, mas isso talvez o tornasse infeliz. Contudo, a pobre senhora Clay, apesar de todos os seus méritos, jamais poderia ser considerada nem mesmo toleravelmente bonita. Realmente acho que a pobre senhora Clay pode ficar conosco em perfeita segurança. Parece até que você nunca ouviu meu pai mencionar os defeitos físicos dela, embora eu saiba que deve ter ouvido pelo menos umas cinquenta vezes. Aquele dente dela e aquelas sardas! Sardas que não me desagradam tanto quanto a ele. Já vi faces que não foram consideravelmente afeadas por poucas delas, mas ele as abomina. Você já deve tê-lo ouvido comentar sobre as sardas da senhora Clay.

– Não há praticamente nenhum defeito físico que não possa ser aos poucos compensado por um temperamento agradável – replicou Anne.

– Pois eu discordo – retrucou Elizabeth secamente. – Modos agradáveis podem realçar belas feições, mas jamais conseguiriam alterar as feias. Entretanto, como de qualquer maneira eu tenho muito mais a perder do que qualquer outra pessoa em relação isso, considero um tanto desnecessário que você venha me aconselhar.

Anne o havia feito; estava satisfeita por ter terminado e não estava de todo sem esperança de ter feito algum bem. Apesar de Elizabeth se ressentir da suspeita, talvez ainda pudesse ser capaz de observá-la.

A última tarefa dos quatro cavalos de carruagem foi levar Sir Walter, a srta. Elliot e a sra. Clay até Bath. O grupo partiu bastante animado; Sir Walter ensaiou saudações condescendentes para todos os arrendatários ou camponeses aflitos que pudessem ser avisados de que deveriam aparecer e, ao mesmo tempo, Anne foi andando, em uma espécie de desolada tranquilidade, até a casa de Kellynch, onde passaria a primeira semana.

A amiga não se encontrava em melhor disposição de espírito que ela. Lady Russell sentiu profundamente aquela separação da família. A respeitabilidade dos Elliot lhe era tão cara quanto a própria, e o hábito havia tornado preciosa a convivência diária. Era doloroso ver a propriedade vazia, e ainda pior imaginar as novas mãos para as quais passariam. Sendo assim, para escapar da solidão e da melancolia de um local tão alterado e para ficar fora do caminho quando o almirante Croft e sua esposa chegassem, havia decidido se ausentar de casa quando chegasse a hora de se separar de Anne. Assim, partiram juntas, e Anne foi deixada no chalé de Uppercross, na primeira etapa da viagem de Lady Russell.

Uppercross era um vilarejo de tamanho razoável que, alguns anos antes, era todo construído no antigo estilo inglês, contendo apenas duas casas de aparência superior às dos pequenos fazendeiros e camponeses – a mansão do cavalheiro local, com seus muros altos, imensos portões e árvores antigas, sólida e que não havia sido modernizada, e a compacta e estrita residência paroquial cercada por seu próprio bem cuidado jardim, com uma videira e uma pereira cercando suas janelas. Por ocasião do casamento do filho do distinto cavalheiro, havia sido agraciado com uma casa de fazenda elevada à condição de chalé para que ali residisse, e assim o chalé de Uppercross, com sua varanda, janelas altas ao estilo francês e outros belos detalhes, provavelmente atrairia tanto a atenção de algum viajante quanto o aspecto e o terreno mais sólidos e consideráveis da mansão, que ficava pouco menos de meio quilômetro adiante.

Anne se hospedara ali muitas vezes. Conhecia os hábitos de Uppercross tão bem quanto os de Kellynch. As duas famílias se encontravam com tamanha frequência e tinham tanto costume de entrar e sair da casa uma da outra a qualquer hora do dia, que ficou bastante surpresa ao encontrar Mary sozinha. Entretanto, estando sozinha, era quase uma certeza que se sentisse indisposta e deprimida. Embora mais bem dotada do que a irmã mais velha, Mary não possuía nem o discernimento nem o temperamento de Anne. Enquanto se sentia bem e feliz e recebia atenção suficiente, tinha um ótimo humor e um estado de espírito excelente; mas qualquer indisposição a deprimia por completo. Não dispunha de recursos para aguentar a solidão e, tendo herdado uma parcela considerável da presunção dos Elliot, tinha a grande propensão a aumentar qualquer outra aflição se considerando negligenciada e maltratada. Na aparência, era inferior às duas irmãs e, mesmo no auge de sua beleza, alcançara apenas a distinção de ser

35

"uma moça bem-apessoada". Estava agora deitada no sofá desbotado da bela saleta de visitas, cujos móveis outrora elegantes tornaram-se aos poucos surrados sob o efeito de quatro verões e duas crianças; e, ao ver Anne entrar, cumprimentou-a:

– Ah, finalmente você chegou! Estava começando a pensar que nunca a veria. Estou tão doente que mal posso falar. Passei a manhã inteira sem ver uma pessoa sequer!

– Sinto muito por encontrá-la indisposta – respondeu Anne. – Você me mandou notícias tão boas sobre si mesma na quinta-feira!

– Sim, fiz o melhor que pude, como sempre faço, mas estava muito longe de me sentir bem naquele dia. E acho que nunca em toda minha vida estive tão mal quanto nesta manhã; com certeza não tinha a menor condição de ser deixada sozinha. Imagine se de repente algum terrível ataque me acometesse e não conseguisse tocar a sineta! Vejo que Lady Russell não quis entrar. Creio que ela não esteve aqui nem três vezes nesse verão.

Anne deu a resposta adequada e lhe pediu notícias do cunhado.

– Ah! Charles saiu para caçar. Não o vejo desde as sete. Ele saiu mesmo depois de lhe dizer o quanto estava indisposta. Disse que não ficaria muito tempo fora, mas não voltou até agora, e já é quase uma da tarde. Garanto a você que não vi uma alma toda essa longa manhã.

– Os meninos estiveram com você?

– Sim, pelo tempo que pude suportar o barulho deles. Mas são tão incontroláveis que me fazem mais mal do que bem. O pequeno Charles não dá atenção a nada do que digo, e Walter está indo pelo mesmo caminho.

– Bem, agora, você logo vai melhorar – replicou Anne em um tom alegre. – Sabe que sempre a faço ficar melhor quando venho. Como vão seus vizinhos da mansão?

– Não posso lhe dar notícias deles. Não vi nenhum deles hoje, com exceção do senhor Musgrove, que apenas parou aqui e falou comigo pela janela, mas sem apear do cavalo; e, embora eu tenha lhe dito o quanto estava adoentada, nem ao menos um deles veio me visitar. Suponho que não fosse conveniente para as srtas. Musgrove, e elas nunca alteram seus planos por causa dos outros.

– Talvez ainda as veja antes que a manhã termine. É cedo.

– Nunca as quero aqui, eu lhe garanto. Falam e riem demais para o meu gosto. Ah! Anne, sinto-me tão mal! Foi muito cruel de sua parte não ter vindo na quinta-feira.

– Minha querida Mary, lembre-se de quão boas foram as notícias que me enviou sobre si mesma! Escreveu no mais alegre dos tons e disse que estava perfeitamente bem e que não precisava de mim. Diante disso, deve saber que meu desejo seria ficar com Lady Russell até o último momento possível. Além do que sinto por ela, estive de fato tão ocupada, tinha tanto a fazer, que não seria possível deixar Kellynch antes sem inconvenientes.

– Meu Deus! O que você pode ter para fazer?

– Muita coisa, eu lhe garanto. Mais do que sou capaz de me lembrar em um momento, mas posso lhe contar algumas. Estive fazendo uma cópia do catálogo dos livros e quadros do meu pai. Andei várias vezes pelo jardim com Mackenzie tentando entender e fazê-lo entender quais plantas de Elizabeth eram destinadas para Lady Russell. Tive todas as minhas próprias coisas para organizar, livros e partituras para separar, e tive que arrumar novamente todos os meus baús, pois não havia entendido a tempo qual seria o arranjo dos carroções. E tive de fazer uma coisa, Mary, de natureza mais penosa: visitar quase todas as casas da paróquia, numa espécie de despedida. Fui informada de que as pessoas assim o desejavam. Tudo isso tomou muito tempo.

– Ah, bem. – Após uma pausa, Mary tornou a falar. – Mas você nem me perguntou nada sobre nosso jantar na casa dos Poole ontem.

– Então você foi? Não perguntei nada, pois havia deduzido que tivesse sido obrigada a desistir do jantar.

– Ah, sim! Eu fui. Estava me sentindo muito bem ontem; não havia nada de errado comigo até esta manhã. Teria sido estranho se eu não houvesse ido.

– Fico muito contente de você ter estado bem o bastante e espero que tenha sido agradável.

– Nada digno de nota. Sempre se sabe de antemão como vai ser o jantar, e quem estará presente. É tão desagradável não ter a própria carruagem. O senhor e a senhora Musgrove me levaram, ficamos tão apertados! Os dois são tão corpulentos e ocupam tanto espaço; e o senhor Musgrove sempre se senta na frente. Desse modo, lá fui eu, espremida no banco de trás com Henrietta e Louisa; acho muito provável que essa seja a razão do meu mal-estar de hoje.

Um pouco mais de perseverança da parte de Anne em se mostrar paciente e animada operou quase uma cura da parte de Mary. Ela logo conseguia se sentar ereta no sofá e começou a ter esperanças de poder se levantar pela hora do jantar. Então, esquecendo-se disso, estava do outro lado da sala, ajeitando um ramalhete. Depois comeu uma porção de frios e sentiu-se disposta o suficiente para sugerir que dessem um pequeno passeio.

– Aonde iremos? – indagou quando ficaram prontas. – Imagino que não queira ir até a mansão antes de irem vê-la.

– Não tenho a menor objeção a isso – respondeu Anne. – Jamais cogitaria fazer tanta cerimônia com pessoas que conheço tão bem quanto a senhora e as senhoritas Musgrove.

– Ah! Mas elas deveriam vir visitá-la assim que possível. Deveriam saber o que lhe é devido na condição de minha irmã. Contudo, podemos ir passar algum tempo em sua companhia; depois disso, podemos desfrutar nosso passeio.

Anne sempre havia considerado tal estilo de relacionamento muito imprudente; no entanto, havia deixado de tentar coibi-lo, por crer que, embora houvesse de ambas as partes constantes motivos para ofensa, nenhuma das duas famílias era capaz de abrir mão dele. Portanto, dessa forma, as duas foram até a mansão e passaram ali meia hora na antiquada sala de visitas quadrada, com um pequeno tapete e de piso reluzente, à qual as atuais filhas da casa aos poucos imprimiam o apropriado ar de confusão com o acréscimo de um pianoforte e uma harpa, vasos de flores em suportes e mesinhas espalhadas por todos os cantos. Ah! Se aqueles retratados nas pinturas contra os lambris, se aqueles senhores trajados em veludo marrom e aquelas senhoras em cetim azul pudessem ver o que estava se passando, se tivessem consciência de tal subversão de toda ordem e organização! Os próprios retratos pareciam fitar a cena com espanto.

Os Musgrove, bem como suas casas, atravessavam uma fase de mudanças, talvez de aprimoramento. O pai e a mãe eram do antigo estilo inglês, e os jovens, do estilo moderno. O senhor e a senhora Musgrove eram pessoas excelentes, simpáticas e hospitaleiras, não muito cultas e nada elegantes. Seus filhos tinham mentalidades e modos mais modernos. Formavam uma família numerosa; mas as únicas adultas, com exceção de Charles, eram Henrietta e Louisa, duas moças de dezenove e vinte anos, que trouxeram de uma escola em Exeter toda a gama habitual de habilidades e agora, tal como milhares de outras jovens, viviam para serem elegantes, felizes e alegres. Seu vestuário era da melhor qualidade, seus rostos bastante belos, sua disposição extremamente boa, seus modos desinibidos e agradáveis; eram tidas em alta conta em casa e favoritas fora dela. Anne

38

sempre as considerara duas das criaturas mais felizes que conhecia; apesar disso, poupada da possibilidade de desejar trocar de lugar com elas por uma confortável sensação de superioridade, como somos todos, não abriria mão de sua mente mais elegante e culta por todos os prazeres delas; e não lhes invejava nada além de sua aparentemente perfeita compreensão e concórdia, a bem-humorada afeição da qual experimentara tão pouco na companhia de suas irmãs.

Foram recebidas com grande cordialidade. Não parecia haver nada de errado por parte da família da mansão, que em geral, como Anne sabia muito bem, era a menos culpada. Passaram a meia hora de forma bastante agradável conversando. Anne não ficou nem um pouco surpresa quando, no final, as irmãs Musgrove resolveram se juntar ao seu passeio, após um convite de Mary.

Capítulo 6

Anne não precisava dessa visita a Uppercross para descobrir que deixar um grupo de pessoas para se unir a outro, ainda que estivessem separados por apenas cinco quilômetros, muitas vezes incluía uma mudança total nas conversas, opiniões e ideias. Nunca havia se hospedado ali antes sem ser afetada por isso ou sem desejar que outros membros da família Elliot pudessem ter, assim como ela, o privilégio de ver o quão desconhecidos ou pouco importantes eram ali assuntos que em Kellynch Hall eram tratados como de conhecimento geral e de grande interesse. Entretanto, mesmo com toda essa experiência, pensava que agora tinha de se submeter ao sentimento de ser necessário que aprendesse outra lição: a arte de ter consciência de nossa própria insignificância fora de nosso próprio círculo; pois sem dúvida, chegando como havia feito, com o coração tomado pelo assunto que havia ocupado tão completamente as duas casas em Kellynch por várias semanas, esperava um pouco mais de curiosidade e empatia do que encontrou nos comentários separados, mas muito parecidos, do sr. e da sra. Musgrove:

– Então, senhorita Anne, Sir Walter e sua irmã já partiram; em que parte de Bath pensa que irão se instalar? – questionaram sem esperar muito por uma resposta.

E no comentário das moças:

– Espero que possamos ir a Bath no inverno. Mas lembre-se, papai, se realmente formos, temos de ficar bem localizados; nada de ficarmos em Queen Square!

Ou no ansioso acréscimo de Mary:

– Ora, eu garanto que ficarei muito bem quando vocês todos tiverem ido se divertir em Bath!

Anne podia apenas se comprometer a evitar iludir a si mesma dessa maneira no futuro, e a pensar com maior gratidão na benção extraordinária de ter uma amiga como Lady Russell, que de fato lhe demonstrava empatia.

Os homens da família Musgrove tinham os próprios animais de caça para manter e destruir, os próprios cavalos, cães e jornais para entretê-los, e as mulheres se ocupavam por completo com todos os outros assuntos habituais do cuidado com o lar, vizinhos, vestidos, danças e música. Reconhecia que era muito apropriado que toda pequena comunidade social ditasse os assuntos de suas próprias conversas e esperava que, em breve, se tornasse um membro merecedor de apreço naquela para a qual havia sido transplantada agora. Diante da perspectiva de passar pelo menos dois meses em Uppercross, era muito importante que preenchesse sua imaginação, sua memória e todas as suas ideias, o máximo possível, com Uppercross.

Ela não temia esses dois meses. Mary não era tão repulsiva nem uma irmã tão pouco fraternal quanto Elizabeth, tampouco tão indiferente à sua influência; também não havia nos outros moradores do chalé qualquer coisa hostil ao conforto. Sempre havia tido uma relação amigável com o cunhado; e nos sobrinhos, que a amavam quase tanto quanto e a respeitavam muito mais do que à mãe, tinha um objeto de interesse, diversão e sadio exercício.

Charles Musgrove era gentil e agradável; não havia dúvida que era superior à esposa em sensatez e temperamento; porém, não possuía dons, capacidade de conversação ou atrativos que tornassem o passado que os conectava uma lembrança perigosa; ao mesmo tempo, no entanto, Anne compartilhava da mesma crença de Lady Russell de que uma união mais equilibrada poderia tê-lo feito melhorar muito, e de que uma mulher de verdadeiro entendimento teria conferido mais solidez a seu caráter e maior utilidade, racionalidade e elegância aos seus hábitos e ocupações. Do modo como estava, nada fazia com muito zelo, exceto caçar; fora isso, seu tempo era desperdiçado sem o benefício dos livros ou qualquer outra coisa. Tinha um ótimo humor que nunca parecia afetado pelos episódios de melancolia da esposa, e aguentava a irracionalidade dela de forma que às vezes causava admiração em Anne, e de modo geral, embora com frequência tivessem pequenas desavenças (das quais ela às vezes participava mais do que desejava, sendo solicitada por ambas as partes), os dois poderiam passar por um casal feliz. Estavam sempre em perfeita concordância no desejo de ter mais dinheiro e em uma forte inclinação para receber um belo presente do pai dele; nesse, porém, bem como na maior parte dos assuntos, ele se mostrava superior, pois, enquanto Mary considerava uma enorme vergonha o tal presente não ser dado, ele sempre insistia que o pai tinha muitos outros usos para o próprio dinheiro e o direito de gastá-lo como bem entendesse.

Quanto à educação dos filhos, a teoria de Charles era muito melhor do que a da esposa, e a sua prática não era tão ruim.

– Eu poderia lidar com eles muito bem se não fosse a interferência de Mary.

Anne sempre o escutava dizer isso e realmente acreditava nele; porém, nunca sentia a menor tentação de dizer "É verdade", quando escutava Mary reclamar:

– Charles mima as crianças de tal maneira que não consigo fazê-las respeitar nada.

Um dos aspectos menos agradáveis de sua estadia era que todos lhe faziam confidências demais e, assim, ela conhecia em excesso o segredo das queixas de cada casa. Como se sabia que tinha alguma influência sobre a irmã, continuamente solicitavam, ou pelo menos insinuavam, que a exercesse além do praticável.

– Seria ótimo se você conseguisse persuadir Mary a parar de sempre imaginar que está doente – era o que Charles dizia.

E, quando estava deprimida, Mary falava:

– Acho que, mesmo se Charles me visse à beira da morte, não pensaria que há algo errado comigo. Anne, tenho certeza, se você quisesse poderia persuadi-lo de que estou de fato muito doente... muito mais do que admito.

E Mary também afirmava:

– Detesto mandar as crianças para a mansão, embora a avó sempre queira vê-las, pois ela lhes faz as vontades e mima tanto, lhes dá tantas porcarias e tantos doces, que sempre voltam enjoados e irritados pelo resto do dia – dizia Mary.

E a sra. Musgrove aproveitou a primeira oportunidade que teve de ficar a sós com Anne para declarar:

– Ah, senhorita Anne! Não consigo deixar de desejar que a senhora Charles tivesse um pouco de seu jeito para lidar com essas crianças. Eles são criaturas bem diferentes com a senhorita! Em geral, sem sombra de dúvida são mimados demais! É uma pena que a senhorita não consiga ensinar sua irmã a controlar melhor esses meninos. Os pobrezinhos são as crianças mais bonitas e saudáveis que já se viu, e não digo isso por serem meus netos, mas a senhora Charles não sabe mais como deve tratá-los! Deus! Como são indóceis às vezes! Confesso, senhorita Anne, que isso me impede de querer vê-los em nossa casa tantas vezes como gostaria. Creio que a senhora Charles não está muito contente com o fato de eu não os convidar com mais frequência, mas você sabe que é muito ruim ter por perto crianças que é preciso ficar repreendendo a todo instante: "não faça isso" e "não faça aquilo", ou então que só se comportem de modo tolerável quando lhes damos mais bolo do que é bom para a sua saúde.

Além disso, Anne ouvia o seguinte de Mary:

– A senhora Musgrove considera todos os seus criados tão confiáveis que questionar isso seria considerado uma grande traição; no entanto, tenho certeza, sem exagero, que a sua criada de quarto e a lavadeira, em vez de cuidarem dos seus afazeres, passam o dia inteiro saracoteando pelo vilarejo. Dou de cara com as duas aonde quer que vá e posso afirmar que nunca entro duas vezes no quarto dos meus filhos sem cruzar com elas. Se Jemima não fosse a criatura mais confiável e leal desse mundo, isso seria o bastante para estragá-la, pois ela me contou que as duas vivem chamando-a para ir passear também.

E da sra. Musgrove Anne escutava:

– É uma regra minha, senhorita Anne, jamais interferir em qualquer dos assuntos de minha nora, pois sei que não seria correto; mas vou lhe contar, senhorita Anne, porque você talvez consiga dar um jeito nisso, que não tenho uma boa opinião sobre a ama da senhora Charles; ouço histórias estranhas a seu respeito, ela vive por aí vadiando, e posso dizer, por conhecimento próprio, que é uma moça que anda tão bem vestida que seria a ruína de qualquer empregado de quem se aproximasse. Sei que a senhora Charles confia piamente nela, mas apenas lhe dou essa dica para que fique atenta; pois, caso veja algo suspeito, não tema mencioná-lo.

E Mary ainda reclamava porque a sra. Musgrove não costumava lhe conceder a primazia que lhe era devida quando iam todos jantar na mansão com outras famílias, e ela não via motivo algum para o fato de ela ser da família a fazer perder seu lugar de distinção. E um dia, quando Anne passeava acompanhada apenas das duas irmãs Musgrove, uma das moças, depois de falar sobre hierarquia social, pessoas de boa posição e inveja da distinção alheia, declarou:

– Não tenho escrúpulos em comentar com a senhorita como algumas pessoas são tolas pela forma como se comportam em relação à própria posição, pois todo mundo sabe o quão despreocupada e indiferente a senhorita é em relação a isso, mas eu gostaria que alguém sugerisse a Mary que seria bem melhor se ela não se mostrasse tão ávida e, sobretudo, se não ficasse o tempo todo se destacando para tomar o lugar de mamãe. Ninguém duvida de seu direito de ter primazia sobre mamãe, mas seria mais apropriado de sua parte não insistir sempre nisso. Não que mamãe se importe com isso, mas sei que muitas pessoas reparam.

Como Anne resolveria isso tudo? O máximo que podia fazer era escutar com paciência, suavizar todos os agravos, e buscar desculpas para o comportamento de cada um, sugerir a todos a benevolência necessária entre vizinhos tão próximos e tornar tais sugestões mais claras quando fossem para ajudar a irmã.

Sob todos os outros aspectos, sua visita começou e transcorreu muito bem. Seu estado de espírito melhorou com a mudança de ares e de assuntos, tendo se afastado cinco quilômetros de Kellynch. As indisposições de Mary diminuíram por ter uma companhia constante, e o convívio diário com a outra família era até uma vantagem, já que não havia no chalé nenhum afeto, confidência ou ocupação mais importantes que fossem ser interrompidos por ele. Certamente, esse convívio era mantido o tanto quanto possível, pois se encontravam todas as manhãs e praticamente não passavam uma noite separados, mas Anne acreditava que não teriam ficado tão bem sem a visão das silhuetas respeitáveis do sr. e sra. Musgrove em seus lugares habituais ou sem a conversa, o riso e a cantoria de suas filhas.

Anne tocava muito melhor do que ambas as srtas. Musgrove, mas como não tinha voz para o canto, nem conhecimento da harpa, nem pais carinhosos que ficassem sentados a seu lado afirmando estar encantados, ninguém pensava muito em suas performances, apenas o faziam por civilidade ou para dar um descanso às outras duas, como ela bem sabia. Tinha consciência de que, ao tocar, proporcionava prazer apenas para si mesma, mas esse não era um sentimento novo. Exceção por um curto período de sua vida, nunca, desde os catorze anos, desde a perda de sua querida mãe, experimentara a felicidade de ser escutada ou encorajada por uma apreciação justa ou verdadeiro bom gosto. Em relação à música, estava habituada desde sempre a se sentir sozinha no mundo. Além disso, a terna parcialidade do sr. e da sra. Musgrove em relação à performance das próprias filhas, bem como sua total indiferença à de qualquer outra pessoa, causava-lhe muito mais prazer por eles do que tristeza por si própria.

As reuniões na mansão, às vezes, recebiam o acréscimo de outras pessoas. A vizinhança não era grande, mas todos iam até os Musgrove, e eles davam mais jantares e recebiam mais pessoas e mais visitantes seja por convite ou por acaso do que qualquer outra família. Eram totalmente populares.

As moças adoravam dançar, e as noites, algumas vezes, eram encerradas com um pequeno baile improvisado. Uma família de primos morava a uma caminhada de distância de Uppercross; de situação menos afluente, dependiam dos Musgrove para toda a sua diversão, apareciam a qualquer hora e ajudavam a tocar qualquer instrumento ou a dançar em qualquer lugar; e Anne, que preferia muito mais o ofício de música a outro posto mais ativo, passava horas tocando músicas do interior para eles, gentileza esta que sempre fazia seu talento musical ser apreciado pelo sr. e pela sra. Musgrove mais do que qualquer outra coisa, e com frequência provocava esse elogio:

– Muito bem, senhorita Anne! Muito bem mesmo! Meu Deus! Como esses seus dedinhos voam pelas teclas!

Assim se passaram as primeiras três semanas de sua estada. O dia de São Miguel chegou; então, o coração de Anne se voltou para Kellynch. Um lar amado entregue a outros; todos os preciosos aposentos e móveis, os bosques e as paisagens começando a receber outros olhares, outros pés e outras mãos! No dia 29 de setembro, praticamente não foi capaz pensar em outra coisa; à noite, teve uma demonstração de empatia de Mary que, quando precisou registrar o dia do mês, exclamou:

– Minha nossa! Não é hoje que os Croft se mudariam para Kellynch? Ainda bem que não lembrei disso antes. Como me entristece!

Os Croft tomaram posse da casa com uma verdadeira eficiência naval. Era necessário lhes fazer uma visita. Mary, por sua parte, detestava essa necessidade. *Ninguém sabia o quanto sofreria. Devia adiar a visita o máximo que conseguisse.* No entanto, não sossegou enquanto não convenceu Charles a levá-la até lá um dia logo cedo e retornou em um estado de agitação mental bastante animado e agradável. Anne havia ficado sinceramente contente por não ter havido meios de ir. Desejava, entretanto, conhecer os Croft, e ficou satisfeita por estar em casa quando a visita foi retribuída. Vieram. O chefe da casa não estava, mas as duas irmãs estavam juntas; como coube a Anne entreter a sra. Croft, enquanto o almirante se sentava com Mary e se fazia muito simpático com seus comentários bem-humorados sobre seus dois garotos, Anne teve a chance de procurar semelhanças que, se não estavam presentes nas feições, transpareciam no tom de voz, nos sentimentos e expressões.

A sra. Croft, apesar de não ser alta nem gorda, tinha uma silhueta firme, ereta e vigorosa que lhe conferia um ar de importância. Tinha brilhantes olhos escuros, bons dentes e, em todos os aspectos, um semblante simpático; embora sua compleição avermelhada e castigada pelo clima, consequência de ter passado quase tanto tempo no mar quanto o marido, fizesse parecer que tivesse alguns anos a mais do que seus verdadeiros trinta e oito. Seus modos eram francos, espontâneos e decididos, como os de alguém que tem total confiança em si e não tem dúvidas quanto ao que deve fazer; porém, não demonstrava qualquer rispidez ou ausência de bom humor. Anne ficou realmente grata pela grande consideração que a senhora lhe demonstrava quanto a tudo relacionado a Kellynch; sentiu-se satisfeita com isso, em especial, por perceber em menos de um minuto, na verdade, no momento em que foram apresentadas, que não havia o menor sinal de qualquer conhecimento ou suspeita da parte da sra. Croft, que pudesse torná-la de alguma forma parcial. Anne estava bastante tranquila quanto a isso, e por consequência sentia-se cheia de força e coragem, até o momento que a chocou com as palavras repentinas da sra. Croft:

– Creio que foi a senhorita, e não sua irmã, que meu irmão teve o prazer de conhecer quando morou nesta região.

Anne esperava ter passado da idade de enrubescer, mas certamente não passara da idade de se emocionar.

– Talvez não tenha ficado sabendo que ele se casou – acrescentou a sra. Croft.

Anne devia responder de forma adequada nesse momento; e ficou satisfeita quando as palavras seguintes da sra. Croft esclareceram que se referia ao sr. Wentworth, por não ter dito nada que não se aplicasse a qualquer um dos dois irmãos. Imediatamente percebeu o quanto fazia sentido que a sra. Croft pensasse e falasse sobre Edward, e não Frederick; envergonhando-se do próprio esquecimento, esforçou-se a inquirir sobre o atual estado de seu antigo vizinho com o interesse apropriado.

O resto da visita transcorreu tranquilamente até que, quando o casal estava de saída, ouviu o almirante dizer a Mary:

– Estamos aguardando a chegada de um irmão da senhora Croft em breve; ouso dizer que o conhece pelo nome.

Foi interrompido pelos ataques entusiásticos dos dois meninos, que se agarraram a ele como a um velho amigo, declarando que não podia ir embora. Como ficou demasiado entretido com propostas de levá-los dentro dos bolsos do casaco etc. para ter outro momento para terminar ou recordar o que havia começado a dizer, Anne teve de persuadir a si mesma, como foi capaz, de que ainda se tratava do mesmo irmão. Não podia, entretanto, alcançar tal grau de certeza a ponto de não ficar ansiosa para saber se alguma coisa havia sido comentada a respeito na outra casa que os Croft tinham acabado de visitar.

Havia sido combinado que os moradores da mansão passariam o restante da noite no chalé. Como o ano ia demasiado avançado para que tais visitas fossem feitas a pé, já esperavam ouvir a carruagem, quando a mais jovem das irmãs Musgrove entrou. A primeira ideia que lhes veio à mente foi que a moça viera pedir desculpas e avisar que deveriam jantar sozinhas; Mary já estava pronta para se mostrar ofendida, quando Louisa esclareceu a situação dizendo que tinha vindo a pé apenas para dar mais lugar para a harpa, que vinha trazida na carruagem.

– E vou lhes dizer o motivo e contar todos os detalhes – prosseguiu. – Vim na frente lhes avisar que papai e mamãe estão muito cabisbaixos essa noite, sobretudo mamãe; tem pensado tanto no pobre Richard! Concordamos, então, que seria melhor trazer a harpa, pois parece entretê-la mais do que o pianoforte. Vou lhes dizer por que ela está triste. Hoje de manhã, quando os Croft foram nos visitar (eles vieram aqui em seguida, certo?), mencionaram que o irmão dela, o capitão Wentworth, acaba de regressar à Inglaterra, ou de ser dispensado, algo do tipo, e que estava vindo visitá-los quase imediatamente. Infelizmente, depois de os dois já terem ido embora, mamãe se lembrou de que Wentworth, ou algo muito parecido, era como se chamava o capitão do pobre Richard em certa época; não sei quando nem onde, mas bem antes de ele morrer, pobre rapaz! Depois de verificar as cartas e pertences de Richard, mamãe confirmou que estava certa, e tem certeza de que deve ser o mesmo homem, agora não consegue pensar em outra coisa além disso ou do pobre Richard! Portanto, precisamos todos nos mostrar o mais alegres possível, para que ela não fique alimentando pensamentos tão soturnos.

As verdadeiras circunstâncias desse lamentável episódio da história familiar eram que os Musgrove haviam tido o infortúnio de ter um filho muito problemático e incorrigível e a ventura de perdê-lo antes que completasse vinte anos; que o rapaz havia sido despachado para o mar por ser estúpido e incontrolável em terra; que sempre havia sido muito pouco estimado pela família, ainda que fosse o que merecesse; que raramente recebiam notícias dele e que quase não o pranteam quando, dois anos antes, a notícia de sua morte no estrangeiro chegara a Uppercross.

Na verdade, apesar de as irmãs agora fazerem todo o possível para reabilitá-lo chamando-o de "pobre Richard", o rapaz não passava do estúpido, insensível e imprestável Dick Musgrove que, vivo ou morto, nunca havia realizado nada para se intitular mais do que a abreviatura de seu nome, vivo ou morto.

O rapaz havia passado vários anos no mar e, no decorrer das transferências às quais todos os aspirantes a oficial estão sujeitos, sobretudo aqueles dos quais todos os capitães desejam se ver livres, passara seis meses a bordo da fragata do capitão Frederick Wentworth, a *Laconia*. E fora a bordo da *Laconia*, e sob a influência de seu capitão, que escrevera as únicas duas cartas jamais recebidas pelo pai e pela mãe durante toda sua ausência; isto é, as únicas duas cartas desinteressadas, todas as outras haviam sido meras solicitações de dinheiro.

Em ambas as missivas, ele havia elogiado seu capitão. Entretanto, sua família estava tão pouco habituada a dar atenção a tais assuntos, tinham tão pouca curiosidade e interesse por nomes de homens ou de embarcações que tais louvores lhes causaram quase nenhuma impressão na ocasião. O fato de a sra. Musgrove, nesse dia, ter subitamente recordado o nome de Wentworth como estando relacionado ao seu filho parecia um daqueles extraordinários arrebatamentos mentais que às vezes ocorrem.

Ela consultara suas cartas e constatara que suas suposições estavam corretas. A releitura após tão longo intervalo, a lembrança do filho que partira para sempre, com toda a seriedade de seus defeitos esquecida, havia afetado muito e feito com que mergulhasse em um pesar por ele que superava o que sentira quando ficara sabendo da sua morte. O sr. Musgrove foi afetado da mesma forma, mas com menor intensidade; quando chegaram ao chalé, estava claro que os dois se sentiam ansiosos, primeiro, para falar do assunto e, depois, para receber todo o consolo que uma companhia alegre proporcionasse.

Ouvi-los falar tanto no capitão Wentworth, repetindo seu nome tantas vezes, refletindo sobre o passado e, por fim, concluindo que talvez fosse, que provavelmente era, o mesmo capitão Wentworth que se lembravam de ter encontrado uma ou duas vezes depois de retornarem de Clifton – um ótimo rapaz –, mas não sabiam dizer se isso havia ocorrido sete ou oito anos antes, consistiu em um novo tipo de provação para os nervos de Anne. Todavia, ela descobriu que isso seria algo com o qual teria de se acostumar. Uma vez que a visita dele à região era esperada, precisava aprender a ser insensível a tais assuntos. E não só parecia que ele era esperado, prontamente, mas também que os Musgrove estavam decididos a se apresentar e tentar travar amizade com ele, assim que ficassem sabendo de sua chegada, por serem muito gratos pela gentileza que ele demonstrara para com o pobre Dick e por enorme respeito ao seu caráter, evidenciado pelo fato de o pobre Dick ter passado seis meses sob sua tutela e de o ter descrito com os maiores elogios, embora não muito bem escritos, como "um sujeito *benhapessoado*, apenas um pouco *ezigente* demais quanto à instrução".

Tal decisão contribuiu para que se reconfortassem ao longo da noite.

Capítulo 7

Mais alguns poucos dias e souberam que o capitão Wentworth estava em Kellynch, e o sr. Musgrove fora visitá-lo e voltou tecendo-lhe muitos elogios, e ele havia combinado com os Croft que jantariam em Uppercross no final da semana seguinte. O sr. Musgrove ficara bastante desapontado ao constatar que não era possível marcar numa data anterior, tão impaciente estava por demonstrar sua gratidão recebendo o capitão Wentworth sob o seu teto e compartilhando com ele o que houvesse de mais forte e de melhor em sua adega. Contudo, era necessário esperar uma semana; apenas uma semana, constatou Anne, e teriam de se encontrar; e logo ela desejou poder se sentir confiante mesmo que fosse apenas por uma semana.

O capitão Wentworth enfim retribuiu a gentileza do sr. Musgrove, e Anne quase esteve lá na mesma meia hora. Ela e Mary estavam de saída para a mansão, onde, como ficou sabendo depois, teriam inevitavelmente o encontrado, quando foram impedidas pela chegada do menino mais velho sendo carregado para casa após uma queda feia. O estado da criança fez a visita ser deixada totalmente de lado; Anne, porém, não pôde ficar indiferente ao saber do que escapara, mesmo em meio à séria preocupação que depois sentiram por conta do menino.

Constatou-se que ele havia deslocado a clavícula e sofrido um ferimento nas costas, o qual provocou as suposições mais alarmantes. Foi uma tarde de aflição, e Anne teve de fazer tudo ao mesmo tempo: mandar chamar o boticário, mandar encontrar e informar o pai do menino, apoiar a mãe e impedir que se desesperasse, controlar os criados, afastar o menino mais novo e tratar e confortar o que havia se machucado. Além de mandar avisar a outra família, assim que se lembrou de fazê-lo, o que acarretou a vinda de companheiros curiosos e assustados no lugar de ajudantes úteis.

O retorno de seu cunhado foi a primeira consolação; ele conseguia lidar melhor com a esposa; e a segunda bênção foi a chegada do boticário. Até este chegar e examinar o menino, seus temores eram vagos e, por isso, piores; suspeitavam que a lesão fosse grave, mas não sabiam onde; porém, a clavícula logo fora recolocada no lugar e, embora o sr. Robinson tenha sentido, apalpado e esfregado, mantendo o semblante sério e falando em voz baixa com o pai e a tia, ainda assim, deviam esperar o melhor e poderiam se separar e jantar com certa tranquilidade. Foi então, logo antes de irem embora, que as duas jovens tias conseguiram deixar de lado o estado do sobrinho para contar sobre a visita do capitão Wentworth. As duas ficaram cinco minutos a mais que o pai e a mãe, para tentar expressar o quanto ficaram encantadas com ele e o quanto o consideraram mais belo e infinitamente mais agradável do que qualquer outro homem que conheciam e fora seu preferido antes. Ficaram muito contentes quando ouviram o pai pedindo-lhe que ficasse para o jantar, como se entristeceram quando ele disse que não seria capaz e, mais uma vez, quão contentes ficaram quando ele, pelos contínuos e insistentes convites de seu pai e de sua mãe para jantar em sua companhia no dia seguinte, havia aceitado – no dia seguinte mesmo. E ele prometera de modo tão agradável, como se compreendesse toda a causa de sua atenção exatamente como devia. Em suma, tinha feito e dito tudo com uma elegância tão refinada que as duas podiam garantir a todos que ele lhes havia arrebatado! Dito isso, saíram correndo, tão cheias de alegria quanto de amor, e aparentemente pensando mais no capitão Wentworth do que no pequeno Charles.

A mesma história e o mesmo entusiasmo foram repetidos quando as duas moças apareceram acompanhadas do pai, por volta do crepúsculo, para saber notícias. O sr. Musgrove, agora não tão preocupado com o herdeiro, pôde contribuir com sua confirmação e seus elogios, e esperava que agora não houvesse qualquer motivo para adiar a visita do capitão Wentworth, e só podia lamentar que os moradores do chalé provavelmente não fossem querer deixar o menino para ir conhecê-lo.

– Ah, não! Não vamos deixar o menino. – Tanto para o pai, quanto para a mãe o alarme ainda era recente e forte demais, para suportarem tal ideia. E Anne, alegre por ter um meio de escapar, não pôde deixar de unir seu próprio enfático protesto aos deles.

Na verdade, Charles Musgrove mostrou-se mais inclinado depois: "o menino estava passando tão bem, e ele queria tanto ser apresentado ao capitão Wentworth, talvez fosse à mansão à noite; não jantaria fora de casa, mas talvez fizesse uma visita de meia hora".

Nisso, porém, encontrou a forte oposição da esposa:

– Ah, não! Charles, não vou aguentar se você for, não mesmo. Imagine se acontece alguma coisa!

O menino teve uma noite tranquila e passava bem no dia seguinte. Somente o tempo poderia dizer se não tivera alguma lesão na coluna, mas o sr. Robinson não encontrara nada que justificasse maior preocupação; em consequência disso, Charles Musgrove começou a não sentir mais a necessidade de continuar confinado. O menino deveria ser mantido na cama e entretido do modo mais calmo possível; em que um pai poderia ajudar? Aquele era um assunto para mulheres e seria um grande absurdo que ele, que não seria de utilidade alguma em casa, se trancasse. Seu pai queria muito que ele conhecesse o capitão Wentworth e, não havendo motivo suficiente para não o fazer, ele devia ir; por fim, assim que chegou da caçada, declarou incisivamente sua intenção de se arrumar na mesma hora e ir jantar na outra casa.

– O garoto não poderia estar melhor – disse ele –, então acabei de dizer ao meu pai que iria a sua casa, e ele considerou minha decisão acertada. Sua irmã estando aqui com você, meu amor, não tenho qualquer escrúpulo. Você não iria querer deixá-lo sozinho, mas pode ver que não tenho qualquer serventia. Anne mandará me chamar se houver algum problema.

Maridos e esposas em geral sabem quando se opor é em vão. Pela maneira de falar de Charles, Mary sabia que ele estava bastante determinado a ir, e que de nada adiantaria contrariá-lo. Assim, não disse nada até ele sair da sala, mas assim que só restou Anne para escutar, falou:

– Então você e eu teremos de nos arranjar sozinhas com essa pobre criança doente; e ninguém estará conosco toda a noite! Eu sabia que seria assim. Essa é sempre a minha sina. Se algo desagradável está ocorrendo, os homens dão um jeito de se safar, e Charles é tão ruim quanto qualquer outro. Tamanha insensibilidade! Devo dizer que é muito insensível da parte dele fugir de seu pobre filhinho. E ainda fala que o menino está bem! Como ele pode saber que o menino está bem ou que não haverá alguma mudança súbita daqui a meia hora? Nunca imaginei que Charles seria tão insensível. Agora, lá vai ele sair e se divertir, e eu, por ser a coitada da mãe, não posso sair; apesar disso, tenho certeza de que sou a pessoa menos indicada para estar perto do menino. Justamente por eu ser a mãe é que meus sentimentos deveriam ser poupados. Não estou à altura dessa tarefa. Você viu como fiquei nervosa ontem.

– Mas isso foi apenas o efeito do susto repentino, do choque. Você não vai ficar nervosa de novo. Atrevo-me a dizer que não teremos motivos para nos preocupar. Entendi perfeitamente as recomendações do senhor Robinson, e não tenho qualquer temor; e na verdade, Mary, a atitude de seu marido não me surpreende em nada. O cuidado das crianças não compete a um homem; não é seu lugar. Uma criança doente é sempre propriedade da mãe, geralmente seus próprios sentimentos assim o exigem.

– Creio que gosto tanto de meu filho quanto qualquer outra mãe, mas não sei se tenho mais utilidade no quarto do doente do que Charles, pois não posso ficar repreendendo e censurando a pobre criança quando está doente. Você viu, hoje de manhã, que sempre que eu o mandava ficar quieto ele começava a espernear. Meus nervos não aguentam esse tipo de coisa.

– Mas você ficaria tranquila passando a noite toda longe do pobre menino?

– Claro! Se o pai pode fazê-lo, por que eu não poderia? Jemima é muito cuidadosa e poderia nos mandar notícias de hora em hora. De fato, acho que Charles podia muito bem ter dito ao pai que todos iríamos. Agora, não estou mais alarmada do que ele em relação ao pequeno Charles. Ontem, fiquei extremamente alarmada, mas hoje a história é bem diferente.

– Bem, se não achar que já está tarde para avisar que estará presente, supondo que vá, assim como o seu marido. Deixe o pequeno Charles aos meus cuidados. O senhor e senhora Musgrove não podem ver nada de errado se eu ficar com ele.

– Está falando sério? – exclamou Mary, com os olhos brilhando. – Meu Deus! Mas que ótima ideia, muito boa, mesmo. Com certeza tanto faz eu ir ou não, pois não tenho qualquer serventia aqui em casa... tenho? Apenas fico perturbada. Você, que não tem sentimentos de uma mãe, é muito mais adequada para ficar. Você consegue que o pequeno Charles faça qualquer coisa; ele sempre a obedece na hora. Será muito melhor do que deixá-lo apenas com Jemima. Ah, com certeza eu vou! Estou certa de que devo ir se puder, tanto quanto Charles, pois querem muito que eu conheça o capitão Wentworth, e sei que você não se importa em ser deixada sozinha. Essa sua ideia foi mesmo excelente, Anne. Vou avisar Charles e me arrumar logo em seguida. Você sabe que pode mandar nos chamar no mesmo instante caso aconteça alguma coisa; mas ouso dizer que não vai acontecer nada para alarmá-la. Tenha certeza de que eu jamais iria se não estivesse inteiramente tranquila em relação a meu querido filho.

No momento seguinte, ela estava batendo à porta do quarto de vestir do marido. Anne a seguira escada acima e chegou a tempo de ouvir a conversa toda, que começou com Mary dizendo, em um tom exultante:

– Irei acompanhá-lo, Charles, pois não tenho mais serventia em casa do que você. Se eu me trancafiasse para sempre com o menino, jamais seria capaz de persuadi-lo a fazer qualquer coisa que ele não quisesse. Anne vai ficar; Anne se ofereceu para ficar em casa e cuidar dele. Ela mesma se ofereceu, portanto, vou com você, o que vai ser muito melhor, pois não janto na outra casa desde terça-feira.

– É muita gentileza de Anne – foi a resposta do marido –, e ficaria muito contente se você for; mas parece muito injusto que ela fique em casa sozinha para cuidar de nosso filho doente.

Anne estava agora perto o bastante para defender sua própria causa; a sinceridade de sua atitude logo bastou para convencê-lo, no que o convencimento era ao menos muito agradável, ele não hesitou mais em deixá-la para jantar sozinha, apesar de ainda querer que ela fosse se juntar a eles mais tarde, depois que o menino tivesse ido para a cama, e gentilmente insistiu para que ela o deixasse voltar para buscá-la, mas ela não se deixou persuadir; sendo assim, em pouco tempo Anne teve o prazer de vê-los sair juntos e muito animados. Partiram para se divertirem, assim esperava ela, por mais estranhamente constituída que essa felicidade pudesse parecer. Quanto a ela, ficou sentindo-se tão tranquila quanto talvez viesse a sentir outra vez na vida. Sabia que seria muito importante para o menino; e que importância tinha para ela que Frederick Wentworth estivesse a pouco menos de um quilômetro de distância, mostrando-se simpático para com outras pessoas?

Ela teria gostado de saber como ele se sentia quanto a reencontrá-la. Talvez fosse indiferente, se fosse possível haver indiferença em tais circunstâncias. Estava indiferente ou relutante. Caso desejasse revê-la, não precisava ter esperado até esse momento; teria feito aquilo que ela não podia deixar de imaginar que, em seu lugar, ela própria teria feito há muito tempo, quando os acontecimentos logo haviam proporcionado a ele a independência que era a única coisa que lhe faltava.

Seu cunhado e sua irmã voltaram encantados com o novo conhecido e com a visita como um todo. Houve música, cantoria, conversas, risos, tudo do mais agradável. O capitão Wentworth tinha modos encantadores, sem nenhuma timidez ou reserva. Parecia que todos já se conheciam há muito tempo, e ele viria caçar com Charles logo na manhã seguinte. Viria tomar o desjejum, mas não no chalé, apesar de essa ter sido a sugestão inicial; porém, depois ele havia sido pressionado a ir à mansão em vez disso, e pareceu temer incomodar a sra. Charles Musgrove por causa do menino, portanto, de alguma forma, mal sabiam como, acabaram combinando que Charles iria encontrá-lo na casa do pai para fazer o desjejum.

Anne entendeu tudo. Ele queria evitar encontrá-la. Soube que havia perguntado por ela por alto, como era apropriado a um antigo conhecido, parecendo ter indicado isso como ela o havia feito, motivado, talvez, pela mesma vontade de evitar uma apresentação quando se encontrassem.

As atividades matutinas no chalé sempre ocorriam mais tarde do que as da outra casa, e no dia seguinte a diferença foi tão grande que Mary e Anne mal haviam começado o desjejum quando Charles entrou para dizer que estavam saindo, que tinha vindo buscar os cães, e que as irmãs vinham logo atrás com o capitão Wentworth. Suas irmãs vinham visitar Mary e o menino, e o capitão Wentworth sugeriu também fazer uma curta visita se não fosse inconveniente. Embora Charles tivesse afirmado que a criança não estava tão mal a ponto de tornar a visita um incômodo, o capitão Wentworth não ficou satisfeito até que ele fosse na frente para avisar.

Mary, muito lisonjeada por tal atenção, estava muito disposta a recebê-lo, enquanto Anne era dominada por mil emoções diferentes das quais a mais consoladora era a certeza de que logo tudo iria terminar. E logo tudo terminou. Dois minutos depois do aviso de Charles, os outros chegaram;

estavam na sala de visitas. Seu olhar mal cruzou com o do capitão Wentworth, trocaram mesuras e vênias; ela ouviu sua voz – ele falou com Mary, disse tudo o que era apropriado, falou algo para as irmãs Musgrove, o suficiente para indicar uma relação amigável. A sala parecia cheia, lotada de pessoas e vozes, mas poucos minutos puseram fim a tudo. Charles surgiu à janela, estava tudo pronto, seu visitante fez uma mesura e saiu, as srtas. Musgrove também partiram, decidindo de repente acompanhar os caçadores até o limite do vilarejo. A sala se esvaziou, e Anne pôde terminar sua refeição da melhor forma que foi capaz.

– Acabou! Acabou! – repetia para si mesma inúmeras vezes, nervosamente grata. – O pior já passou!

Mary estava falando, mas Anne não conseguia prestar atenção. Ela o tinha visto. Tinham se encontrado. Haviam estado mais uma vez juntos no mesmo recinto!

Entretanto, logo começou a refletir consigo mesma e a tentar controlar as próprias emoções. Oito anos, quase oito anos haviam se passado desde que tinham desistido de tudo. Era absurdo retomar a agitação que esse tempo havia banido para longe e para o esquecimento! O que oito anos não eram capazes de fazer? Acontecimentos de todo tipo, mudanças, distanciamentos, partidas... Tudo, tudo podia ocorrer em tal intervalo, e o esquecimento do passado... Seria muito natural, muito certo! Representava quase um terço de seu tempo de vida.

Infelizmente, em suas ponderações, Anne constatou que, para sentimentos persistentes, oito anos eram praticamente nada.

Agora, como deveria interpretar os sentimentos dele? Desejaria evitá-la? No instante seguinte, ela odiava a si própria pela tolice que a levou a fazer tal pergunta.

Em relação a uma outra pergunta, que talvez sua maior sensatez não fosse capaz de impedi-la de fazer, logo se viu livre de toda a incerteza, pois, depois que as irmãs Musgrove tinham retornado e terminado sua visita ao chalé, Mary espontaneamente lhe disse o seguinte:

– O capitão Wentworth não se mostrou muito galante com você, Anne, apesar de ter sido muito atencioso comigo. Henrietta perguntou-lhe o que achava de você, e ele respondeu que "você estava tão mudada que não a teria reconhecido".

Mary não tinha sensibilidade suficiente para respeitar os sentimentos da irmã comumente, mas nesse caso não podia imaginar que estivesse causando alguma mágoa.

"Mudada a ponto de estar irreconhecível." Anne aceitou sem resistência, em profunda e silenciosa humilhação. Não havia dúvida quanto a isso, e ela não tinha como se vingar, pois ele não havia mudado, ou pelo menos não para pior. Já reconhecera isso para si mesma e não podia pensar de modo diferente, ele que pensasse o que quisesse dela. Não; os anos que haviam destruído a juventude e a beleza de Anne tinham apenas concedido a ele um olhar ainda mais brilhante, viril e franco, em nada diminuíram seus atrativos. Ela encontrara o mesmo Frederick Wentworth.

"Tão mudada que ele não a teria reconhecido!" Eram palavras que ela não seria capaz de esquecer. Contudo, logo passou a se alegrar por tê-las escutado. Acalmaram-na, afastaram sua agitação, recompuseram-na, e em consequência deveriam fazê-la mais feliz.

Frederick Wentworth usara essas palavras, ou semelhantes, mas sem fazer ideia de que seriam repetidas para ela. Julgara-a terrivelmente mudada e, no primeiro momento, ao ser perguntado, dissera o que realmente sentia. Não havia perdoado Anne Elliot. Ela o havia magoado, abandonado e decepcionado; e o pior: ao fazê-lo, havia demonstrado uma fraqueza de caráter que o temperamento decidido e confiante dele não podia suportar. Havia desistido dele para agradar a outros. Havia sido afetada por insistente persuasão. Havia revelado fraqueza e timidez.

Nutrira uma calorosa afeição por Anne, e desde então nunca havia encontrado outra mulher que julgasse se igualar a ela; porém, a não ser por uma curiosidade natural, não tinha a menor vontade de reencontrá-la. A influência que ela exercia sobre ele desaparecera para sempre.

Agora, seu objetivo era se casar. Estava rico e, retornando à terra firme, tinha plena intenção de se assentar assim que se fosse devidamente tentado a isso; na verdade, estava à procura, pronto para se apaixonar com toda a rapidez que uma mente esclarecida e um gosto vivo lhe permitissem. Tinha um coração à disposição de qualquer uma das srtas. Musgrove, caso conseguissem capturá-lo; em suma, seu coração estava aberto para qualquer jovem agradável que lhe cruzasse o caminho, exceto por Anne Elliot. Essa era a sua única exceção secreta quando respondeu às suposições da irmã:

– Sim, Sophia, aqui estou eu muito disposto a entrar em uma união tola. Qualquer uma entre quinze e trinta anos poderá receber meu pedido.

Basta um pouco de beleza, alguns sorrisos, alguns elogios à Marinha, para que eu me perca. Isso não deveria ser o suficiente para um marinheiro, que não conviveu o suficiente com mulheres para se tornar gentil?

Ela sabia que o irmão falara assim para que o contradissesse. O olhar brilhante e orgulhoso exibia a alegre convicção de que ele era, de fato, gentil; e Anne Elliot não estava fora de seus pensamentos quando descreveu com grande seriedade a mulher que gostaria de encontrar.

– Uma mente decidida e modos doces. – Era o cerne de toda sua descrição. – Assim é a mulher que quero. É claro que me contentaria com alguém um pouco inferior, mas não muito. Se eu for um tolo, sou um tolo de verdade, pois refleti mais sobre o assunto do que a maioria dos homens.

Capítulo 8

A partir desse momento, o capitão Wentworth e Anne Elliot passaram a frequentar o mesmo círculo. Logo, ambos participavam dos jantares na casa do sr. Musgrove, pois o estado de saúde do menino não podia mais ser usado pela tia como desculpa para se ausentar; e esse foi apenas o começo de outros jantares e encontros.

Se os antigos sentimentos renasceriam era algo que seria preciso pôr à prova; sem dúvida, memórias do passado necessariamente viriam à tona na mente de ambos; era impossível não refletir sobre elas; ele não podia evitar mencionar o ano de seu noivado nas pequenas narrativas ou descrições que a conversa suscitava. Sua profissão o qualificava, e sua disposição o levava a falar. As frases: "Isso foi em 1806"; "Aquilo aconteceu antes de eu embarcar em 1806" foram ditas durante a primeira noite que os dois passaram juntos; e embora a voz dele não tivesse vacilado, e apesar de ela não ter tido motivo para supor que tivesse relanceado em sua direção enquanto dizia isso, Anne percebeu que era totalmente impossível, por tudo que conhecia dele, que não fosse visitado por recordações da mesma forma que ela. Devia passar pela mesma associação imediata de ideias, embora ela imaginasse que nem de longe a dor dele fosse igual à sua.

Não conversavam um com o outro, nem qualquer interação além daquelas exigidas pela boa educação. Outrora, haviam significado tanto um para o outro! Agora, nada! Houvera um tempo em que, entre todo o numeroso grupo que agora ocupava a sala de visitas na mansão de Uppercross, os dois teriam enorme dificuldade em parar de conversar um com o outro. Com exceção, talvez, do almirante e da sra. Croft, que pareciam particularmente apegados e felizes (Anne não aceitaria nenhuma outra exceção, mesmo entre os casados). Não poderia ter havido dois corações tão abertos, nem gostos tão semelhantes, sentimentos tão em uníssono, faces tão amadas. Agora eram como estranhos; não, pior do que estranhos, pois nunca poderiam se conhecer. Era um afastamento perpétuo.

Quando ele falava, ela escutava a mesma voz e reconhecia o mesmo modo de pensar. O grupo exibia uma ignorância geral em relação a todos os temas relacionados à Marinha. Ele foi muito interrogado, em especial pelas srtas. Musgrove, que pareciam ter olhos somente para ele, quanto ao modo de vida a bordo, aos regulamentos diários, à alimentação, aos horários etc. E a surpresa delas diante dos relatos dele, ao descobrirem o grau de conforto e as comodidades que era possível ter a bordo, provocou nele uma amigável zombaria, o que fez Anne se lembrar dos dias em que também ela era ignorante, quando também havia sido acusada de imaginar que os marinheiros vivessem embarcados sem comida, ou sem cozinheiro para a preparar caso houvesse alguma, nem qualquer criado para a servir ou faca e garfo para usarem.

Enquanto assim escutava e refletia, Anne foi despertada por um sussurro da sra. Musgrove, que, abalada por ternos remorsos, não pôde evitar dizer:

– Ah, senhorita Anne! Se os céus houvessem decidido poupar meu pobre filho, ouso dizer que hoje ele seria um homem muito mudado.

Anne reprimiu um sorriso e escutou com delicadeza, enquanto a sra. Musgrove aliviou mais um pouco seu coração; assim, durante alguns minutos, não pôde dar atenção à conversa dos outros.

Quando pôde permitir que sua atenção seguisse novamente seu rumo natural, viu as srtas. Musgrove pegando o Registro da Marinha (o seu próprio Registro da Marinha, o primeiro a entrar em Uppercross) e sentando-se juntas para examiná-lo, para, segundo o que disseram, encontrar os navios que o capitão Wentworth havia comandado.

– Seu primeiro navio foi o *Asp*, eu me lembro; vamos procurar o *Asp*.

– Não vão encontrá-lo aí. Estava muito velho e avariado. Fui o último homem a comandá-lo. Já então, quase não estava em condições de navegar. Foi considerado apto apenas ao serviço local por um ou dois anos, por isso fui enviado para as Índias Ocidentais.

As moças pareciam completamente maravilhadas.

– O Almirantado – prosseguiu ele – vez ou outra se diverte enviando algumas centenas de homens para o mar em um navio que não tem condições de navegar. Contudo, eles têm muitos navios para manter; entre os milhares que podem muito bem ir para o fundo do oceano ou não, é impossível distinguir aqueles cuja falta será menos sentida.

– Ora! Ora! As tolices que esses jovens dizem! – exclamou o almirante. – Na sua época não havia chalupa melhor do que o *Asp*. Para uma chalupa antiquada, não havia igual. Teve sorte por receber o seu comando! Sabe que devia ter vinte outros melhores do que ele se candidatando ao seu comando. Rapaz de sorte por conseguir uma posição assim tão depressa, e sem outra indicação além de seus próprios méritos.

– Eu me senti sortudo, almirante, posso lhe garantir – respondeu o capitão Wentworth, com seriedade. – Fiquei tão satisfeito com minha designação quanto se poderia esperar. Na época, estar no mar era um objetivo importante para mim; um objetivo muito importante. Queria fazer alguma coisa.

– Certamente devia querer. O que um jovem como o senhor teria para fazer em terra firme por seis meses seguidos? Se um homem não tem uma esposa, logo quer navegar novamente.

– Mas, capitão Wentworth – exclamou Louisa –, como o senhor deve ter ficado irritado ao chegar ao *Asp* e constatar o traste velho que tinham lhe dado!

– Eu já sabia muito bem como era o navio antes disso – respondeu ele, sorrindo. – Não tinha mais nada a descobrir do que a senhorita teria a respeito do modelo e da resistência de qualquer velha peliça que se lembrasse desde sempre ter emprestado a metade de suas conhecidas e que, finalmente, em um dia de forte chuva, viesse parar em suas mãos. Ah, o *Asp* era para mim um velho e querido companheiro! Fazia tudo que eu queria. Eu sabia que faria. Sabia que ou afundaríamos juntos ou ele me traria o sucesso, e nunca tive dois dias seguidos de mau tempo durante todo o período que passei com ele no mar. Depois de capturar tantos corsários a ponto de tornar-se divertido, tive a sorte de, no retorno para casa, no outono seguinte, deparar justamente com a fragata francesa que procurava. Levei-a para Plymouth, onde tive sorte mais uma vez. Fazia menos de seis horas que estávamos no canal do *Sound* quando começou uma tempestade que durou quatro dias e quatro noites, e que teria destruído o pobre *Asp* em metade do tempo, já que nosso encontro com a Grande Nação não havia melhorado muito a situação do navio. Vinte e quatro horas depois, eu teria sido apenas um galante capitão Wentworth em um curto parágrafo em um canto dos jornais, e afundando a bordo de uma mera chalupa, ninguém teria pensado mais em mim.

Apenas Anne sentiu os próprios calafrios, mas as exclamações de pena e horror das irmãs Musgrove foram tão francas quanto sinceras.

O estremecimento de Anne ficara apenas para si mesma; as srtas. Musgrove, no entanto, puderam se demonstrar tanto abertas quanto sinceras em suas exclamações de pena e de horror.

– E então, suponho eu – ponderou a sra. Musgrove em voz baixa, como se pensasse alto –, então, ele foi comandar o *Laconia*, onde conheceu nosso pobre rapaz. – Chamando o filho para si, disse: – Charles, meu querido, pergunte ao capitão Wentworth onde foi que ele conheceu seu pobre irmão. Sempre me esqueço.

– Foi em Gibraltar, mãe, disso eu sei. Dick havia sido deixado em Gibraltar, doente, com uma recomendação de seu capitão anterior para o capitão Wentworth.

– Ah, mas Charles, diga ao capitão Wentworth que não precisa ter medo de mencionar o pobre Dick na minha presença, pois seria, na verdade, uma alegria ouvi-lo ser mencionado por um amigo tão bom.

Charles, ligeiramente mais ciente da probabilidade de isso ocorrer, apenas meneou a cabeça em resposta e se afastou.

Agora, as moças procuravam o *Laconia* no registro; o capitão Wentworth não pôde se negar o prazer de tomar o precioso volume nas próprias mãos para lhes poupar o trabalho e, mais uma vez, ler em voz alta as informações relativas ao nome e à classe do navio, a sua atual colocação na reserva, e de observar que aquele também havia sido um dos melhores amigos que um homem já tivera.

– Ah, que dias felizes tive quando tinha o comando do *Laconia*! Como ganhei dinheiro rapidamente com ele! Um amigo e eu fizemos um agradabilíssimo cruzeiro pelas Ilhas Ocidentais. Pobre Harville, minha irmã! Sabe o quanto ele desejava juntar dinheiro, mais até do que eu. Tinha uma esposa. Sujeito excelente! Jamais me esquecerei da sua felicidade. Tudo o que ele sentia era por conta dela. Desejei tê-lo comigo mais uma vez no verão seguinte, quando tive a mesma sorte no Mediterrâneo.

– E tenho certeza, senhor, de que o dia em que o fizeram capitão desse navio foi um dia de sorte para nós. Jamais esqueceremos o que o senhor fez – declarou a sra. Musgrove.

As emoções a faziam falar baixo; o capitão Wentworth, que havia escutado apenas essa parte, e que provavelmente estava longe de lembrar de Dick Musgrove, olhou para ela com um ar de expectativa, como quem espera uma continuação.

– Meu irmão, mamãe está pensando no pobre Richard – sussurrou uma das jovens.

– Pobrezinho do meu querido! – continuou a sra. Musgrove. – Havia se tornado tão regrado e tão bom correspondente sob sua tutela! Ah! Que felicidade teria sido se ele nunca o houvesse deixado. Garanto-lhe, capitão Wentworth, que sentimos muito por ele tê-lo deixado.

Diante desse discurso, uma expressão momentânea atravessou o rosto do capitão Wentworth, um certo lampejo dos olhos brilhantes e um certo franzir da bela boca, que deram a Anne a certeza de que, em vez de compartilhar dos bondosos desejos da sra. Musgrove em relação ao filho, provavelmente havia desejado se ver livre do rapaz. No entanto, essa demonstração de ironia particular foi demasiado passageira para ser notada por qualquer um que o conhecesse menos do que ela. Em um instante, ele já estava perfeitamente composto e sério, e quase logo depois se aproximou do sofá em que ela e a sra. Musgrove estavam sentadas, acomodou-se ao lado dessa última e conversou em voz baixa sobre o filho, fazendo-o com tanta empatia e graça naturais que demonstravam a mais delicada consideração por tudo o que havia de real e sensato nos sentimentos da mãe.

Na realidade, estavam sentados no mesmo sofá, pois a sra. Musgrove, prontamente, havia aberto espaço para ele; estavam separados apenas pela senhora. Não era uma barreira nada desprezível, é verdade. A sra. Musgrove tinha um tamanho substancial, infinitamente mais adequado, por natureza, a expressar alegria e bom humor do que ternura e sentimentalidade. Enquanto as agitações da forma esbelta e do semblante pensativo de Anne possam ser consideradas como estando inteiramente ocultas, o capitão Wentworth merecia algum crédito pelo autocontrole com o qual escutava os profundos e enormes suspiros da sra. Musgrove pelo destino de um filho a quem, enquanto vivo, ninguém nunca dera a menor importância.

Porte físico e tristeza mental não estão necessariamente em direta proporção. Uma pessoa de porte grande e volumoso tem o mesmo direito de sentir profunda aflição que a criatura com a mais esbelta figura do mundo. Entretanto, justo ou não, há conjunções pouco felizes que a razão tenta em vão proteger, mas que o bom gosto não tolera e das quais o ridículo se apodera.

O almirante, depois de umas duas ou três voltas revigorantes pela sala com as mãos às costas e de ser repreendido pela esposa, aproximou-se do capitão Wentworth e, sem considerar o que poderia estar interrompendo, pensando apenas naquilo que ocupava a própria mente, começou dizendo:

– Frederick, se você tivesse chegado uma semana mais tarde a Lisboa na primavera passada, teriam lhe solicitado que transportasse Lady Mary Grierson e suas filhas.

– Verdade? Então fico contente por não ter chegado uma semana mais tarde!

O almirante o censurou por sua falta de gentileza. Ele se defendeu, embora declarando que jamais receberia de bom grado nenhuma dama a bordo de um de seus navios, exceto para um baile ou visita, o que duraria apenas algumas horas.

– No entanto, se bem me conheço, não é por falta de cavalheirismo para com elas – disse ele. – Na verdade, é por saber como é impossível, não importando quais esforços e sacrifícios sejam feitos, proporcionar a bordo as comodidades que as senhoras devem ter. Não há falta de cavalheirismo, almirante, em considerar importantes os direitos femininos a todo conforto pessoal, e é isso que faço. Detesto ouvir falar de senhoras a bordo ou vê-las a bordo; se eu puder evitar, nenhum navio sob meu comando jamais transportará uma família de senhoras para onde quer que seja.

Isso fez com que a irmã se voltasse contra ele.

– Ora, Frederick! Não posso acreditar nisso vindo de você. Que polidez exagerada! As mulheres podem ficar tão confortáveis a bordo de um navio quanto na melhor casa da Inglaterra. Creio que vivi mais tempo a bordo que a maioria das mulheres e não conheço nada que supere as acomodações de uma embarcação de guerra. Garanto que não tenho nenhum conforto ou amenidade à minha volta, nem mesmo em Kellynch Hall – fez uma educada mesura na direção de Anne –, superior aos que sempre tive a bordo da maioria dos navios nos quais vivi, e foram cinco no total.

– O seu é inteiramente diferente – retrucou o irmão. – Você estava com seu marido, e era a única mulher a bordo.

– Mas você mesmo transportou de Portsmouth até Plymouth a senhora Harville, sua irmã, sua prima e três filhos. Onde estava esse seu aguçado e extraordinário cavalheirismo então?

– Inteiramente misturado com a amizade, Sophia. Eu ajudaria qualquer esposa de um colega oficial que pudesse, e transportaria qualquer coisa que pertencesse a Harville desde o fim do mundo se ele assim desejasse. Só não imagine que eu não o tenha considerado um mal.

– Confie em mim, elas estavam perfeitamente confortáveis.

– Talvez eu não as preze mais por isso. Um número tão grande de mulheres e crianças não tem o direito de se sentir confortável a bordo.

– Meu caro Frederick, você está falando da boca para fora. O que seria de nós, pobres esposas de marinheiros, que tantas vezes desejamos ser transportadas de um porto a outro, acompanhando nossos maridos, se todos pensassem como você?

– Como sabe, minha opinião não me impediu de conduzir a senhora Harville e toda a sua família até Plymouth.

– Mas detesto ouvi-lo falar como um cavalheiro refinado, como se as mulheres fossem todas senhoras elegantes, em vez de criaturas racionais. Nenhuma de nós espera navegar em mar calmo todo o tempo.

– Ah, querida! – interveio o almirante. – Quando ele tiver uma esposa, sua opinião será diferente. Quando estiver casado, se tivermos a sorte de viver uma outra guerra, o veremos fazer como você e eu fazemos, e como muitos outros já fizeram. Nós o veremos muito grato a qualquer um que leve sua esposa até ele.

– Sim, veremos mesmo.

– Agora já chega! – exclamou o capitão Wentworth. – Quando pessoas casadas começam a me atacar dizendo: "Ah, você pensará bem diferente quando estiver casado!", apenas posso responder: "Não pensarei, não", e elas então dirão de novo: "Pensará, sim", e este é o fim da conversa.

Levantou-se e se afastou.

– Então, a senhora foi uma grande viajante! – disse a sra. Musgrove à sra. Croft.

– De fato, viajei bastante durante os quinze anos de meu casamento, embora muitas mulheres tenham viajado mais. Cruzei o Atlântico quatro vezes, e fui e voltei apenas uma vez das Índias Orientais; além disso, estive em diversos lugares mais próximos: Cork, Lisboa, Gibraltar. Contudo, nunca passei do estreito e nunca estive nas Índias Ocidentais. Não chamamos nem as Bermudas nem as Bahamas de Índias Ocidentais, sabe?

A sra. Musgrove não tinha nenhuma palavra de discordância; não podia dizer que havia chamado aqueles lugares de qualquer coisa ao longo de toda a sua vida.

– E posso lhe garantir – prosseguiu a sra. Croft – que nada supera as acomodações de um navio de guerra. Refiro-me aos de categoria mais alta, a senhora sabe. É claro que a bordo de uma fragata fica-se mais confinado, embora qualquer mulher razoável seja capaz de ficar perfeitamente contente a bordo de uma embarcação dessas; e posso dizer que, sem dúvida, a parte mais feliz da minha vida foi a bordo de um navio. Enquanto estávamos juntos, não havia nada a temer, entende? Graças a Deus! Sempre fui abençoada com uma excelente saúde e nenhum clima me faz mal. Sempre me senti um pouco indisposta nas primeiras vinte e quatro horas no mar, mas depois disso nunca sentia mais nada. A única época em que realmente sofri, do corpo ou da mente, a única ocasião em que de fato pensei estar doente ou tive qualquer sensação de perigo foi o inverno que passei sozinha em Deal, quando o almirante (então capitão Croft) estava no mar do Norte. Nessa época, eu vivia sempre assustada, sentia todo tipo de enfermidade imaginária por não ter com o que me ocupar, nem saber quando teria notícias dele novamente. Em contrapartida, enquanto estávamos juntos nada me abalava, e nunca tive o menor transtorno.

– Sim, com certeza. Sim, sim, de fato! Compartilho da opinião da senhora – foi a calorosa resposta da sra. Musgrove. – Não há nada pior que uma separação. Concordo inteiramente com a senhora. Eu sei o que é isso, pois o senhor Musgrove sempre comparece às sessões do tribunal, e fico muito feliz quando elas terminam e ele retorna são e salvo.

A noite se encerrou com dança. Quando isso foi sugerido, Anne, como sempre, ofereceu seus préstimos; embora seus olhos, por vezes, se enchessem de lágrimas enquanto estava sentada ao instrumento, ficou extremamente grata por ter o que fazer, e não desejou mais nada em troca além de passar despercebida.

Foi uma reunião divertida e alegre, ninguém parecia mais animado do que o capitão Wentworth. Anne pensava que ele tinha todos os motivos para estar animado, o que a atenção e a deferência de todos os presentes, sobretudo a das moças, eram capazes de oferecer. As srtas. Hayter, moças da família de primos mencionada antes, aparentemente foram concedidas a honra de poderem se apaixonar por ele. Quanto a Henrietta e Louisa, ambas pareciam tão encantadas com ele que nada além da continuada aparência do mais perfeito entendimento entre ambas faria crer que não eram rivais declaradas. Quem se espantaria por ele estar um pouco envaidecido com tal admiração tão universal e entusiasmada?

Esses eram alguns dos pensamentos que ocupavam a mente de Anne enquanto seus dedos trabalhavam mecanicamente, durante meia hora sem cometer qualquer erro e sem qualquer consciência. Uma vez sentiu que ele olhava para ela, observando suas feições mudadas, talvez, tentando detectar nelas as ruínas da face que outrora o havia encantado; uma vez, teve certeza de que devia tê-la mencionado, quase não percebeu até ouvir a resposta, mas então teve certeza de que ele havia perguntado ao seu par se a srta. Elliot nunca dançava. A resposta foi: "Ó, não, nunca! Ela desistiu da dança. Prefere tocar. Nunca se cansa de tocar". Também uma vez, ele lhe dirigiu a palavra. Ela havia deixado o piano ao fim da dança, ele se sentara na banqueta para tentar dedilhar uma melodia da qual desejava dar uma ideia às srtas. Musgrove. Sem intenção de fazê-lo, ela voltou para aquele lado da sala, ele a viu e, levantando-se imediatamente, disse, com estudada polidez:

– Perdoe-me, senhora, este é seu lugar.

Embora ela tenha recuado de imediato com uma decidida negativa, ele não se deixou convencer a se sentar novamente.

Anne não desejava mais tais olhares e palavras. A polidez fria, a atitude cerimoniosa dele eram piores do que tudo.

Capítulo 9

O capitão Wentworth viera para Kellynch como se fosse sua própria casa, para ficar o quanto quisesse, pois o almirante lhe dedicava tanta bondade fraternal quanto a esposa. Sua primeira intenção ao chegar era partir em breve rumo a Shropshire, para visitar o irmão que morava naquela região, mas os atrativos de Uppercross levaram-no a adiar esses planos. Havia tanta simpatia, tanta bajulação, tanto para enfeitiçá-lo na maneira como era recebido ali; os velhos eram tão hospitaleiros, os jovens, tão agradáveis, que ele pôde apenas decidir continuar onde estava e confiar por mais algum tempo apenas na descrição do charme e da perfeição da esposa de Edward.

Logo, passou a visitar Uppercross quase diariamente. Os Musgrove não poderiam estar mais dispostos a convidá-lo do que ele a ir, sobretudo durante as manhãs, quando ele não tinha companhia em casa, pois o almirante e a sra. Croft em geral saíam juntos, interessados em sua nova propriedade, seus pastos e suas ovelhas, passeando com uma lentidão insuportável para uma terceira pessoa, ou então saindo no cabriolé adquirido recentemente.

Até então, a opinião dos Musgrove e seus familiares sobre o capitão Wentworth era unânime. De todas as partes havia apenas uma invariável e calorosa admiração; contudo, essa intimidade havia acabado de ser estabelecida quando um certo Charles Hayter retornou ao convívio do grupo, ficou bastante perturbado diante disso, e considerou o capitão Wentworth um verdadeiro estorvo.

Charles Hayter era o mais velho dos primos e um rapaz muito afável e simpático, entre ele e Henrietta havia todos os sinais de um apego anterior à chegada do capitão Wentworth. Ele havia sido ordenado e, tendo um curato nas redondezas onde não precisava residir, morava na casa do pai, a pouco mais de três quilômetros de Uppercross. Uma curta ausência de casa havia deixado sua bela desprotegida de suas atenções nesse momento crítico e, ao retornar, teve o desgosto de encontrar os modos dela muito alterados e o capitão Wentworth.

A sra. Musgrove e a sra. Hayter eram irmãs. Ambas tinham dinheiro, mas os matrimônios de cada uma haviam provocado uma diferença material no seu grau de prestígio social. O sr. Hayter tinha algumas propriedades, mas estas eram insignificantes se comparadas às do sr. Musgrove. Enquanto os Musgrove ocupavam a mais alta camada da sociedade da região, os jovens Hayter, devido ao modo de vida inferior, isolado e sem refinamento dos pais e à sua própria educação deficiente, praticamente não pertenciam a qualquer classe a não ser por sua relação com Uppercross, à exceção desse filho mais velho, que optara por ser um erudito e um cavalheiro, e que superava em intelecto e modos a todos os demais.

As duas famílias sempre haviam tido uma relação excelente, já que não havia orgulho de um lado e nenhuma inveja do outro, e apenas uma consciência de superioridade nas srtas. Musgrove que faziam com que ficassem contentes em melhorar a condição dos primos. As atenções de Charles para com Henrietta haviam sido notadas sem qualquer reprovação pelo pai e pela mãe da moça. "Não seria uma grande união para ela, mas, se Henrietta gostar do rapaz..." E Henrietta parecia de fato gostar dele.

A própria Henrietta acreditava nisso antes da chegada do capitão Wentworth, mas a partir desse momento o primo Charles havia sido praticamente esquecido.

Ainda havia dúvidas sobre qual das duas irmãs era a preferida do capitão Wentworth, pelo que Anne pudera observar. Henrietta talvez fosse a mais bonita, Louisa era a mais alegre; ela não sabia qual das duas, a de caráter mais delicado ou mais animado, tinha maior probabilidade de atraí-lo.

Fosse por perceberem pouco ou por uma total confiança no comportamento das filhas e de todos os rapazes que delas se aproximavam, o sr. e a sra. Musgrove pareciam entregar tudo nas mãos do acaso. Na mansão, não havia o menor sinal de preocupação ou cuidado da parte deles; no chalé, porém, era diferente: o jovem casal que ali morava se mostrava mais disposto a especulações e conjecturas. O capitão Wentworth encontrara as srtas. Musgrove apenas quatro ou cinco vezes e Charles Hayter acabara de retornar, e Anne já era obrigada a escutar as opiniões do cunhado e da irmã sobre qual das duas era a preferida do capitão. Charles apostava em Louisa, Mary em Henrietta, mas concordavam que a união dele com qualquer uma delas seria uma imensa alegria.

Charles nunca conhecera homem mais agradável na vida e, pelo que ouvira o próprio capitão Wentworth dizer certa vez, tinha certeza de que ganhara nada menos que vinte mil libras na guerra. Uma fortuna rápida, fora a oportunidade do que ainda poderia ganhar com uma futura guerra. Charles também estava certo de que o capitão Wentworth tinha tanta probabilidade de se destacar quanto qualquer outro oficial da Marinha. Ah, seria uma união esplêndida para qualquer uma das duas irmãs!

– Sem dúvidas seria – respondeu Mary. – Meu Deus! Se um dia ele ascender a alguma grande honraria? E se fosse nomeado baronete? "Lady Wentworth" soa muito bem. Seria mesmo algo maravilhoso para Henrietta. Ela então teria precedência em relação a mim, e Henrietta não acharia isso nada ruim. Sir Frederick e Lady Wentworth! Contudo, seria um título novo, e nunca tive grande apreço por títulos novos.

Mary preferia pensar que Henrietta era a preferida por causa de Charles Hayter, a cujas intenções ela desejava que fosse dado um fim. Mary decididamente considerava a família Hayter com desprezo, e pensava que seria um grande infortúnio que a conexão já existente entre as duas famílias fosse renovada – uma grande tristeza para si e para os filhos.

– Sabe – disse ela –, não consigo considerá-lo um bom partido para Henrietta, e levando em conta as alianças feitas pelos Musgrove, ela não tem o direito de desperdiçar a própria vida. Acredito que moça nenhuma tem o direito de fazer uma escolha que possa ser desagradável ou inconveniente para a parte mais importante de sua família, gerando conexões indesejáveis para aqueles que não estão acostumados com elas. E, afinal, quem é Charles Hayter? Um simples pároco do interior. Uma união totalmente inadequada para a senhorita Musgrove de Uppercross.

O marido, porém, não concordava com ela nesse ponto; pois, além de ter apreço pelo primo, Charles Hayter era um filho primogênito, tal como ele mesmo era e por isso via a situação por essa perspectiva.

Portanto, a sua resposta foi:

– Agora, você está falando besteira, Mary. Não seria um grande casamento para Henrietta, mas Charles tem grandes chances de, por intermédio dos Spicer, obter alguma colocação do bispo em um ano ou dois; e tenha a bondade de lembrar que ele é o filho primogênito; quando meu tio falecer, Charles receberá uma bela herança. A propriedade de Winthrop não tem menos de duzentos e cinquenta hectares, fora a fazenda próxima a Taunton, uma das melhores terras da região. Admito, exceto por Charles, qualquer um dos outros seria um partido bastante inadequado para Henrietta, e de fato inaceitável. Ele é o único par possível; Charles é um sujeito de muito boa índole, um rapaz excelente; quando Winthrop cair em suas mãos, irá transformá-la em um lugar diferente, e viverá ali de maneira muito diversa. Tendo essa propriedade jamais será um homem digno de desprezo... uma boa propriedade livre de impostos. Não, não; Henrietta podia arranjar um marido bem pior do que Charles Hayter, e se ela ficar com ele e Louisa com o capitão Wentworth, ficarei bastante satisfeito.

– Charles pode falar o que quiser – exclamou Mary para Anne assim que ele saiu do aposento –, mas seria um choque se Henrietta se casasse com Charles Hayter; seria muito ruim para ela, e ainda pior para mim; assim, é muito desejável que o capitão Wentworth logo o tire por completo da cabeça dela, e quase não tenho dúvida de que já o fez. Ela mal prestou atenção em Charles Hayter ontem. Queria que você estivesse lá para ver o comportamento dela. Quanto ao capitão Wentworth gostar tanto de Louisa quanto de Henrietta, dizer isso é uma tolice; com certeza ele gosta muito mais de Henrietta. Mas Charles é tão categórico! Queria que você tivesse estado conosco ontem, pois assim poderia dizer quem tem razão; e tenho certeza de que teria pensado como eu, a menos que estivesse decidida a me contrariar.

Um jantar na casa do sr. Musgrove era a ocasião na qual Anne deveria ter visto todas essas coisas; porém, ela havia ficado em casa, alegando uma dor de cabeça e também devido a uma recaída do pequeno Charles.

Pensava apenas em evitar o capitão Wentworth, mas escapar de ter de servir de árbitro somou-se às vantagens de uma noite tranquila.

Quanto à opinião do capitão Wentworth, ela considerava mais importante que ele tivesse certeza dos próprios sentimentos cedo o bastante para não pôr em perigo a felicidade de nenhuma das irmãs nem macular a própria honra, do que se ele preferia Henrietta a Louisa ou Louisa a Henrietta. É bem provável que qualquer uma das duas fosse uma esposa afetuosa e bem-disposta. Com relação a Charles Hayter, Anne tinha uma delicadeza de sentimentos que se condoía com a conduta leviana de uma moça bem--intencionada, e um coração que se compadecia por todo o sofrimento provocado por ela; no entanto, caso Henrietta percebesse que havia se enganado quanto à natureza dos próprios sentimentos, não devia demorar a compreender isso.

Charles Hayter deparara com muito para inquietá-lo e mortificá-lo no comportamento da prima. A afeição que ela nutria por ele era antiga demais para que se mostrasse tão distante a ponto de, em apenas dois encontros, extinguir qualquer esperança, deixando-o sem outra alternativa a não ser se afastar de Uppercross. Contudo, sua mudança era tão grande de modo que era muito alarmante, sendo um homem como o capitão Wentworth sua provável causa. Charles Hayter estivera fora apenas dois domingos. Quando se separaram, ele havia deixado uma Henrietta interessada, até mesmo tanto quanto ele, na possibilidade de logo deixar o curato que atualmente ocupava para ocupar o de Uppercross. Parecia ser o mais sincero desejo dela que dr. Shirley, o reitor, que por mais de quarenta anos cumprira zelosamente todos os deveres de seu ofício, mas que agora estava ficando debilitado demais para muitos deles, decidisse solicitar os serviços de um assistente; que melhorasse o máximo possível seu curato e que o prometesse para Charles Hayter. As vantagens de ele ter de ir apenas até Uppercross, em vez de ter de viajar quase dez quilômetros na outra direção, de ter um curato em tudo melhor do que o atual, de trabalhar com o prezado dr. Shirley, e de o caro, bom dr. Shirley ser poupado das tarefas que não podia mais realizar sem extremo cansaço, haviam sido de grande importância, até mesmo para Louisa, mas haviam sido quase tudo para Henrietta. Infelizmente, porém, quando ele retornou, todo o entusiasmo pelo assunto havia desaparecido. Louisa não foi nem capaz de escutar qualquer parte de seu relato da conversa que tivera com o dr. Shirley: ela estava à janela esperando o capitão Wentworth; mesmo Henrietta teve, no máximo, apenas uma atenção parcial a oferecer, e parecia ter esquecido todas as inseguranças e as preocupações relacionadas à negociação anteriormente.

– Bem, fico muito feliz mesmo, mas sempre achei que o senhor ia conseguir, sempre tive certeza. Não me parecia que... Enfim, o senhor sabe, o dr. Shirley precisa de um auxiliar, e o senhor já havia obtido sua promessa. Ele está vindo, Louisa?

Certa manhã, pouco tempo depois do jantar na casa dos Musgrove, ao qual Anne não estivera presente, o capitão Wentworth adentrou a sala de visitas do chalé onde estavam apenas ela e o pequeno doente Charles, deitado no sofá.

A surpresa de se ver praticamente a sós com Anne Elliot privou-o de sua compostura habitual: espantou-se, e conseguiu dizer apenas "Pensei que as srtas. Musgrove estivessem aqui; a sra. Musgrove me disse que as encontraria aqui", antes de se aproximar da janela para se recompor e avaliar como deveria se comportar.

– Elas estão no andar de cima com minha irmã; devem descer daqui a alguns instantes – respondeu Anne, com todo o embaraço que era natural. Se a criança não a houvesse chamado pedindo por algo, ela teria saído do aposento no mesmo instante e aliviado o capitão Wentworth, bem como a si mesma.

Ele permaneceu junto à janela e, depois de dizer com educação "Espero que o menino esteja melhor", permaneceu calado.

Anne foi obrigada a se ajoelhar junto ao sofá e ficar ali para satisfazer seu paciente; assim permaneceram por alguns minutos, quando, para sua imensa satisfação, ela ouviu alguma outra pessoa atravessar o pequeno vestíbulo. Torcia, ao voltar a cabeça, para ver entrar o dono da casa, mas quem apareceu se revelou ser alguém que provavelmente não aliviaria a situação: era Charles Hayter, provavelmente tão contrariado por ver o capitão Wentworth quanto este havia ficado ao ver Anne.

Ela tentou dizer apenas:

– Como vai? Não quer se sentar? As outras logo vão voltar.

Entretanto, o capitão Wentworth se afastou da janela, aparentemente não de todo indisposto a conversar; Charles Hayter, porém, logo pôs um fim à sua tentativa indo se sentar perto da mesa e pegando o jornal, e o capitão Wentworth retornou à sua janela.

Mais um minuto trouxe mais um visitante. Tendo conseguido que alguém do lado de fora lhe abrisse a porta, o menino mais novo, uma criança bastante robusta e extrovertida de dois anos de idade, fez sua aparição decidida entre eles, e dirigiu-se diretamente para o sofá, para ver o que estava acontecendo e reclamar sua parte de qualquer coisa gostosa que pudesse estar sendo distribuída.

Como não havia nada para comer, restou-lhe apenas brincar um pouco; como a tia não deixou que provocasse o irmão adoentado, o menino começou a se agarrar a ela, que estava ajoelhada, de maneira que, ocupada como estava com Charles, ela não conseguia se desvencilhar dele. Falou-lhe, ordenou, pediu e insistiu em vão. Certo momento conseguiu empurrá-lo para longe, mas o menino se divertiu ainda mais em tornar a subir em suas costas logo em seguida.

– Walter, desça agora mesmo. Você está se comportando muito mal. Estou muito zangada com você – exclamou ela.

– Walter – gritou Charles Hayter –, por que não obedece? Não está ouvindo sua tia falar? Venha cá, Walter, venha com o primo Charles.

Mas Walter não se moveu nem um pouco.

Em um instante, porém, ela se viu livre do menino; alguém o tirava de cima dela, embora ele houvesse curvado tanto a cabeça dela que as mãozinhas fortes dele foram soltas de seu pescoço e o menino foi afastado com decisão antes que ela pudesse constatar que fora o capitão Wentworth que o havia feito.

O que sentiu ao fazer tal descoberta a deixou totalmente sem palavras. Nem mesmo conseguiu agradecê-lo. Conseguiu apenas se curvar acima do pequeno Charles com as emoções intensamente desordenadas. Sua gentileza ao se prontificar para socorrê-la, o modo e o silêncio com os quais isso se dera, os detalhes da situação, aliada à certeza que logo foi forçada a ter, devido ao barulho que ele deliberadamente causava com o menino, de que pretendia evitar ouvir seu agradecimento e preferia demonstrar que conversar com ela era o último de seus desejos, produziam tamanha confusão de várias, mas dolorosas, emoções, das quais foi incapaz de se recuperar até que, graças à chegada de Mary e das srtas. Musgrove, pôde confiar o pequeno paciente a seus cuidados e se retirar. Não podia ficar ali. Aquela poderia ter sido uma oportunidade para observar os amores e os ciúmes dos quatro, agora que estavam todos reunidos, mas não podia ficar para ver nada disso. Era evidente que Charles Hayter não sentia nenhuma simpatia para com o capitão Wentworth. Anne teve a forte impressão de ouvi-lo dizer em um tom irritado, após a interferência do capitão Wentworth:

– Você deveria ter me obedecido, Walter; eu lhe disse para não incomodar sua tia. – E podia compreender seu desagrado pelo fato de o capitão Wentworth fazer o que ele próprio deveria ter feito. Mas nem os sentimentos de Charles Hayter nem os de qualquer outra pessoa poderiam interessá-la antes que conseguisse ordenar melhor os seus. Envergonhava-se de si mesma, sentia muita vergonha por ter ficado tão nervosa, tão abalada por algo tão banal; mas essa era a realidade, e ela precisou de um longo período de solidão e reflexão para se recompor.

Capítulo 10

Novas oportunidades de fazer suas observações não deixaram de se apresentar. Em pouco tempo, Anne estivera na companhia dos quatro juntos vezes suficientes para formar uma opinião, apesar de ser sensata o bastante para não declarar isso em casa, onde sabia que seu julgamento não agradaria nem ao marido nem à mulher; porque, embora considerasse que a favorita fosse Louisa, não podia deixar de considerar, até onde se atrevia a julgar baseando-se na memória e na experiência, que o capitão Wentworth não estava apaixonado por nenhuma das duas. Elas estavam mais apaixonadas por ele, mas isso não era amor. Tratava-se de uma leve febre de admiração, que em alguns casos poderia e provavelmente acabaria por se transformar em amor. Charles Hayter parecia consciente de estar sendo deixado de lado, mas Henrietta às vezes aparentava estar dividida entre os dois. Anne desejava ser capaz de mostrar para cada um deles o que estavam fazendo e apontar alguns dos perigos aos quais estavam se expondo. Não considerava que qualquer um deles agisse com malícia. Sua maior satisfação era crer que o capitão Wentworth não tinha a menor consciência da dor que estava causando. Não havia em sua atitude nenhum sinal de triunfo, nem de triunfo acompanhado de pena. Provavelmente, nunca tinha ouvido falar sobre nem imaginava que as pretensões de Charles Hayter pudessem existir. Seu único erro era aceitar (pois aceitar era a palavra) as atenções de duas moças ao mesmo tempo.

Depois de um curto combate, porém, Charles Hayter pareceu ter abandonado o campo de batalha. Passaram-se três dias sem que visitasse Uppercross; era uma mudança notável. Até mesmo recusara um convite habitual para jantar e, na ocasião, tendo sido encontrado pelo sr. Musgrove com alguns livros grandes abertos diante de si, o sr. e a sra. Musgrove tinham certeza de que tudo não estava bem e, com fisionomia grave, comentaram que ele estava se matando de tanto estudar. Mary nutria a esperança e acreditava que ele havia recebido uma recusa explícita de Henrietta, enquanto o marido vivia na constante expectativa de vê-lo no dia seguinte. Anne podia apenas pensar que Charles Hayter era sensato.

Certa manhã, por volta dessa época, quando Charles Musgrove e o capitão Wentworth haviam ido caçar juntos, enquanto as irmãs do chalé estavam sentadas tranquilamente trabalhando, receberam pela janela a visita das irmãs da mansão.

Era um belo dia de novembro, e as srtas. Musgrove atravessaram o pequeno jardim, parando apenas para dizer que iam fazer uma longa caminhada e, portanto, haviam concluído que Mary não ia querer acompanhá-las. Quando Mary respondeu de imediato, um pouco ressentida por não a considerarem uma boa andarilha:

– Ah, sim! Eu gostaria muito de acompanhá-las, gosto muito de longas caminhadas. – Anne teve certeza, pela expressão das duas moças, que isso era justamente o que elas não queriam e, mais uma vez, se admirou com o tipo de necessidade que os hábitos familiares pareciam produzir, que tudo fosse comunicado, que todas as atividades fossem realizadas em conjunto, por mais indesejável e inconveniente que isso fosse. Tentou em vão dissuadir Mary do passeio; sendo assim, achou melhor aceitar o convite muito mais cordial que lhe foi feito pelas srtas. Musgrove para que também as acompanhasse, já que poderia ser útil para voltar com a irmã e amenizar a interferência desta em qualquer plano que as duas moças pudessem ter.

– Não consigo entender por que elas suporiam que eu não gosto de caminhadas longas – disse Mary enquanto subia as escadas. – Todo mundo vive supondo que não sou boa andarilha; porém, elas não teriam gostado caso nos recusássemos a acompanhá-las. Quando as pessoas aparecem dessa forma com o propósito de nos convidar, como é que se pode negar?

Bem no momento em que elas estavam partindo, os cavalheiros retornaram. Haviam levado consigo um cão jovem que arruinara a caçada e os havia obrigado a retornar mais cedo. Assim sendo, seu tempo, sua força e sua energia os tornavam perfeitamente dispostos para aquela caminhada, e eles se uniram ao grupo com prazer. Se Anne pudesse prever tal encontro, teria ficado em casa; no entanto, por alguns sentimentos de interesse e curiosidade, imaginou que agora fosse tarde demais para mudar de ideia, e os seis partiram juntos na direção escolhida pelas srtas. Musgrove, que obviamente consideravam que a caminhada estava sob sua liderança.

O objetivo de Anne era não ficar no caminho de ninguém, e nas partes em que as trilhas estreitas que cruzavam os campos tornavam necessárias muitas separações, manter-se junto do cunhado e da irmã. Para ela, o prazer do passeio viria do exercício e do belo dia, da contemplação dos últimos sorrisos do ano nas folhas amareladas e nas sebes ressequidas, e do repetir para si mesma algumas das milhares de descrições poéticas sobre o outono, estação que exercia singular e inesgotável influência sobre as mentes refinadas e delicadas, estação que inspirara em todos os poetas dignos de serem lidos alguma tentativa de descrição ou algumas estrofes sensíveis. Ocupou a mente o quanto pôde com tais divagações e citações; mas não conseguia deixar de tentar escutar, sempre que estava ao alcance da conversa do capitão Wentworth com qualquer das duas srtas. Musgrove; no entanto, pouco ouviu de muito interessante. Era apenas um diálogo animado como o que quaisquer jovens que tivessem intimidade uns com os outros poderiam travar. Ele estava mais entretido com Louisa do que com Henrietta. De fato, Louisa se esforçava mais para que ele reparasse nela do que a irmã. Essa distinção pareceu aumentar, e uma fala de Louisa chamou a atenção de Anne. Depois de um dos muitos elogios ao dia que continuamente expressavam, o capitão Wentworth acrescentou:

– Que tempo glorioso para o almirante e minha irmã! Eles pretendiam fazer um longo passeio essa manhã; talvez possamos saudá-los de uma dessas colinas. Falaram em vir por esses lados. Pergunto-me onde vão capotar hoje. Ah, sim, acontece com frequência, eu lhe garanto! Mas minha irmã não dá a menor importância; para ela tanto faz ser jogada ou não para fora da carruagem.

– Ah, sei que está exagerando! – exclamou Louisa. – Só que, mesmo que fosse verdade, eu faria exatamente a mesma coisa no lugar dela. Se eu amasse um homem como ela ama o almirante, sempre estaria ao seu lado, nada nunca nos separaria, e eu preferiria capotar com ele a ser conduzida em segurança por qualquer outro.

Disse isso com entusiasmo.

– É mesmo? – exclamou ele, no mesmo tom. – Admiro-a muito por isso! – E por algum tempo ficaram em silêncio.

Anne não conseguiu se lembrar imediatamente de outra citação. As doces cenas outonais foram deixadas de lado por um tempo, a não ser se lhe agraciasse a mente algum delicado soneto carregado com as perfeitas analogias ao ano em declínio, e à felicidade que se esvaía, com imagens de juventude, esperança e primavera todas unidas. Quando enveredaram em fila por outra trilha, fez o esforço de dizer:

– Este não é um dos caminhos para Winthrop?

No entanto, ninguém a ouviu ou, pelo menos, ninguém lhe respondeu.

Todavia, seu destino era de fato Winthrop ou suas redondezas – pois os rapazes, às vezes, podiam ser encontrados passeando perto de casa; e depois de quase um quilômetro de subida suave pelo meio de amplos campos cercados, onde os arados em atividade e a trilha recém-aberta falavam do esforço do agricultor para combater a doçura da melancolia poética e de sua intenção de reaver a primavera, chegaram ao cume da mais alta das colinas, que separava Uppercross e Winthrop, e logo puderam ter uma visão completa dessa última, ao sopé da colina do outro lado.

Winthrop, desprovida de beleza ou dignidade, estendia-se diante deles; era uma casa sem atrativos, baixa e rodeada pelos celeiros e construções de uma fazenda.

– Deus! – exclamou Mary. – Esta é Winthrop. Eu não imaginava! Bem, agora acho melhor voltarmos; estou muito cansada.

Henrietta, constrangida e envergonhada, e sem ver o primo Charles percorrendo qualquer trilha, ou apoiado em qualquer portão, estava prestes a fazer o que Mary desejava.

Charles Musgrove, porém, disse:

– Não!

E com mais ardor ainda, Louisa exclamou:

– Não, não! – E, puxando a irmã de lado, pareceu discutir de modo acalorado.

Enquanto isso, Charles declarava decididamente que visitaria a tia, agora que estava tão perto; e era muito evidente que, embora de modo mais temeroso, tentava persuadir a esposa a acompanhá-lo. Esse, porém, foi um dos pontos nos quais a senhora se mostrou persistente, e, quando ele mencionou a vantagem de ela poder descansar um quarto de hora em Winthrop, já que estava tão cansada, ela respondeu com um tom resoluto:

– Ah, não, não mesmo! Subir aquela colina outra vez faria mais mal do que qualquer período que passasse sentada poderia fazer bem. – Em suma, sua atitude e seus modos declaravam que ela não iria.

Após uma breve sucessão de debates e consultas desse tipo, ficou decidido entre Charles e suas irmãs que ele e Henrietta desceriam apenas por alguns minutos, para ver a tia e os primos, enquanto o restante do grupo ficaria esperando por eles no alto da colina. Louisa pareceu ser a principal arquiteta do plano e, quando ela os acompanhou por um curto trecho da descida, ainda conversando com Henrietta, Mary aproveitou a oportunidade para olhar em volta com um ar de desprezo e dizer ao capitão Wentworth:

– É desagradável demais ter parentes assim! Mas garanto-lhe que nunca entrei nessa casa mais de duas vezes na vida.

A única resposta que recebeu, enquanto ele virava as costas, foi um sorriso forçado de aquiescência, seguido por um olhar desdenhoso, cujo significado Anne conhecia perfeitamente.

O cume da colina onde eles ficaram era um lugar aprazível. Louisa voltou, e Mary, tendo encontrado um local confortável para se sentar no degrau de uma passagem na cerca, ficou muito satisfeita contanto que os outros ficassem ao seu redor. No entanto, quando Louisa levou o capitão Wentworth para tentar encontrar castanhas em uma sebe próxima, e os dois aos poucos saíram do alcance da vista e da escuta, Mary não ficou mais satisfeita; reclamava do lugar onde estava sentada, tinha certeza de que Louisa havia encontrado outro bem melhor, e nada pôde impedi-la de ir procurar outro melhor ainda. Ela seguiu pelo mesmo portão, mas não conseguiu ver os dois. Anne encontrou um bom lugar para a irmã se sentar, em um declive seco e ensolarado sob a sebe junto à qual não tinha dúvidas de que os dois ainda estavam, em algum ponto ou outro. Mary se sentou por alguns instantes, mas não adiantou: tinha certeza de que Louisa havia encontrado algum lugar melhor, e continuaria até encontrá-la.

Anne, ela mesma bastante cansada, ficou satisfeita por poder se sentar; logo pôde escutar o capitão Wentworth e Louisa na sebe atrás de si, como se estivessem voltando pela espécie de canal irregular e selvagem que corria pelo meio. Conversavam enquanto se aproximavam. Anne conseguiu identificar primeiro a voz de Louisa. Ela parecia estar no meio de um discurso entusiasmado. O que Anne ouviu primeiro foi:

– De modo que a fiz ir. Não pude aguentar a ideia de que ela desistisse da visita por tamanha tolice. O quê? Imagine se eu deixaria de fazer algo que estava decidida a fazer, e que sabia estar correto, por causa da atitude e da interferência de uma pessoa dessas, ou de qualquer pessoa, na verdade? Não, eu não me convenço com tanta facilidade. Quando tomo uma decisão, está tomada. E Henrietta também parecia perfeitamente decidida a visitar Winthrop hoje, mas quase desistiu por causa de uma condescendência absurda!

– Quer dizer que ela teria desistido não fosse pela senhorita.

– De fato, teria. Sinto-me quase envergonhada ao dizer isso.

– Ela é afortunada por ter uma mente como a sua sempre à disposição! Depois das pistas que a senhorita acabou de me dar, que apenas confirmam as observações que fiz da última vez em que estive na companhia dele, não preciso fingir que não entendi o que está acontecendo. Percebo que mais do que uma visita matinal por obrigação à sua tia estava em jogo. Coitado dele, e dela também, quando se tratar de coisas de importância, quando os dois estiverem em circunstâncias que exijam coragem e força de caráter, se ela não tem a determinação necessária nem para resistir a uma interferência tola em relação a uma questão tão banal como essa. Sua irmã é uma moça muito amável, mas percebo que é a senhorita quem tem um caráter decidido e firme. Se dá valor à conduta ou à felicidade de sua irmã, tente infundir-lhe o máximo que puder com o seu próprio espírito. Mas, sem dúvida, a senhorita sempre o fez. A pior falha de um temperamento débil e indeciso demais é não poder confiar em qualquer influência exercida sobre ele. Nunca se pode ter certeza de que uma boa impressão será durável; todos podem abalá-la. Quem quiser ser feliz deve ser firme. Esta castanha, por exemplo – continuou ele, colhendo uma de um galho mais alto –, uma bela e reluzente castanha que, abençoada com sua força original, sobreviveu a todas as tempestades do outono. Não tem uma marca, nem um defeito em lugar algum – prosseguiu, com um tom de jocosa solenidade. – Enquanto muitas de suas irmãs caíram e foram pisoteadas, esta castanha ainda possui toda a felicidade que se pode imaginar que está ao alcance de uma castanha. – Então, voltando a falar no tom de voz sério de antes. – Meu primeiro desejo em relação a todos por quem me interesso é que sejam firmes. Se Louisa Musgrove pretende ser bela e feliz no outono de sua vida, deve valorizar todas as faculdades atuais de sua mente.

Ele havia terminado e não recebeu resposta. Anne teria se surpreendido caso Louisa fosse capaz de responder de pronto a tal discurso; palavras tão interessantes, ditas com seriedade tão fervorosa! Ela podia imaginar o que Louisa estava sentindo. Por sua vez, temia se mover por medo de ser vista. Enquanto permanecesse onde estava, um arbusto baixo de azevinho a encobria. Os dois se afastaram, mas, antes de saírem do alcance de sua audição, Louisa voltou a falar:

– Mary tem boa índole em muitos aspectos – falou –, mas às vezes me irrita demais com suas tolices e seu orgulho... O orgulho dos Elliot. Ela tem muito do orgulho dos Elliot. Gostaríamos tanto que Charles tivesse desposado Anne. Creio que o senhor sabe que ele quis se casar com Anne?

Após uma breve pausa, o capitão Wentworth perguntou:

– Quer dizer que ela recusou o pedido dele?

– Ah, sim! Recusou.

– Quando foi isso?

– Não sei ao certo, pois Henrietta e eu estávamos na escola na época; mas creio que foi por volta de um ano antes de seu casamento com Mary. Gostaria que ela o tivesse aceitado. Teríamos gostado bem mais dela. Papai e mamãe ainda acham que ela recusou por influência de sua grande amiga Lady Russell. Acreditam que Charles não seja culto e estudioso o suficiente para o gosto de Lady Russell, portanto, persuadiu Anne a recusar o pedido.

Os sons da conversa se afastavam, e Anne não ouviu mais nada. Suas próprias emoções a mantinham imóvel. Precisava se recompor, antes de conseguir se mexer. Não tivera o destino proverbial daquele que ouve às escondidas; não escutara nada negativo sobre si mesma, porém, escutara muitas informações que lhe causavam pesar. Agora conhecia o juízo que o capitão Wentworth fazia de seu próprio caráter, e o comportamento dele havia refletido um grau suficiente de sentimento e curiosidade a seu respeito para fazer com que ficasse extremamente agitada.

Logo que foi capaz, saiu à procura de Mary e, encontrando-a, voltou para o lugar que ocupavam antes junto à passagem da cerca, reconfortou-se um pouco ao ver o grupo todo reunido logo a seguir e partindo a caminho de casa. Seu espírito ansiava pela solidão e pelo silêncio que só um grupo numeroso proporcionava.

Charles e Henrietta retornaram, trazendo consigo, como se podia esperar, Charles Hayter. Anne não era capaz de tentar compreender os detalhes do ocorrido entre eles; nem mesmo o capitão Wentworth parecia ter sido informado de todos os pormenores; porém, não havia dúvidas de que houvera uma retratação por parte do cavalheiro, e uma concessão por parte da dama, e que os dois agora estavam bem felizes por estarem unidos novamente. Henrietta aparentava estar um pouco encabulada, mas bastante satisfeita. Charles Hayter estava estupendamente feliz. Praticamente desde o momento em que iniciaram o retorno a Uppercross, os dois demonstraram dedicação exclusiva um ao outro.

Agora, tudo parecia indicar que Louisa seria a escolhida do capitão Wentworth; nada poderia ser mais claro; nas partes do caminho em que era preciso se separar em vários grupos, ou mesmo quando isso não era necessário, os dois andavam lado a lado tanto quanto os outros dois. Em um longo trecho de campina, onde havia espaço de sobra para todos, ficaram divididos assim, formando três grupos distintos; Anne naturalmente integrou o grupo de três que exibia menos animação e menos alegria. Uniu-se a Charles e Mary, e estava cansada o bastante para aceitar agradecida o outro braço de Charles. No entanto, embora Charles estivesse muito bem-disposto com ela, estava zangado com a esposa. Mary o havia ofendido, agora iria sofrer as consequências, que consistiam em largar o braço dela quase a todo instante para cortar as pontas de algumas urtigas na sebe com o chicote. E quando Mary começou a protestar e a se lamentar por estar sendo maltratada, como de costume, por ter de caminhar junto à sebe, enquanto Anne não sofria qualquer incômodo do outro lado, ele largou o braço das duas para sair atrás de uma doninha que vira de relance, e elas quase não conseguiram acompanhá-lo.

Essa longa campina margeava uma vereda que eles deveriam atravessar no final; quando o grupo todo havia alcançado o portão de saída, a carruagem que avançava na mesma direção, e que já ouviam havia algum tempo, acabara de se aproximar e revelou ser o cabriolé do almirante Croft. Ele e a esposa tinham feito o passeio planejado e estavam voltando para casa. Ao saber da extensão do passeio que os jovens haviam empreendido, ofereceram com muita gentileza um lugar para qualquer uma das senhoras que estivesse particularmente cansada. Isso a pouparia de mais de um quilômetro e meio de caminhada, e eles passariam por Uppercross. O convite foi feito a todas, e todas o recusaram. As srtas. Musgrove não estavam nem um pouco cansadas, e Mary ou ficou ofendida por não ser convidada antes das outras, ou então aquilo que Louisa chamava de orgulho dos Elliot não lhe permitia aceitar ser a terceira passageira de um cabriolé.

Os caminhantes já haviam passado pela vereda e atravessavam uma passagem na sebe em frente, e o almirante já estava pondo o cavalo em movimento, quando o capitão Wentworth pulou a sebe em um instante para dizer algo à irmã. O que ele disse pôde ser inferido pelos efeitos que produziu.

– Senhorita Elliot, tenho certeza de que está cansada – exclamou a sra. Croft. – Permita-nos ter o prazer de levá-la até em casa. Aqui cabem perfeitamente três pessoas, eu lhe garanto. Se fôssemos todos como a senhorita, acredito que pudessem caber quatro. Vamos, precisa aceitar.

Anne ainda estava na vereda, e, embora instintivamente tivesse começado a recusar, não lhe permitiram prosseguir. A gentil insistência do almirante somou-se à da esposa. Eles não aceitariam uma recusa. Os dois se espremeram o quanto possível de modo a lhe deixar espaço em um canto, e o capitão Wentworth, sem dizer uma palavra, virou-se para ela e, em silêncio, obrigou-a a aceitar ajuda para subir no cabriolé.

Sim, ele fizera aquilo. Ela estava no cabriolé e sentia que fora ele quem a havia colocado ali, que a vontade e as mãos dele haviam executado aquele feito, que devia isso ao fato de ele ter percebido seu cansaço e decidido lhe conceder descanso. Ficou muito comovida ao constatar a disposição dele em relação a si que todas essas ações tornavam aparente. Aquela pequena ocorrência pareceu complementar tudo o que se passara antes. Ela o compreendia. Era incapaz de perdoá-la, mas não conseguia se mostrar insensível. Apesar de condená-la pelo passado e relembrá-lo com um intenso e injustificado ressentimento, embora não se importasse nem um pouco com ela e estivesse começando a se afeiçoar a outra, ainda assim não era capaz de vê-la sofrer sem o desejo de lhe proporcionar alívio. Era um resquício do sentimento do passado, um impulso de pura, embora não admitida, amizade; era uma prova de sua bondade e gentileza de coração, prova essa que ela não conseguiu contemplar sem emoções que mesclavam prazer e dor de forma tal que foi incapaz de saber qual dos dois sentimentos prevalecia.

De início, respondeu inconscientemente à gentileza e aos comentários de seus companheiros de viagem. Já haviam percorrido metade do caminho pela estrada irregular quando ela foi capaz de prestar atenção ao que o casal estava dizendo. Constatou então que falavam de "Frederick".

– Ele certamente tem a intenção de escolher uma daquelas duas moças, Sophy, mas não há como saber qual das duas – afirmou o almirante. – E penso que já está correndo atrás delas há tempo suficiente para ter se decidido. Ah, isso tudo é por causa da paz. Se estivéssemos em guerra agora, ele já teria resolvido isso há muito tempo. Nós marinheiros, senhorita Elliot, não podemos nos dar ao luxo de cortejar as damas por muito tempo em tempos de guerra. Quantos dias se passaram, minha querida, entre a primeira vez em que eu a vi e o dia em que nós nos sentamos juntos em nossos aposentos de North Yarmouth?

– É melhor não falarmos disso, querido, pois, se a senhorita Elliot soubesse quão pouco tempo levamos para nos entendermos, jamais se deixaria convencer de que conseguimos ser felizes juntos – retrucou a sra. Croft com afabilidade. – No entanto, eu já conhecia seu caráter bem antes de conhecê-lo.

– Bem, e eu tinha ouvido dizer que você era uma moça muito bonita. Além do mais, por que deveríamos ter esperado? Não gosto de deixar questões desse tipo pendentes por muito tempo. Gostaria de que Frederick abrisse mais as velas e trouxesse uma dessas moças para Kellynch. Lá teriam sempre companhia. E ambas são moças muito agradáveis; mal consigo distinguir uma da outra.

– Realmente, são moças muito alegres, sem afetações – concordou a sra. Croft em um tom de elogio mais comedido, que levou Anne a desconfiar que talvez a sua percepção mais aguçada não considerasse nenhuma delas suficientemente digna de seu irmão. – E a família é muito respeitável. Não se poderia desejar uma aliança melhor. Meu caro almirante, o poste! Com certeza vamos bater nesse poste.

Entretanto, dando ela própria melhor direção às rédeas com tranquilidade, felizmente fez com que evitassem o perigo. Em outra ocasião, ao estender a mão na hora certa, ela impediu que caíssem dentro de uma vala e que se chocassem com uma carroça de estrume. Anne, achando certa graça naquele estilo de condução que imaginava representar bem como o casal conduzia seus assuntos de forma geral, viu-se deixada por eles, em segurança, no chalé.

Capítulo 11

A hora do retorno de Lady Russell se aproximava; a data já estava até marcada. Anne, que havia combinado de se juntar a ela assim que estivesse em casa novamente, ansiava por retornar logo para Kellynch, e começava a pensar em como o seu próprio conforto seria afetado pela mudança.

Isso a colocaria no mesmo vilarejo que o capitão Wentworth, a pouco menos de um quilômetro de distância; teriam de frequentar a mesma igreja, e as duas famílias seriam obrigadas a conviver. Isso era um ponto contra para ela; por outro lado, porém, o capitão passava tanto tempo em Uppercross que, ao sair de lá, podia se considerar que ela na verdade estava se afastando e não se aproximando mais dele; e, analisando tudo, acreditava que, em relação a essa interessante questão, sairia ganhando, quase tão certamente quanto em sua mudança de companhia, ao trocar a pobre Mary por Lady Russell.

Queria que fosse possível evitar encontrar o capitão Wentworth em Kellynch Hall: aqueles aposentos haviam testemunhado encontros anteriores cuja recordação lhe seria demasiadamente dolorosa. No entanto, desejava com ainda maior ansiedade que Lady Russell e o capitão

Wentworth jamais se encontrassem em qualquer lugar. Eles não gostavam um do outro, e um reencontro agora em nada poderia remediar isso. Além do mais, caso Lady Russell os visse juntos, talvez considerasse que ele se mostrava demasiado seguro de si, e Anne, muito pouco.

Tais eram suas principais preocupações com relação à partida de Uppercross, onde sentia já ter passado tempo suficiente. Ter sido útil nos cuidados com o pequeno Charles sempre conferiria certa doçura à lembrança da visita de dois meses, mas o menino ficava mais forte a cada dia, e ela não tinha nenhum outro motivo para continuar ali.

O término de sua visita, porém, tomou um rumo que ela absolutamente não previra. Depois de passar dois dias inteiros sem dar o ar de sua graça em Uppercross e sem mandar notícias, o capitão Wentworth reapareceu para se justificar com um relato do que provocara a sua ausência.

Uma carta do amigo capitão Harville, que finalmente chegara em suas mãos, tinha lhe informado que o capitão e sua família estavam passando o inverno em Lyme; portanto, sem sabê-lo, os dois estavam a pouco mais de trinta quilômetros de distância um do outro. Desde que recebera um grave ferimento dois anos antes, o capitão Harville não gozava de boa saúde, e a ansiedade do capitão Wentworth para vê-lo o havia feito decidir ir imediatamente para Lyme. Passara vinte e quatro horas lá. Foi completamente absolvido, sua amizade foi calorosamente elogiada, uma viva curiosidade por seu amigo foi despertada, e sua descrição da bela região de Lyme interessou tanto ao grupo que um forte desejo de ver Lyme com os próprios olhos e o plano de irem até lá foram seu resultado.

Os jovens estavam todos ansiosos para conhecer Lyme. O capitão Wentworth mencionou voltar lá, ele próprio ficava a pouco mais de vinte e sete quilômetros de Uppercross; e, apesar de ser novembro, o tempo não estava nada ruim. E, resumindo, Louisa, que era a mais animada com a viagem, tendo decidido ir e, além do prazer de fazer o que desejava, agora convencida do mérito de manter as próprias decisões, resistiu a todos os pedidos do pai e da mãe para que adiassem até o verão. Assim, decidiu-se que iriam para Lyme: Charles, Mary, Anne, Henrietta, Louisa e o capitão Wentworth.

O primeiro plano imprudente fora partir de manhã e retornar à noite; mas o sr. Musgrove se opôs a isso, pelo bem dos cavalos. Quando consideraram a questão racionalmente, percebeu-se que um dia de meados de novembro não lhes deixaria muito tempo para visitar um novo local, uma vez deduzidas as sete horas de viagem de ida e volta exigidas pela natureza do terreno. Consequentemente, passariam a noite lá e deveriam retornar apenas pela hora do jantar do dia seguinte. Todos consideraram essa uma alternativa bem mais sensata. Embora tenham se encontrado na mansão bem cedo para o desjejum e partido com grande pontualidade, já passava tanto do meio-dia quando as duas carruagens – a do sr. Musgrove levando as quatro senhoras, e a caleche de Charles que ia com o capitão Wentworth – desceram a longa colina em direção a Lyme e seguiram pela rua ainda mais íngreme da cidade em si, que ficou muito claro que mal teriam tempo para olhar em volta antes que a luz e o calor do dia se fossem.

Depois de reservarem acomodações e encomendarem o jantar em uma das hospedarias, sem dúvida a próxima coisa a fazer era ir imediatamente ver o mar. O ano já ia demasiado adiantado para se encontrar qualquer diversão ou atração que Lyme, como local de veraneio, pudesse proporcionar. Os quartos para alugar estavam fechados, os hóspedes haviam partido quase todos e não restava nenhuma família além das residentes; e, como não havia nada para admirar nos prédios em si, o olhar do visitante é atraído pela localização notável da cidade: a rua principal quase adentrando a água; o caminho até o quebra-mar, contornando a pequena e aprazível enseada que no verão fica lotada de barracas e banhistas; o próprio quebra-mar em si, com suas antigas maravilhas, suas recentes melhorias e a bela linha de penhascos se estendendo ao leste da cidade. Apenas um visitante muito estranho não perceberia os charmes dos arredores imediatos de Lyme e não iria querer conhecer melhor a cidade. As paisagens de suas cercanias: Charmouth, com seus terrenos altos e grandes extensões de campos, e ainda sua graciosa e protegida enseada com os escuros penhascos ao fundo, onde fragmentos de rochedos baixos despontando da areia a tornam o melhor local para observar o movimento das marés e para se entregar a uma despreocupada contemplação; a diversidade dos bosques do alegre vilarejo de Up Lyme; e, acima de tudo, Pinny, com seus desfiladeiros verdes entre rochedos românticos, onde as árvores espaçadas e pomares luxuriantes mostravam que muitas gerações devem ter transcorrido desde o primeiro desmoronamento parcial do penhasco preparar o terreno para o estado atual, no qual uma cena tão esplendorosa e bela é exibida, suficiente para rivalizar com as paisagens semelhantes da famosa Ilha de Wight; todos esses lugares deviam ser visitados e revisitados para que se pudesse dar a Lyme o seu devido valor.

O grupo de Uppercross, descendo a rua, passando pelas casas agora desertas e de aspecto melancólico, logo se viu à beira-mar; detendo-se ali para admirar o mar, como devem se deter todos os que receberam a graça de contemplá-lo ao voltar a vê-lo, seguiram em direção ao quebra-mar, que era seu objetivo tanto por si quanto pelo capitão Wentworth, pois os Harville estavam morando em uma pequena casa perto de um velho cais de data desconhecida. O capitão Wentworth se dirigiu até lá para ter com o amigo; enquanto isso, os outros seguiram em frente, e ficou combinado que ele os encontraria no quebra-mar.

De forma alguma estavam cansados de se maravilhar e admirar; nem mesmo Louisa parecera achar que haviam se separado do capitão Wentworth por muito tempo, quando o viram vindo em sua direção acompanhado por mais três pessoas, todas já bem conhecidas por descrição: o capitão Harville e sua esposa e um certo capitão Benwick, que estava hospedado com o casal.

Algum tempo antes, o capitão Benwick havia sido primeiro-tenente do *Laconia*; o relato que o capitão Wentworth fez a seu respeito ao retornar de sua primeira visita a Lyme, seus calorosos elogios descrevendo-o como um excelente rapaz e oficial, a quem sempre tivera em alta conta, que já deveriam ter lhe garantido a estima de todos os ouvintes, haviam sido seguidos por uma breve história sobre sua vida pessoal, que o tornara extremamente interessante aos olhos de todas as damas. Havia sido noivo da irmã do capitão Harville e agora estava enlutado por sua morte. O casal esperara por um ou dois anos pela fortuna e promoção. A fortuna veio, já que as premiações pelas capturas efetuadas que recebeu enquanto tenente haviam sido generosas; a promoção finalmente também chegou. Entretanto, Fanny Harville não vivera para ver nenhuma dessas duas coisas. A moça falecera no verão anterior, enquanto o capitão Benwick estava no mar. O capitão Wentworth considerava impossível um homem ser mais apaixonado por uma mulher do que o pobre Benwick havia sido por Fanny Harville ou ser mais profundamente atormentado pelo terrível desfecho. Considerava seu temperamento propenso a sofrer profundamente, por aliar sentimentos intensos a modos quietos, sérios e introspectivos e a um gosto acentuado pela leitura e por atividades sedentárias. Concluindo o interesse da história, a amizade entre ele e os Harville parecia, se é que isso era possível, ter aumentado devido ao acontecimento que pusera um fim a qualquer perspectiva de união familiar entre eles, e o capitão Benwick agora morava com eles. O capitão Harville havia alugado a casa em que estavam morando por seis meses; suas preferências, saúde e fortuna o levaram a escolher uma residência não muito cara e próxima ao mar. E a magnífica beleza da região e o isolamento de Lyme durante o inverno pareciam perfeitamente adequados ao estado de espírito do capitão Benwick. A solidariedade e a simpatia sentidas para com o capitão Benwick foram imensas.

Apesar disso, pensou Anne consigo mesma enquanto avançavam para encontrar o grupo, *talvez não tenha um coração tão pesaroso quanto o meu. Não consigo acreditar que suas perspectivas estejam arruinadas para sempre. É mais jovem do que eu; em sentimentos, se não for em idade. Ele se recuperará e será feliz com outra.*

Encontraram-se e foram apresentados. O capitão Harville era um homem alto, moreno, com um semblante sensível e benevolente; mancava ligeiramente e, devido às suas feições marcadas e à falta de saúde, aparentava ser bem mais velho do que o capitão Wentworth. O capitão Benwick parecia ser, como de fato era, o mais jovem dos três e, comparado aos outros dois, era um homem pequeno. Tinha um rosto agradável e um ar melancólico, exatamente como se esperaria que tivesse, e evitava conversas.

Apesar de não ser comparável ao capitão Wentworth em matéria de boas maneiras, o capitão Harville era um perfeito cavalheiro, sem afetação, caloroso e atencioso. A sra. Harville, um pouco menos refinada que o marido, parecia, porém, nutrir os mesmos bons sentimentos. E nada poderia ser mais gentil do que o desejo de ambos de considerar todos no grupo seus amigos, apenas por serem amigos do capitão Wentworth, nem ser mais hospitaleiro que seu insistente convite para que prometessem jantar com eles. O jantar já encomendado na hospedaria foi, por fim, embora a contragosto, aceito como desculpa. Contudo, eles pareceram quase magoados pelo fato de o capitão Wentworth ter trazido o grupo até Lyme sem considerar natural que fossem jantar em sua casa.

Havia, em tudo isso, tamanho afeto para com o capitão Wentworth, e um charme tão encantador nesse grau de hospitalidade tão incomum, tão diferente do estilo habitual de troca de convites e jantares cheios de formalidade e afetação, que Anne sentiu que seu estado de espírito provavelmente não se beneficiaria por conhecer mais os amigos oficiais dele. *Essas pessoas seriam minhas amigas*, pensou; e teve de combater uma grande inclinação a se sentir deprimida.

Deixando o quebra-mar, todos foram para a residência de seus novos amigos, e depararam com cômodos tão pequenos que somente aqueles que convidam do fundo do coração pensariam que ela fosse capaz de abrigar tanta gente. Por um momento, Anne ficou espantada diante disso; mas esse espanto logo se dissipou em meio aos sentimentos mais agradáveis que surgiram diante da visão de todos os engenhosos artifícios e inteligentes arranjos do capitão Harville para tirar o melhor proveito do espaço disponível, para suprir a falta de mobília da casa alugada e proteger as janelas e portas das tempestades de inverno. Anne se entreteve com a variação na decoração dos aposentos, que consistia das peças essenciais, providenciadas pelo proprietário com a habitual indiferença, de feitio ordinário e sem graça, que contrastavam com uns poucos objetos feitos de uma espécie de madeira rara talhada com esmero, e com curiosos e valiosos artefatos trazidos dos países distantes visitados pelo capitão Harville; sendo tudo relacionado à sua profissão, fruto de seu trabalho e dos efeitos deste sobre seus hábitos, o retrato de tranquilidade e felicidade doméstica que isso representava provocava nela algo próximo à satisfação.

O capitão Harville não tinha o hábito de ler, mas providenciara excelentes acomodações e construíra belas prateleiras para uma razoável coleção de volumes bem-encadernados pertencentes ao capitão Benwick. Sua claudicação o impedia de praticar muitos exercícios, mas uma mente prática e engenhosa parecia mantê-lo constantemente ocupado dentro de casa. Desenhava, envernizava, praticava carpintaria e colagens; fabricava brinquedos para as crianças; inventava novas agulhas para rede e melhorava alfinetes; se nada mais havia para fazer, sentava-se a um dos cantos da sala para trabalhar em sua enorme rede de pesca.

Anne sentiu que deixava para trás uma grande felicidade quando deixaram a casa. Louisa, ao lado de quem se viu caminhando, desatou a tecer comentários sobre sua admiração e deleite com relação ao caráter dos integrantes da Marinha: seu espírito amigável, sua fraternidade, sua franqueza, sua integridade; declarou estar convencida de que eram mais valorosos e calorosos do que qualquer outro grupo de homens na Inglaterra; que só eles sabiam como viver e que somente eles mereciam respeito e amor.

Retornaram à hospedaria para se trocar e jantar. Todo o plano transcorrera tão bem, que ninguém encontrou defeito em nada, embora os proprietários da hospedaria pedissem profusas desculpas por estarem "inteiramente fora da temporada", por "Lyme não ter nenhum movimento" e por "não esperarem ter companhia".

A essa altura, Anne constatou que já estava se tornando bem mais indiferente à companhia do capitão Wentworth do que inicialmente imaginara ser possível, que se sentar à mesma mesa e trocar com ele as civilidades esperadas em tal situação (nunca passavam disso) quase não a afetava mais.

As noites estavam escuras demais para que as senhoras se encontrassem novamente antes do dia seguinte, mas o capitão Harville havia prometido visitá-los ainda naquela noite. Ele apareceu, e trouxe também o amigo, o que eles não esperavam, pois todos haviam concordado que o capitão Benwick demonstrava se sentir oprimido pela presença de tantos desconhecidos. No entanto, aventurara-se a estar mais uma vez em sua companhia, embora sua disposição com certeza não parecesse combinar com a alegria geral do grupo.

Enquanto os capitães Wentworth e Harville conduziam a conversa em um dos cantos da sala e, relembrando o passado, forneciam histórias suficientes para ocupar e entreter os outros, coube a Anne ficar sentada um tanto à parte com o capitão Benwick; e um excelente impulso de sua natureza a levou a travar uma conversa com ele. Era tímido e dado a divagações, mas a encantadora brandura do semblante dela e a delicadeza de suas maneiras logo surtiram efeito, e os esforços de Anne foram recompensados. Ficou evidente que o rapaz tinha um gosto considerável pela leitura, especialmente pela poesia; então, além de estar convencida de ter lhe proporcionado o prazer de, ao menos por uma noite, conversar sobre temas pelos quais seus companheiros habituais provavelmente não tinham qualquer interesse, Anne teve também a esperança de lhe ter sido útil ao sugerir a necessidade e os benefícios de se combater a tristeza, que surgiram naturalmente no decorrer da conversa. Pois, apesar de tímido, ele não parecia ser reservado; pelo contrário, parecia que seus sentimentos estavam prestes a romper as costumeiras amarras. Conversaram sobre poesia, sobre a riqueza da época atual, comparavam brevemente as opiniões sobre quais eram os melhores poetas, tentando decidir se *Marmion* era melhor do que *The Lady of the Lake*, e que lugar ocupariam *Giaour* e *The Bride of Abydos*, além de discutirem como Giaour deveria ser pronunciado. Mostrou-se íntimo conhecedor de todos os mais ternos poemas do primeiro poeta e de todas as arrebatadas descrições de desesperançada agonia do segundo; repetiu, com vibrante emoção, os vários versos que descreviam um coração partido ou uma mente destruída pelo sofrimento; demonstrou tanta necessidade de ser compreendido, que Anne se atreveu a expressar sua expectativa de que ele não lesse apenas poesia e a dizer que considerava um infortúnio a poesia raras vezes poder ser apreciada com segurança por aqueles que a apreciavam por completo, que os intensos sentimentos que eram os únicos capazes de avaliá-la com plenitude eram precisamente aqueles que só deveriam desfrutá-la com moderação.

Como a expressão dele não demonstrou dor e sim satisfação diante dessa alusão à sua situação, ela se sentiu encorajada a prosseguir; considerando ter o direito conferido por uma mente mais madura, arriscou-se a recomendar que acrescentasse mais prosa às suas leituras diárias. Quando ele pediu que fosse mais específica, mencionou as obras dos melhores moralistas, as coletâneas das mais belas cartas e as memórias de personalidades de valor e sofrimento que lhe ocorreram no momento como capazes de despertar e fortalecer a mente por meio dos mais elevados preceitos e dos mais expressivos exemplos de resistência moral e religiosa.

O capitão Benwick escutou atentamente, e pareceu agradecido pelo interesse implicado por aquelas palavras. E, embora balançasse a cabeça e suspirasse, declarando sua pouca fé na eficácia de qualquer livro no alívio de uma tristeza como a sua, anotou os nomes daqueles que ela recomendou e prometeu obtê-los e lê-los.

Ao término da noite, Anne não pôde deixar de se divertir diante da ideia de que viera até Lyme aconselhar paciência e resignação a um rapaz que nunca tinha visto antes. Tampouco, pôde evitar temer, pensando mais seriamente sobre o assunto, que, como muitos outros grandes moralistas e pregadores, tivesse sido muito eloquente em uma questão que a própria conduta não suportaria uma avaliação mais minuciosa.

Capítulo 12

Anne e Henrietta, vendo que eram as primeiras do grupo a despertar na manhã seguinte, decidiram dar um passeio até o mar antes do desjejum. Foram até a areia observar a maré que subia trazida por uma boa brisa de sudeste, com toda a grandiosidade que um litoral tão pouco acidentado permitia. Elogiaram a manhã, louvaram o mar, compartilharam o deleite com a brisa fresca, e permaneceram em silêncio, até Henrietta subitamente começar a dizer:

– Ah, sim! Estou muito convencida de que, com pouquíssimas exceções, a brisa marítima sempre faz bem. Não há dúvida de que foi de grande valia para o dr. Shirley depois de sua doença, que completou um ano na primavera passada. Ele mesmo declarou que sua estadia de um mês em Lyme lhe beneficiou mais do que todos os remédios que tomou e que estar próximo ao mar sempre o faz se sentir rejuvenescido. Não posso deixar de lamentar que ele não more permanentemente perto do mar. Realmente, acredito que seria melhor se ele deixasse Uppercross e viesse morar em Lyme. Não acha, Anne? Não concorda comigo que seria a melhor coisa que ele poderia fazer, tanto para si quanto para a senhora Shirley?

Ela tem primos aqui, sabe, e muitos conhecidos que tornariam sua vida bem alegre, e tenho certeza de que ficaria feliz por morar em um lugar onde tivesse atendimento médico, caso ele viesse a sofrer outro ataque. De fato, considero muito triste que pessoas maravilhosas como o dr. Shirley e sua esposa, que passaram a vida inteira fazendo o bem, desperdicem seus últimos dias em um lugar como Uppercross, onde, com exceção de nossa família, parecem estar isolados do restante do mundo. Gostaria de que os amigos dele lhe fizessem essa sugestão. Acredito que deveriam fazê-lo. Quanto à obtenção de uma dispensa, com sua idade e com seu caráter, não haveria dificuldade. Minha única dúvida é se algo conseguiria convencê-lo a deixar sua paróquia. Ele é tão rigoroso e escrupuloso em seus princípios; excessivamente escrupuloso, devo dizer. Você não acha que é excesso de escrúpulos, Anne? Não acha que é uma atitude equivocada um clérigo sacrificar a própria saúde no cumprimento de deveres que podem muito bem ser desempenhados por outro? Além disso, em Lyme, que fica a menos de trinta quilômetros de distância, ele estaria perto o suficiente para ficar sabendo se as pessoas tivessem queixas a fazer.

Anne sorriu para si mesma mais de uma vez enquanto escutava esse discurso e abordou o assunto, tão disposta a fazer o bem penetrando os sentimentos de uma moça quanto os de um rapaz, embora nesse caso fosse um bem em menor grau, pois o que poderia oferecer a não ser uma vaga concordância? Disse tudo o que era razoável e adequado sobre o assunto, concordou, como devia, que o dr. Shirley tinha direito à tranquilidade e ao descanso. Reconheceu o quão desejável seria se ele tivesse algum jovem homem, ativo e respeitável, como vigário residente; e ainda foi delicada o bastante para fazer uma alusão às vantagens de tal vigário ser casado.

Henrietta, muito satisfeita com sua interlocutora, replicou:

– Eu gostaria, eu gostaria muito, que Lady Russell morasse em Uppercross e fosse íntima do dr. Shirley. Sempre ouvi falar de Lady Russell como uma mulher que exerce grande influência sobre todos! Sempre a considerei capaz de persuadir uma pessoa a fazer qualquer coisa! Tenho medo dela, como já lhe disse antes, tenho muito medo por ela ser tão inteligente, mas a respeito imensamente, e queria que tivéssemos uma vizinha como ela em Uppercross.

Anne achou divertida a forma de Henrietta se mostrar agradecida, e também que o rumo dos acontecimentos e os novos interesses dos objetivos de Henrietta tivessem levado sua amiga a cair nas boas graças de alguém da família Musgrove. Entretanto, teve tempo apenas para dar uma resposta genérica e declarar seu desejo de que houvesse outra mulher assim em Uppercross, antes de a conversa de repente cessar ao verem Louisa e o capitão Wentworth vindo em sua direção. Eles também vieram dar um passeio antes de o desjejum ficar pronto; porém, Louisa logo se lembrou de que precisava comprar algo e convidou-os a acompanharem-na até a cidade. Todos se colocaram à sua disposição.

Quando chegaram aos degraus que subiam da praia, um cavalheiro, que no mesmo momento se preparava para descer, recuou educadamente e parou para lhes dar passagem. Eles subiram e passaram por ele; enquanto passavam, o rosto de Anne chamou-lhe a atenção, e ele a fitou com um grau de sincera admiração, à qual ela não poderia ficar insensível. A brisa fresca, soprando sobre seu rosto, restituíra o frescor da juventude às suas feições muito regulares e belas e despertara a animação de seu olhar. Era óbvio que o cavalheiro (um cavalheiro deveras, julgando pelos seus modos) a admirou imensamente. O capitão Wentworth se voltou e a encarou na mesma hora de uma forma que mostrava ter percebido. Ele lhe lançou um breve olhar, um olhar aguçado que parecia dizer: "Este homem está impressionado com você; e mesmo eu, nesse momento, vejo algo da Anne Elliot do passado".

Depois de acompanhar Louisa em seus negócios e de vaguear um pouco mais pela cidade, retornaram para a hospedaria. Logo em seguida, Anne, passando apressadamente do quarto para a sala de jantar, quase trombou com o mesmo cavalheiro de antes, que saía de um aposento ao lado. Ela havia imaginado que ele fosse um forasteiro como eles e concluído que um cavalariço bem-apessoado, que passeava perto das duas hospedarias quando haviam voltado, devia ser seu criado. O fato de tanto o patrão quanto o empregado estarem de luto reforçava a ideia. Agora estava provado que os dois ocupavam a mesma hospedaria que o seu grupo. Esse segundo encontro, apesar de breve, também comprovou, pela expressão do cavalheiro, que ele considerava Anne muito bela, e, pela prontidão e propriedade de suas desculpas, que era um homem de educação excepcional. Aparentava ter em torno de trinta anos e, embora não fosse bonito, tinha uma aparência agradável. Anne sentiu que gostaria de saber de quem se tratava.

Haviam quase terminado o desjejum quando o barulho de uma carruagem (praticamente a primeira que escutavam desde sua chegada a Lyme) atraiu metade do grupo até a janela. Era a carruagem de um cavaleiro, um cabriolé, que apenas deu a volta dos estábulos até a frente da hospedaria; alguém devia estar de partida. A carruagem era conduzida por um criado de luto.

A palavra cabriolé fez Charles Musgrove pular da cadeira para ir compará-lo com a sua; o criado de luto despertou a curiosidade de Anne; e todos os seis estavam à janela a tempo de ver o dono do cabriolé sair pela porta em meio às vênias e gentilezas dos donos da hospedaria e, tomando seu lugar, partir.

– Ah! – exclamou o capitão Wentworth imediatamente, lançando um breve olhar na direção de Anne. – É o mesmo cavalheiro por quem passamos.

As irmãs Musgrove concordaram; depois de o acompanharem gentilmente com o olhar até o alto do morro, enquanto lhes foi possível, retornaram à mesa do desjejum. Logo depois, o garçom entrou no recinto.

– Por favor, pode nos dizer o nome do cavalheiro que acaba de partir? – perguntou o capitão Wentworth na mesma hora.

– Claro, senhor, era um senhor Elliot, um cavalheiro de grande fortuna, que chegou ontem à noite de Sidmouth. Imagino que tenham ouvido a carruagem enquanto jantavam. Está indo agora para Crewkherne, a caminho de Bath e de Londres.

– Elliot! – grande parte do grupo se entreolhara e repetira o nome, antes mesmo de todas as informações terem sido dadas, mesmo com rapidez do garçom.

– Por Deus, deve ser o nosso primo! – exclamou Mary. – Deve ser o nosso senhor Elliot, com certeza! Charles, Anne, não concordam? E está de luto, como viram, justamente como o nosso senhor Elliot deve estar. Que coisa extraordinária! Exatamente na mesma hospedaria que nós! Anne, não deve ser o nosso senhor Elliot, herdeiro de papai? Senhor, por favor – disse, dirigindo-se para o garçom –, por acaso não ouviu dizer, por acaso o criado dele não mencionou se ele pertence à família de Kellynch?

– Não, senhora, ele não mencionou nenhuma família em particular, mas disse que o patrão era um cavalheiro muito rico, e que um dia seria baronete.

– Aí está! Estão vendo? – gritou Mary, extasiada. – Eu disse! O herdeiro de Sir Walter Elliot! Eu tinha certeza de que descobriríamos se fosse realmente ele. Podem ter certeza de que esse é um detalhe sobre o qual seus criados gostam de alardear aonde quer que ele vá. Veja só que coisa extraordinária, Anne! Queria ter prestado mais atenção a ele. Gostaria que tivéssemos sabido a tempo de quem se tratava, para que ele nos fosse apresentado. É uma pena não termos sido apresentados! Acha que ele tinha a fisionomia dos Elliot? Mal olhei para ele, estava observando os cavalos, mas acho que ele tinha algo dos Elliot. É estranho que eu não tenha reparado no brasão! Ah, o sobretudo estava pendurado sobre o painel e escondia o brasão, foi isso; senão tenho certeza de que o teria reconhecido; e pela libré do empregado também, se ele não estivesse de luto, seria possível reconhecê-lo pela libré.

– Unindo todas essas circunstâncias deveras extraordinárias, é de se pensar que foi uma obra do destino a senhora não ter sido apresentada ao seu primo – comentou o capitão Wentworth.

Quando conseguiu ter a atenção de Mary, Anne tentou discretamente convencê-la de que há muitos anos as relações entre seu pai e o sr. Elliot estavam em termos tais que tornavam qualquer tentativa de apresentação indesejável.

Ao mesmo tempo, contudo, sentia uma satisfação secreta em ter visto o primo e constatado que o futuro proprietário de Kellynch era sem sombra de dúvida um cavalheiro, e que aparentava ser um homem sensato. Jamais mencionaria tê-lo encontrado em uma segunda ocasião; por sorte, Mary não deu muita atenção ao fato de terem passado por ele durante seu passeio mais cedo, ela teria se sentido bastante irritada por Anne ter esbarrado com ele no corredor e recebido suas bem-educadas desculpas, enquanto ela nem sequer chegara perto dele. Não, aquele breve encontro entre primos devia permanecer totalmente em segredo.

– É claro que, da próxima vez que escrever para Bath, você vai mencionar que vimos o senhor Elliot. Creio que meu pai com certeza deveria ficar sabendo; conte-lhe tudo sobre ele – disse Mary.

Anne evitou dar uma resposta direta, mas aquele era justamente o tipo de acontecimento o qual não apenas considerava que não deveria ser comunicado, mas que deveria ser omitido. Estava ciente da ofensa feita a seu pai há muitos anos; desconfiava da participação de Elizabeth no ocorrido; e não tinha dúvida de que a mera menção ao sr. Elliot sempre irritava ambos. Mary nunca escrevia para Bath; todo o fardo de manter uma correspondência lenta e insatisfatória com Elizabeth recaía sobre Anne.

O desjejum mal havia terminado, quando o capitão e a senhora Harville e o capitão Benwick se uniram a eles; haviam combinado dar um último passeio por Lyme juntos. Deveriam partir para Uppercross à uma da tarde, até lá ficariam juntos e ao ar livre o máximo possível.

Anne viu o capitão Benwick se aproximar dela assim que todos estavam na rua. A conversa da noite anterior não o havia desencorajado a buscar novamente sua companhia; caminharam por algum tempo juntos, conversando como antes sobre Walter Scott e Byron, tão incapazes quanto antes, e como quaisquer outros pares de leitores, de ter exatamente a mesma opinião quanto aos méritos de qualquer um deles, até que algo causou uma mudança quase generalizada em seu grupo e, em lugar do capitão Benwick, ela se viu ao lado do capitão Harville.

– Senhorita Elliot – disse-lhe ele, falando com a voz um tanto baixa –, fez uma boa ação ao fazer com que esse pobre rapaz falasse tanto. Gostaria que ele tivesse uma companhia assim com mais frequência. Sei que é ruim para ele ficar isolado como sempre fica, mas o que podemos fazer? Não conseguimos nos separar dele.

– Não, acredito facilmente que isso seja impossível – concordou Anne. – Mas com o tempo, talvez... Sabemos do que o tempo é capaz em todos os casos de sofrimento. E o senhor não deve se esquecer, capitão Harville, de que o seu amigo ainda pode ser considerado um enlutado recente... Pelo que soube, foi só no verão passado.

– Sim – respondeu, suspirando profundamente –, é verdade, foi em junho.

– E talvez ele não tenha ficado sabendo tão cedo.

– Ficou sabendo apenas na primeira semana de agosto, quando retornou do Cabo. Acabara de ser nomeado capitão do *Grappler*. Eu estava em Plymouth, muito ansioso por notícias dele; enviou cartas, mas o *Grappler* tinha ordens de ir para Portsmouth. A notícia devia encontrá-lo lá, mas quem iria contar-lhe? Eu, não. Preferia que me fizessem subir no lais da verga a fazê-lo. Ninguém foi capaz de dar a notícia, além daquele bom sujeito – explicou, apontando para o capitão Wentworth. – O *Laconia* tinha atracado em Plymouth na semana anterior; não havia o menor risco de ser enviado novamente ao mar. Quanto ao resto, ele arriscou; pediu uma licença, mas, sem esperar resposta, viajou noite e dia até chegar a Portsmouth, onde na mesma hora seguiu remando até o *Grappler* e passou uma semana sem sair de perto do pobre rapaz. Foi o que ele fez, ninguém mais poderia ter salvado o pobre James. Deve imaginar, senhorita Elliot, a estima que temos por ele!

Anne era capaz de imaginar com perfeição e expressou isso da melhor forma que seus próprios sentimentos foram capazes, ou que os do capitão pareciam capazes de suportar, pois ele estava afetado demais para retomar o assunto e, quando tornou a falar, foi sobre algo inteiramente diferente.

A declaração da sra. Harville de que o marido já teria caminhado mais do que o suficiente quando chegassem em casa determinou a direção do grupo no que seria seu último passeio: acompanhariam o casal até sua porta, retornariam para a hospedaria e partiriam. Segundo os seus cálculos, tinham o tempo exato para isso. No entanto, ao se aproximarem do quebra-mar, sentiram vontade de passear por ali mais uma vez; todos estavam inclinados a isso, e Louisa logo ficou tão determinada a fazê-lo, que julgaram que mais um quarto de hora não faria a menor diferença. Então, após todas as educadas despedidas e gentis trocas de convites e promessas que se possa imaginar, eles se separaram do capitão e da sra. Harville à porta de sua residência, e, ainda acompanhados pelo capitão Benwick, que parecia querer acompanhá-los até o fim, prosseguiram para se despedir devidamente do quebra-mar.

Anne percebeu que o capitão Benwick mais uma vez se aproximara dela. Não puderam deixar de se lembrar dos "mares azul-escuros" de Lorde Byron devido à paisagem que tinham diante de si. Ela lhe concedeu de bom grado toda a sua atenção enquanto isso foi possível. Logo, porém, sua atenção foi atraída à força para outra direção.

O vento estava demasiado forte para que o ponto mais elevado do novo quebra-mar fosse agradável para as senhoras; por isso, eles concordaram em descer os degraus até a parte mais baixa. Todos se contentaram em descer calma e cuidadosamente o íngreme lance de escada, com a exceção de Louisa. Ela desejava saltar os degraus, auxiliada pelo capitão Wentworth. Em todas as caminhadas que haviam feito, ele tivera de ajudá-la a saltar das passagens nas sebes; ela achava a sensação deliciosa. Nessa ocasião, a dureza do pavimento para os pés dela o fez relutar; no entanto, mesmo assim ele fez o que ela queria. Ela desceu em segurança e, na mesma hora, para mostrar seu deleite, subiu correndo para saltar de novo. Ele aconselhou que não o fizesse, julgando que o choque seria forte demais; todavia, todos os seus argumentos e pedidos foram em vão, e Louisa sorriu e declarou:

– Estou decidida, vou saltar.

Então, ele estendeu os braços, mas ela se adiantou meio segundo, caiu no patamar inferior do quebra-mar e foi recolhida do chão desacordada! Não havia ferimento, sangue ou hematoma visível; mas seus olhos estavam fechados, não respirava, e seu semblante era a face da morte. Que momento de horror para todos que a cercavam!

O capitão Wentworth, que a havia tomado nos braços, permanecia ajoelhado e a fitava com o rosto tão pálido quanto o dela e em um silêncio tomado pela agonia.

– Ela está morta! Ela está morta! – gritava Mary, agarrando-se ao marido e contribuindo com o terror que ele sentia para deixá-lo paralisado.

No momento seguinte, Henrietta, sucumbindo a essa certeza, também desfaleceu, e teria caído sobre os degraus não fosse por capitão Benwick e Anne que a seguraram e ampararam entre eles.

– Não há ninguém para me ajudar? – Foram as primeiras palavras que irromperam do capitão Wentworth com um tom desesperado, como se todas as suas forças tivessem se esvaído.

– Vá até ele, vá até ele – exclamou Anne –, pelo amor de Deus, vá até ele. Consigo segurá-la sozinha. Deixe-me aqui, vá até ele. Esfregue as mãos dela e esfregue suas têmporas. Tome, aqui estão alguns sais: leve-os, leve-os.

O capitão Benwick obedeceu, e, no mesmo momento, Charles se soltou da esposa, e ambos foram ajudá-lo. E Louisa foi erguida e amparada com mais firmeza entre eles. Tudo o que Anne recomendara foi feito, mas em vão. Enquanto o capitão Wentworth, cambaleando próximo a parede para se apoiar, exclamou na mais excruciante agonia:

– Ah, meu Deus! Seu pai e sua mãe!

– Um médico! – disse Anne.

Ele ouviu essa palavra, que pareceu despertá-lo na mesma hora. E dizendo apenas "Sim, sim, um médico agora mesmo" já saía em disparada, quando Anne sugeriu com ansiedade:

– O capitão Benwick! Não seria melhor se o capitão Benwick fosse? Ele sabe onde encontrar um médico.

Todos que ainda eram capazes de raciocinar puderam constatar a vantagem da ideia, e em um instante (tudo foi feito em rápidos instantes) o capitão Benwick já havia confiado aos cuidados do irmão a pobre forma de aparência cadavérica da jovem e partido para a cidade com a maior rapidez possível.

Quanto ao grupo infeliz que foi deixado para trás, dificilmente se poderia dizer quem sofria mais dos três que ainda conservavam toda a sua razão: capitão Wentworth, Anne ou Charles. Esse último que, na verdade, era um irmão realmente muito afetuoso, debruçava-se sobre Louisa com soluços de dor, desviando os olhos de uma irmã para ver a outra em estado semelhante, ou para testemunhar o alvoroço nervoso da esposa, que lhe pedia uma ajuda que ele não era capaz de oferecer.

Anne, cuidando de Henrietta com toda a força, zelo e consideração que o instinto era capaz de oferecer, ainda tentava, de tempos em tempos, confortar os outros; acalmar Mary, animar Charles e tranquilizar os sentimentos do capitão Wentworth. Os dois homens pareciam à espera de suas instruções.

– Anne, Anne, o que fazer agora? – exclamou Charles. – Por Deus, o que devemos fazer?

Os olhos do capitão Wentworth também se voltaram para ela.

– Não seria melhor levá-la para a hospedaria? Sim, estou certa de que é o melhor; levem-na com cuidado para a hospedaria.

– Sim, é claro, para a hospedaria – repetiu o capitão Wentworth, comparativamente controlado e ansioso para fazer algo. – Eu mesmo irei carregá-la. Musgrove, cuide das outras.

A essa altura, a notícia do acidente já havia se espalhado entre os trabalhadores e pescadores do quebra-mar; muitos haviam se reunido ao seu redor para ajudar, caso fosse necessário, ou para, ao menos, aproveitar o espetáculo de uma jovem dama morta, ou melhor, de duas jovens damas mortas, pois a situação se revelou duas vezes mais interessante do que a notícia inicial. A alguns dos mais bem-apessoados desses espectadores confiaram Henrietta, pois, embora houvesse revivido parcialmente, ainda estava bastante desorientada. E assim, com Anne a caminhar ao lado da moça, enquanto Charles amparava a esposa, seguiram todos em direção à hospedaria, tomados por sentimentos indescritíveis, retornando pelo mesmo caminho que haviam percorrido, há tão pouco tempo, com os corações tão alegres.

Ainda não haviam deixado o quebra-mar quando os Harville se juntaram a eles. Tinham avistado o capitão Benwick passando às carreiras por sua casa, com uma expressão que demonstrava que algo estava errado; então, saíram na mesma hora, tendo sido informados do ocorrido e direcionados ao local do acidente no caminho. Embora chocado, o capitão Harville trouxe para o grupo bom senso e calma que se provaram imediatamente úteis, e com apenas um olhar trocado entre ele e a esposa decidiu-se o que havia de ser feito. Louisa deveria ser levada para a sua casa, todos deveriam ir para lá aguardar a chegada do médico. Eles não deram ouvidos aos seus escrúpulos; obedeceram ao capitão Harville, e logo o grupo todo estava sob seu teto. E enquanto Louisa, sob a orientação da sra. Harville, era levada até o andar superior e posta na cama desta, auxílio, bebidas estimulantes e tônicos foram providenciados por seu marido a todos que deles necessitavam.

Louisa havia aberto os olhos uma vez, mas logo os fechara de novo, aparentemente sem recobrar a consciência. No entanto, essa foi uma prova de vida importante para sua irmã; Henrietta, apesar de absolutamente incapaz de permanecer no mesmo quarto que Louisa, devido à agitação causada pela esperança e pelo medo, foi dessa forma protegida de um novo desmaio. Mary também já estava se acalmando.

O médico chegou mais rápido do que se pensara possível. Estavam tomados pelo pavor enquanto ele a examinava; porém, ele não estava sem esperanças. A moça havia sofrido uma séria contusão na cabeça, mas ele já havia visto outros se recuperarem de ferimentos piores; de modo algum estava sem esperanças; falava em tom animado.

O fato de ele não considerar aquele um caso perdido, de não ter afirmado que tudo estaria acabado em poucas horas, a princípio, superou as expectativas da maioria deles. Pode-se imaginar o êxtase provocado por essa notícia, a alegria silenciosa e profunda que sentiram, após algumas fervorosas exclamações de gratidão terem sido dirigidas aos céus.

Anne estava certa de que jamais esqueceria o tom e a expressão com os quais o capitão Wentworth pronunciou as palavras "Graças a Deus!". Tampouco esqueceria a visão dele, pouco depois, sentado junto a uma mesa e debruçado sobre ela com os braços cruzados, o rosto escondido, como se dominado pelos diversos sentimentos em sua alma e tentando apaziguá--los por meio da oração e da reflexão.

Os membros de Louisa haviam escapado ilesos. O único ferimento era o da cabeça.

Agora, era necessário que pensassem em qual seria a melhor atitude a tomar em relação à situação em geral. Já estavam em condições de conversar e deliberar sobre o assunto. Não havia dúvida de que Louisa devia permanecer onde estava, não importava o quanto seus amigos lamentassem por dar tanto trabalho para os Harville. Transportá-la era impossível. Os Harville calaram todos os protestos e, o quanto conseguiram, todas as demonstrações de gratidão. Haviam previsto e providenciado tudo antes mesmo que os outros começassem a pensar. O capitão Benwick precisaria abrir mão de seu quarto e encontrar outro lugar para dormir. Tudo ficou acertado. Sua única preocupação era o fato de não ser possível acomodar mais pessoas na casa; mas, ainda assim, talvez "colocando as crianças no quarto da empregada ou encaixando um berço em algum canto", mal suportavam a ideia de não encontrar espaço para mais duas ou três pessoas, supondo que fossem querer ficar. Embora, no que tangia a cuidar da srta. Musgrove, não precisavam se preocupar em deixá-la inteiramente sob os cuidados da sra. Harville. Ela era uma enfermeira muito experiente, assim como sua ama, que já estava com ela há muito tempo e a acompanhara por toda parte. Louisa seria muito bem cuidada pelas duas noite e dia. E tudo isso foi dito com uma franqueza e sinceridade irresistíveis.

Charles, Henrietta e o capitão Wentworth conversavam entre si e, durante algum tempo, conseguiram apenas trocar expressões de perplexidade e horror: "Uppercross, alguém precisa ir até Uppercross... Precisamos dar a notícia. Como dar essa notícia ao sr. e à sra. Musgrove? A manhã já está bem adiantada... Já passou uma hora desde o horário em que deveríamos ter partido... Será impossível chegar numa hora razoável". De início, não conseguiram fazer nada além de proferir essas exclamações, mas depois de algum tempo o capitão Wentworth, fazendo um esforço, disse:

– Precisamos chegar a uma decisão, e sem perder mais nenhum minuto. Cada minuto faz diferença. Alguém precisa decidir ir até Uppercross neste instante. Musgrove, um de nós dois deve ir.

Charles concordou, mas declarou sua intenção de não sair dali. Incomodaria o menos possível o capitão e sra. Harville, mas, quanto a deixar a irmã no estado em que ela se encontrava, ele não podia nem iria fazê-lo. Isso ficou decidido e, a princípio, Henrietta declarou a mesma intenção. Entretanto, logo foi convencida a mudar de ideia. Em que ajudaria ficando ali? Ela, que não fora capaz de permanecer no mesmo quarto que Louisa, nem olhar para ela, sem sofrer a ponto de ficar pior que a incapacitada! Henrietta foi então forçada a aceitar que não faria nenhum bem ficando ali, mas ainda assim resistia à ideia de partir, até que, ao pensar no pai e na mãe, cedeu; consentiu em ir embora, estava ansiosa para voltar para casa.

O plano havia chegado a esse ponto quando Anne, descendo, silenciosa, do quarto de Louisa, não pôde evitar ouvir o que se passou em seguida, pois a porta da sala estava aberta.

– Então está decidido, Musgrove – exclamou o capitão Wentworth. – O senhor fica, e eu acompanho sua irmã de volta para casa. Quanto ao resto, quanto às outras, se alguém ficar aqui para ajudar a senhora Harville, creio que só precisa ser uma pessoa. A senhora Charles Musgrove, naturalmente, desejará voltar para junto dos filhos; no entanto, se Anne aceitar ficar, não há ninguém mais adequado nem mais capaz do que ela.

Anne parou por um instante para se recuperar da emoção de ouvir falar assim a seu respeito. Os outros dois concordaram calorosamente com o que ele dissera, e ela então apareceu.

– A senhorita ficará, tenho certeza; ficará e cuidará dela – exclamou ele, voltando-se em sua direção e falando com um ardor, e ao mesmo tempo com uma delicadeza, que quase pareceram reviver o passado. Ela enrubesceu profundamente, e ele se recompôs e se afastou. Ela então se declarou muito disposta, pronta e contente em permanecer ali. Era nisso que estivera pensando e torcendo para que lhe permitissem fazer. Uma cama no chão do quarto de Louisa seria o bastante, se a sra. Harville não se importasse.

Mais uma coisa, e tudo ficaria resolvido. Embora fosse um tanto desejável que o sr. e a sra. Musgrove ficassem, por antecipação, preocupados devido a certo atraso, o tempo necessário para que os cavalos de Uppercross os transportassem de volta até lá causaria um prolongamento cruel desse suspense. Então, o capitão Wentworth sugeriu, e Charles Musgrove concordou, que seria muito melhor ele alugar uma caleche da hospedaria e deixar que a carruagem do sr. Musgrove fosse despachada para casa bem cedo na manhã seguinte, quando ainda haveria a vantagem de poderem levar notícias de como Louisa passara a noite.

O capitão Wentworth saiu para fazer os preparativos que lhe cabiam, devendo, logo depois, ser seguido pelas duas senhoras. Entretanto, quando o plano foi comunicado a Mary, toda a tranquilidade envolvendo o assunto se extinguiu. Ela demonstrou tanto desagrado, foi veemente e reclamou da injustiça de esperarem que ela partisse em vez de Anne; Anne, que nada era para Louisa, enquanto ela era sua cunhada e tinha mais direito de ficar para substituir Henrietta! Por que ela não seria tão útil quanto Anne? Além disso, voltar para casa sem Charles, sem seu marido! Não, era cruel demais. Resumindo, ela falou mais do que o marido pôde suportar por muito tempo e, como nenhum dos outros dois pôde se opor depois que ele cedeu, não havia o que fazer; a troca de Anne por Mary foi inevitável.

Anne nunca havia se submetido com maior relutância às exigências ciumentas e imprudentes de Mary; porém, não houve jeito, partiram rumo à cidade. Charles amparando a irmã, e o capitão Benwick acompanhando Anne. Enquanto caminhavam apressadamente, Anne relembrou, por um instante, as ocorrências que os mesmos locais haviam testemunhado mais cedo no mesmo dia. Ali ela havia escutado os planos de Henrietta para a partida do dr. Shirley de Uppercross; mais adiante, avistara o sr. Elliot pela primeira vez. Parecia que não se podia dedicar mais que um momento a algo além de Louisa ou aos envolvidos em seu bem-estar.

O capitão Benwick foi extremamente atencioso e prestativo para com Anne; e, unidos como todos pareciam estar pela angústia daquele dia, ela sentiu por ele uma crescente simpatia, e até satisfação ao pensar que talvez aquela situação oferecesse a oportunidade de darem continuidade às suas relações.

O capitão Wentworth os aguardava junto a uma caleche puxada por quatro cavalos, que estava estacionada, para seu conforto, no trecho mais baixo da rua. A evidente surpresa e irritação diante da substituição de uma irmã pela outra, a alteração em sua expressão, o espanto, as expressões que surgiam e eram dominadas, enquanto ele ouvia as explicações de Charles, constituíam uma recepção constrangedora para Anne; ou, pelo menos, convenceram-na de que só tinha valor pela utilidade que pudesse ser para Louisa.

Esforçou-se por manter a compostura e ser justa. Sem ter a intenção de imitar os sentimentos da ficcional Emma para com o seu Henry, por ele, ela teria cuidado de Louisa com um zelo acima do exigido pela simples consideração, e esperava que ele não fosse, por muito tempo, tão injusto a ponto de pensar que ela se eximiria sem motivo dos deveres de uma amiga.

Nesse ínterim, ela embarcou na carruagem. Ele ajudou as duas jovens a embarcar e se acomodou entre elas. Foi desse modo, sob essas circunstâncias carregadas de perplexidade e emoção para Anne, que ela deixou Lyme. Ela não era capaz de prever como a longa viagem transcorreria, como esta afetaria seu comportamento, qual seria sua conversa. No entanto, tudo correu de forma bastante natural. O capitão Wentworth mostrou-se muito cuidadoso para com Henrietta, voltando-se diversas vezes em sua direção; quando falava algo, era sempre com a intenção de acalentar suas esperanças e de animá-la. De modo geral, seu tom de voz e seus modos exibiam uma calma calculada. O principal objetivo parecia ser poupar Henrietta de qualquer agitação. Somente uma vez, quando ela lembrava pesarosa aquele imprudente e desafortunado passeio final até o quebra-mar, lastimando amargamente até mesmo a ideia de fazê-lo, ele irrompeu, como quem está completamente rendido:

– Nem me fale, nem me fale. Ah, céus! Se eu não houvesse cedido à vontade dela naquele momento! Se tivesse feito o que devia! Mas ela estava tão entusiasmada, tão decidida. Cara e doce Louisa!

Anne se questionou se em algum momento lhe ocorrera questionar a virtude de sua opinião anterior quanto à felicidade e à vantagem universal da firmeza de caráter; e se ele não refletiria que, assim como todas as outras qualidades da mente, esta precisava ter proporções e limites. Ela considerava quase impossível ele não perceber que um temperamento maleável podia algumas vezes favorecer a felicidade tanto quanto um caráter muito decidido.

Eles avançaram velozmente. Anne ficou assombrada ao reconhecer tão cedo as mesmas colinas e os mesmos objetos. Sua real velocidade, aguçada por uma certa apreensão em relação à conclusão da viagem, fez a estrada parecer ter metade da extensão que tinha na véspera. Contudo, já havia escurecido bastante, antes que eles chegassem aos arredores de Uppercross, e um silêncio total pairava sobre eles havia algum tempo. Henrietta estava recostada no canto com um xale cobrindo o rosto, dando a esperança de ter adormecido depois de tanto chorar. Quando estavam subindo a última colina, Anne se viu abordada de súbito pelo capitão Wentworth. Com uma voz baixa e cautelosa, ele disse:

– Tenho refletido sobre o que seria melhor fazermos. Ela não deve aparecer logo no início. Não seria capaz de suportar. Estive pensando se não seria melhor a senhorita permanecer na carruagem com ela enquanto eu entro e dou a notícia ao senhor e à senhora Musgrove. Acha que é um bom plano?

Ela achava que sim; sua resposta o deixou satisfeito, e ele não disse mais nada. A lembrança de que ele a consultara, porém, permaneceu para ela como um prazer, como uma prova de amizade e de deferência ao seu julgamento, um grande prazer; e, ao se revelar uma espécie de prova de despedida, seu valor não diminuiu.

Encerrada a missão de dar a dolorosa notícia em Uppercross, depois de ver o pai e a mãe da moça tão controlados quanto se podia esperar, com a filha revigorada por estar em sua companhia, o capitão Wentworth anunciou sua intenção de voltar para Lyme na mesma carruagem; e, assim que os cavalos haviam sido alimentados, partiu.

Capítulo 13

O resto da estada de Anne em Uppercross, de apenas dois dias, passou-se por completo dentro da mansão; e ela teve a satisfação de saber que era extremamente útil ali, tanto como companhia imediata, como auxiliar em todos os preparativos para o futuro que, no estado de espírito aflito do sr. e da sra. Musgrove, teriam constituído dificuldades.

Cedo na manhã seguinte, receberam notícias de Lyme. A situação de Louisa permanecia a mesma; não apareceram sintomas mais graves. Charles chegou algumas horas depois, trazendo um relato posterior e mais detalhado. Estava razoavelmente animado. Não deviam esperar um pronto restabelecimento, mas tudo corria tão bem quanto a natureza do caso permitia. Ao mencionar os Harville, pareceu incapaz de expressar a extensão da gentileza do casal e, em especial, dos esforços da sra. Harville como enfermeira. Não havia deixado nada para Mary fazer. Ele e Mary foram convencidos a voltar cedo para sua hospedaria na noite anterior. Naquela manhã, Mary tivera outra crise nervosa. Quando ele partira, ela estava saindo para um passeio na companhia do capitão Benwick, e ele torcia que esse passeio lhe fizesse bem. Quase desejava que ela tivesse sido convencida a voltar para casa na véspera, mas a verdade era que a sra. Harville não deixava nada para ninguém fazer.

Charles voltaria para Lyme na mesma tarde, seu pai inicialmente cogitou acompanhá-lo, mas as senhoras não consentiram. Iria apenas para aumentar o trabalho dado aos outros e intensificar sua própria preocupação. Um plano muito melhor foi decidido e executado. Mandou-se buscar uma caleche em Crewkherne, e Charles levou consigo uma pessoa muito mais útil à situação: a velha ama da família, que, tendo criado todos os filhos da família e visto o último deles, o indolente e mimado Harry, despachado para a escola após os irmãos, morava agora no quarto de crianças deserto onde passava o tempo remendando meias e fazendo curativos em todas as bolhas e hematomas que podia; consequentemente, ficou muito feliz em poder partir para ajudar a cuidar da querida srta. Louisa. Um vago desejo de mandar Sarah para lá já havia ocorrido à sra. Musgrove e a Henrietta, porém, sem Anne, teria sido difícil decidir por fazê-lo e executá-lo tão depressa.

No dia seguinte, ficaram em dívida para com Charles Hayter pelo relato minucioso sobre o estado de Louisa que era tão essencial obter a cada vinte e quatro horas. Ele se dispôs a ir até Lyme, e as notícias que trouxera também foram encorajadoras. Acreditava-se que os intervalos de lucidez e consciência estavam ficando maiores. Todos os relatos concordavam que o capitão Wentworth parecia ter se instalado em Lyme.

Anne iria deixá-los no dia seguinte, evento que todos temiam. "O que fariam sem ela? Não eram capazes de reconfortar uns aos outros." Tanto foi dito nesse sentido que Anne julgou não poder fazer nada melhor que lhes comunicar a inclinação geral de que estava a par, e persuadir todos a partirem imediatamente para Lyme. Teve pouca dificuldade em fazê-lo: logo ficou decidido que todos iriam; partiriam no dia seguinte, ficariam na hospedaria ou conseguiriam outras acomodações, o que mais conviesse, e permaneceriam até que a querida Louisa pudesse ser transportada. Precisavam minimizar um pouco o incômodo às boas pessoas com quem ela estava; poderiam ao menos poupar à sra. Harville os cuidados com os próprios filhos. Em suma, ficaram tão felizes com a decisão que Anne se sentiu muito contente com o que havia feito, e considerou que não poderia passar sua última manhã em Uppercross fazendo coisa melhor que ajudando nos preparativos e despachando-os logo cedo, embora a consequência fosse ser deixada à casa solitária.

Exceto pelos dois meninos no chalé, ela era a última, a última mesmo, a única remanescente de todos os que haviam povoado e animado ambas as casas, de todos que haviam conferido a Uppercross seu caráter alegre. Uns poucos dias haviam realmente efetuado mudanças!

Caso Louisa se recuperasse, tudo ficaria bem. Uma felicidade maior do que a anterior seria restaurada. Não podia haver dúvida, na mente de Anne não havia nenhuma, do que aconteceria após sua recuperação. Dentro de alguns meses, aquela sala agora tão deserta, ocupada apenas por sua própria presença calada e pensativa, poderia novamente estar cheia de tudo o que era feliz e alegre, de que era reluzente e brilhante no amor próspero, de tudo que havia de mais diferente de Anne Elliot!

Uma hora de completa liberdade para divagações desse tipo, em um escuro dia de novembro, com uma chuva pesada embaçando o pouco da paisagem que se podia ver das janelas, bastou para tornar o som da carruagem de Lady Russell extremamente bem-vindo. Entretanto, embora desejasse partir, Anne não foi capaz de deixar a mansão, dar adeus ao chalé, com sua varanda sombria, úmida e desconfortável, ou mesmo observar através das vidraças embaçadas as últimas casas humildes do vilarejo sem que seu coração se entristecesse. Algumas cenas haviam ocorrido em Uppercross que tornavam o lugar precioso. Continha o registro de muitas sensações de dor, outrora severas, mas agora suavizadas, de alguns momentos de sentimentos apaziguados, alguns suspiros de amizade e reconciliação, que nunca mais poderia esperar que se repetissem, e que jamais deixariam de ser preciosos. Deixou tudo para trás, tudo exceto a lembrança de que essas coisas haviam ocorrido.

Anne não entrava em Kellynch desde que saíra da casa de Lady Russell em setembro. Não havia sido necessário, e ela encontrara maneiras de evitar e escapar das poucas ocasiões em que lhe fora possível ir até lá. Seu primeiro retorno foi para tornar a ocupar seu lugar nos modernos e elegantes aposentos da cabana, e alegrar os olhos da senhora da casa.

Havia certa ansiedade misturada à alegria de Lady Russell em revê-la. A senhora sabia quem estivera frequentando Uppercross. Felizmente, porém, ou Anne estava um pouco mais bela e mais forte, ou Lady Russell imaginou que ela estava. Anne, ao receber seus elogios, divertiu-se relacionando-os à silenciosa admiração de seu primo, e torcendo para que fosse abençoada com uma segunda primavera de juventude e beleza.

Quando começaram a conversar, Anne logo percebeu uma transformação mental em si mesma. Os assuntos que lhe ocupavam o coração ao deixar Kellynch, e que sentira desprezados e fora levada a reprimir na companhia dos Musgrove, haviam se tornado agora um interesse secundário. Ultimamente, havia até se esquecido do pai, da irmã e de Bath. Suas preocupações haviam sido soterradas pelas de Uppercross. Quando Lady Russell recomeçou a falar de suas antigas esperanças e temores, manifestando sua satisfação com a casa de Camden Place que haviam alugado e sua insatisfação pelo fato de a sra. Clay ainda estar na companhia deles, Anne teria ficado envergonhada se fosse revelado como estava pensando muito mais em Lyme, em Louisa Musgrove, e em todos os seus conhecidos de lá; considerava muito mais interessantes a casa e a amizade dos Harville e do capitão Benwick do que a casa do próprio pai em Camden Place ou a intimidade da própria irmã com a sra. Clay. Na realidade, foi obrigada a fazer um grande esforço para reagir ao que Lady Russell dizia com algo semelhante à aparência de igual solicitude em relação a assuntos que, por natureza, deveriam interessá-la acima de tudo.

Houve certo constrangimento, de início, ao falarem sobre outro assunto. Precisavam conversar sobre o acidente em Lyme. Na véspera, mal haviam se passado cinco minutos desde a chegada de Lady Russell, e ela já havia recebido um relato completo do sucedido; ainda assim, era preciso falar a respeito, ela precisava fazer perguntas, lamentar a imprudência, lastimar o resultado, e o nome do capitão Wentworth devia ser mencionado por ambas. Anne teve consciência de não o fazer tão bem quanto Lady Russell. Não era capaz de pronunciar o nome e encarar Lady Russell, até que lançou mão do estratagema de lhe contar brevemente o que pensava do afeto entre ele e Louisa. Uma vez feito isso, deixou de se sentir perturbada com o nome dele.

Coube a Lady Russell apenas escutar calmamente e desejar felicidade ao casal; contudo, no fundo, seu coração se deleitava com um prazer raivoso, com um desprezo satisfeito, ao pensar que o homem que, aos vinte e três anos, parecera compreender em parte o valor de uma Anne Elliot, estava agora, oito anos depois, encantado por uma Louisa Musgrove.

Os primeiros três ou quatro dias transcorreram muito tranquilamente, sem qualquer ocorrência digna de nota exceto pela chegada de um ou dois bilhetes de Lyme, que chegaram até Anne, sem que ela soubesse como, e traziam notícias mais animadoras sobre Louisa. Ao final desse período, a boa educação de Lady Russell não pôde permanecer adormecida, e as ameaças mais brandas que antes fazia a si mesma se expressaram com tom mais decidido:

– Preciso visitar a senhora Croft; realmente preciso ir visitá-la logo. Anne, você teria coragem de ir comigo e fazer uma visita à casa? Não será fácil para nenhuma de nós duas.

Anne não se esquivou; pelo contrário, realmente estava sendo sincera ao responder:

– Creio que a senhora muito provavelmente sofrerá mais do que eu; seus sentimentos estão menos conformados com a mudança do que os meus. Por ter permanecido aqui na região, já me acostumei.

Anne poderia ter dito mais sobre o assunto, já que na verdade tinha uma opinião tão boa dos Croft, e considerava o pai tão afortunado por tê-los como inquilinos, e considerava que a paróquia dispunha de bons exemplos e os pobres da mais esmerada atenção e auxílio, que, por mais desapontada e envergonhada que estivesse com a necessidade da mudança, não podia em sã consciência deixar de pensar que aqueles que partiram não mereciam permanecer e que Kellynch Hall estava agora em melhores mãos do que as de seus proprietários. Sem nenhuma dúvida, tais convicções eram acompanhadas de dor, e esta era severa; mas impediam aquela dor que Lady Russell sofreria ao entrar novamente na casa e tornar a atravessar os aposentos tão conhecidos.

Em momentos assim, Anne não conseguia dizer a si mesma: "Estes cômodos deveriam pertencer somente a nós. Ah, que destino degradante! Ocupados por pessoas tão indignas! Uma família tão antiga ser expulsa dessa forma! Estranhos ocupando seu lugar!". À exceção de quando pensava na mãe e se recordava de onde ela costumava se sentar e presidir a casa, não tinha qualquer suspiro dessa natureza para dar.

A sra. Croft sempre a tratara com tal delicadeza que lhe dava o prazer de se imaginar uma favorita. Nessa ocasião, ao recebê-la naquela casa, a atenção da senhora foi redobrada.

O triste acidente em Lyme logo se tornou o assunto predominante. Ao compararem as notícias mais recentes que tinham da enferma, ficou evidente que as duas receberam as informações na mesma hora da manhã anterior; que o capitão Wentworth estivera em Kellynch na véspera (pela primeira vez desde o acidente), e que fora ele quem trouxera para Anne o último recado, cuja origem ela não havia conseguido rastrear; que ele

115

havia passado algumas horas ali e retornado para Lyme, sem a intenção de sair de lá no momento. Anne descobriu que ele perguntara, em particular, por ela; expressou seu desejo de que a srta. Elliot não estivesse mal devido aos seus esforços, os quais descreveu como intensos. Isso era ótimo, e deu-lhe maior satisfação do que quase qualquer outra coisa poderia ter proporcionado.

Quanto à catástrofe em si, só poderia ser discutida em um estilo por duas mulheres firmes e sensatas, cujo julgamento se baseava em fatos confirmados; foi decidido que tinha sido consequência de muita insensatez e imprudência; que seus efeitos eram muito alarmantes, e que era terrível pensar por quanto tempo ainda pairariam dúvidas sobre o restabelecimento da srta. Musgrove, e como ela ainda estaria sujeita a sofrer com a concussão no futuro! O almirante concluiu, exclamando:

– Ah, sim, de fato um caso terrível. Um novo modo de um rapaz fazer cortesias, quebrando a cabeça de sua amada, não é mesmo, senhorita Elliot? Esse é o verdadeiro morde e assopra!

Os modos do almirante Croft não eram muito do tipo que agradassem Lady Russell, mas encantavam Anne. A bondade de seu coração e a simplicidade de seu caráter eram irresistíveis.

– Agora, deve ser muito desagradável para a senhorita vir e nos encontrar nesta casa – disse ele, despertando de repente de um rápido devaneio. – Confesso que não havia pensado nisso antes, mas deve ser muito desconfortável. Pois não faça cerimônia, levante-se e percorra todos os cômodos da casa, se estiver com vontade.

– Em outra ocasião, senhor, eu agradeço, mas agora não.

– Bem, quando considerar melhor. Pode entrar na casa pelo lado do arvoredo a qualquer hora; vai ver que deixamos nossos guarda-chuvas pendurados naquela porta. Um bom lugar, não acha? Não – caiu em si –, a senhorita não vai achar que é um bom lugar, pois os seus ficavam sempre no armário da copa. Enfim, é sempre assim, acho eu. Os hábitos de uma pessoa podem ser tão bons quanto os de qualquer outra, mas sempre gostamos mais dos nossos. Portanto, a senhorita deve decidir por si mesma se é melhor percorrer a casa ou não.

Ao ver que poderia recusar o convite, Anne o fez agradecida.

– Aliás, fizemos pouquíssimas mudanças – prosseguiu o almirante, depois de pensar por alguns instantes. – Pouquíssimas. Em Uppercross, contamos-lhe sobre a mudança da porta da lavanderia. Foi uma melhoria enorme. Me admira que qualquer família tenha suportado por muito tempo o incômodo de uma porta que se abria daquela forma! Diga a Sir Walter o que fizemos, e que o senhor Shepherd considera que essa foi a maior melhoria que a casa já teve. De fato, devo nos fazer a justiça de afirmar que as poucas alterações executadas foram todas para o melhor. No entanto, o crédito cabe à minha mulher. Fiz muito pouco além mandar retirar do meu quarto de vestir alguns dos grandes espelhos que pertenciam ao seu pai. Um homem excelente, e um perfeito cavalheiro, tenho certeza, mas acho, senhorita Elliot – parecendo refletir seriamente –, que ele deve ser um homem bastante vaidoso para sua idade. Tantos espelhos! Meu Deus! Não havia como fugir do próprio reflexo. Então pedi a Sophy que me desse uma mão, e logo os mudamos para outros cômodos; agora estou bem à vontade com meu pequeno espelho de barbear em um canto e um outro enorme do qual nunca me aproximo.

Anne, que estava achando graça, mesmo contra a própria vontade, ficou sem saber o que responder, e o almirante, temendo não ter sido educado o bastante, retomou o assunto para dizer:

– Da próxima vez que escrever para o seu pai, senhorita Elliot, queira por favor transmitir a ele meus cumprimentos e os da senhora Croft, e diga-lhe que estamos muito bem instalados aqui e que não encontramos defeito algum na casa. A chaminé da sala de desjejum solta um pouco de fumaça, é verdade, mas só quando o vento do norte sopra com força, o que só deve acontecer umas três vezes a cada inverno. E, considerando tudo, agora que já visitamos a maioria das casas da região e podemos julgar, não há nenhuma que nos agrade mais. Por favor, diga isso a ele, com meus cumprimentos. Ele ficará satisfeito em saber.

Lady Russell e a sra. Croft simpatizaram bastante uma com a outra, mas a relação iniciada com essa visita estava fadada a não ir muito longe por enquanto; quando o convite foi retribuído, os Croft anunciaram que iriam se ausentar por algumas semanas para visitar parentes no norte do condado, e provavelmente não estariam de volta antes que Lady Russell partisse para Bath.

Assim se extinguiu qualquer perigo de Anne encontrar o capitão Wentworth em Kellynch Hall ou de vê-lo em companhia de sua amiga. Não havia risco nenhum; sorriu ao pensar nas muitas considerações ansiosas que havia desperdiçado com o tema.

Capítulo 14

Embora Charles e Mary tenham ficado muito mais tempo em Lyme, depois da chegada do sr. e da sra. Musgrove, do que sua presença fosse desejada, conforme Anne considerava, ainda foram os primeiros da família a voltar para casa. Assim que lhes foi possível, após seu retorno a Uppercross, dirigiram-se até Kellynch Lodge. Ao deixar Lyme, Louisa estava começando a se sentar, mas sua mente, apesar de lúcida, estava bastante enfraquecida, e seus nervos, extremamente sensíveis. E, embora se pudesse dizer que estava, em geral, passando bastante bem, era impossível afirmar quando teria condições de suportar o retorno para casa; seu pai e sua mãe, que precisavam estar de volta a tempo de receber os filhos mais novos para as férias de Natal, haviam quase perdido a esperança de poder levá-la consigo.

Haviam todos se hospedado juntos. A sra. Musgrove levara os filhos da sra. Harville para passear o quanto pôde, e todos os mantimentos possíveis haviam sido mandados de Uppercross, para minimizar o incômodo causado aos Harville; enquanto os Harville, por sua vez, desejavam recebê-los para jantar todas as noites. Resumindo, parecia ter havido um grande esforço de ambas as partes apenas em relação a qual dos casais era mais generoso e hospitaleiro.

Mary tivera seus incômodos; mas, de modo geral, como ficou evidente por ter permanecido lá por tanto tempo, encontrara mais motivos de diversão do que de sofrimento. Charles Hayter passara mais tempo em Lyme do que ela julgava adequado e, quando iam jantar na casa dos Harville, havia apenas uma criada servindo à mesa. Além de, no início, a sra. Harville ter dado sempre precedência à sra. Musgrove; contudo, recebera um pedido de desculpas tão obsequioso da sra. Harville quando esta descobrira de quem era filha. Todos os dias haviam sido tão movimentados, houvera tantas caminhadas entre a casa em que estavam hospedados e a dos Harville, e ela pegara livros na biblioteca e os trocara com tanta frequência, que tudo pesava a favor de Lyme. Mary também havia sido levada até Charmouth, onde havia se banhado e ido à missa, e havia muito mais pessoas para observar na igreja de Lyme do que na de Uppercross; e tudo isso, somado à sensação de ser tão útil, contribuiu para tornar aquela quinzena realmente agradável.

Anne perguntou pelo capitão Benwick. O semblante de Mary se anuviou na mesma hora. Charles riu.

– Ah, o capitão Benwick vai muito bem, creio eu, mas é um rapaz muito esquisito. Não o entendo. Nós o convidamos para vir ficar conosco por um ou dois dias. Charles se ofereceu para levá-lo para caçar, e ele pareceu bastante satisfeito, e eu, por minha parte, pensei que estivesse tudo acertado; quando, de repente, na terça-feira à noite, ele deu umas desculpas muito esfarrapadas, dizendo que "nunca caçava" e que "havia sido mal compreendido", e que prometera isso e aquilo. No final das contas, entendi que não tinha a intenção de vir. Suponho que temesse achar a visita maçante, mas jurava que éramos animados o bastante no chalé para um homem de coração tão partido como o capitão Benwick.

Charles tornou a rir e disse:

– Vamos, Mary, você sabe muito bem o que de fato aconteceu. Foi tudo culpa sua – dirigindo-se para Anne. – Ele imaginou que, se viesse conosco, a encontraria na vizinhança; achava que todos morássemos em Uppercross; quando descobriu que Lady Russell morava a quase cinco quilômetros de distância, ficou desapontado, e não teve coragem de vir. É essa a verdade, juro por minha honra. Mary sabe que é.

Mary, porém, não cedeu de muito bom grado, que por não considerar o capitão Benwick, devido à sua origem e à sua posição, digno de estar apaixonado por uma Elliot, ou por não querer acreditar que Anne fosse um atrativo maior do que ela mesma em Uppercross; podiam apenas adivinhar. A boa vontade de Anne, porém, não fora diminuída pelo que ela ouviu. Declarou-se abertamente lisonjeada e prosseguiu com as perguntas.

– Ah, ele fala de você, em termos que… – exclamou Charles.

Mary o interrompeu:

– Charles, eu não o ouvi mencionar o nome de Anne nem duas vezes em todo o tempo que passei lá. Anne, estou lhe dizendo, ele nunca fala em você.

– Não, não sei se chega a falar, de modo geral – admitiu Charles. – Contudo, é mais do que óbvio que ele a admira muitíssimo. Está com a cabeça inteiramente ocupada por alguns livros que está lendo seguindo sua recomendação e quer conversar com você a respeito; descobriu alguma coisa em um deles que acha que… Ah, não vou fingir que me lembro, mas era algo muito bonito… Eu o entreouvi contando tudo para Henrietta, e depois "a senhorita Elliot" foi mencionada com os termos mais elogiosos possíveis! E, Mary, garanto que foi assim, eu mesmo escutei, você estava em outro aposento. "Elegância, doçura, beleza." Ah, os charmes da senhorita Elliot não tinham fim!

– E estou certa de que isso em nada depõe em seu favor, se o disse – exclamou Mary com veemência. – A senhorita Harville morreu apenas em junho passado. Um coração assim vale muito pouco, a senhora não acha, Lady Russell? Tenho certeza de que irá concordar comigo.

– Preciso conhecer o capitão Benwick antes de decidir – respondeu Lady Russell com um sorriso.

– E posso lhe garantir que é provável que o conheça muito em breve, senhora – disse Charles. – Embora ele não tenha tido coragem para vir conosco e partir logo em seguida para vir aqui fazer uma visita formal, algum dia virá a Kellynch sozinho, pode contar com isso. Eu disse a que distância ficava e qual era a estrada, e contei-lhe que vale a pena visitar a igreja; como ele aprecia esse tipo de coisa, pensei que seria um bom pretexto; ele me escutou com toda sua atenção e sinceridade; e, pela sua atitude, tenho certeza de que a senhora logo o verá por aqui. Desde já, fica o aviso, Lady Russell.

– Qualquer conhecido de Anne será sempre bem-vindo em minha casa – foi a gentil resposta de Lady Russell.

– Ah, quanto a ele ser um conhecido de Anne – disse Mary –, creio que é mais meu conhecido, pois durante a última quinzena estive com ele todos os dias.

– Bem, como conhecido de vocês duas, ficarei muito feliz em conhecer o capitão Benwick.

– Garanto à senhora que não encontrará nada muito agradável nele. É um dos rapazes mais sem graça que jamais existiram. Passeou comigo algumas vezes de uma ponta à outra da praia sem dizer uma palavra sequer. Não é de modo algum um homem bem-educado. Tenho certeza de que não vai gostar dele.

– Nisso nós duas discordamos, Mary – interveio Anne. – Acho que Lady Russell gostaria dele. Acho que ficaria tão encantada com sua inteligência, que logo não veria qualquer defeito em seus modos.

– Também acho, Anne – concordou Charles. – Tenho certeza de que Lady Russell gostaria dele. Ele é o tipo de rapaz que agrada a Lady Russell. Basta lhe dar um livro, e passa o dia inteiro lendo.

– Ah, sim, isso é verdade! – exclamou Mary, zombeteira. – Fica sentado, mergulhado em seu livro, sem perceber quando alguém lhe dirige a palavra ou se alguém deixa cair a tesoura ou qualquer outra coisa que aconteça. Acha que Lady Russell gostaria disso?

Lady Russell não pôde reprimir uma risada:

– Juro que jamais pensei que minha opinião sobre alguém pudesse admitir conjecturas tão diversas, sendo firme e objetiva como me considero. Estou mesmo curiosa para conhecer essa pessoa capaz de provocar opiniões tão diretamente opostas. Gostaria de que o persuadissem a vir aqui. E, quando o fizer, Mary, tenha certeza de que ouvirá minha opinião; mas estou decidida a não o julgar antes disso.

– A senhora não vai gostar dele; eu garanto.

Lady Russell começou outro assunto. Mary relatou com animação como se encontraram, ou melhor, se desencontraram, com o sr. Elliot de forma tão extraordinária.

– Este é um homem que não tenho a menor vontade de conhecer – declarou Lady Russell. – Sua recusa a manter relações cordiais com o chefe da própria família me deixou uma impressão fortemente desfavorável a seu respeito.

Tal declaração pôs fim à animação de Mary e a fez interromper o relato bem na parte em que se referia à aparência dos Elliot.

Com relação ao capitão Wentworth, apesar de Anne não se atrever a fazer qualquer pergunta, as informações dadas voluntariamente foram suficientes. Seu ânimo havia melhorado muito nos últimos tempos, como seria de se esperar. Conforme Louisa melhorava, ele também melhorava; era agora um homem muito diferente do que havia sido na primeira semana. Não havia visto Louisa; e estava extremamente temeroso de qualquer consequência negativa para ela que um encontro pudesse causar, que não insistiu de forma alguma para vê-la; pelo contrário, parecia planejar se ausentar por uma semana ou dez dias, até que a cabeça da moça estivesse mais forte. Falara em descer até Plymouth por uma semana, e queria convencer o capitão Benwick a acompanhá-lo; porém, como Charles sustentou até o fim, o capitão Benwick parecia muito mais disposto a cavalgar até Kellynch.

Não pode haver dúvidas de que, desde esse dia, Lady Russell e Anne às vezes pensavam no capitão Benwick. Lady Russell não podia escutar a campainha sem pensar que talvez fosse um mensageiro anunciando sua vinda; tampouco Anne podia retornar de algum prazeroso passeio solitário pela propriedade do pai ou de alguma visita de caridade no vilarejo sem imaginar se iria vê-lo ou ter notícias suas. O capitão Benwick, contudo, não apareceu. Ou estava menos inclinado a fazê-lo do que Charles havia suposto, ou então era tímido demais. Depois de lhe conceder uma semana de indulgência, Lady Russell decidiu que ele era indigno do interesse que começara a suscitar.

Os Musgrove retornaram para receber seus alegres filhos e filhas vindos da escola, trazendo consigo os pequenos da sra. Harville, para aumentar o barulho de Uppercross e diminuir o de Lyme. Henrietta permaneceu com Louisa, mas o restante da família estava mais uma vez seu lugar habitual.

Lady Russell e Anne foram lhes fazer uma visita, durante a qual Anne não pôde evitar sentir que Uppercross havia recuperado bastante a vida. Embora Henrietta, Louisa, Charles Hayter e o capitão Wentworth não estivessem presentes, a sala apresentava um contraste tão marcante quanto poderia se desejar em relação ao último estado em que ela a vira.

Ao redor da sra. Musgrove estavam os pequenos Harville, a quem ela zelosamente protegia da tirania das duas crianças do chalé, trazidos explicitamente para diverti-los. A um lado estava uma mesa ocupada por algumas garotas tagarelas que cortavam papel seda e papel dourado; de outro, mesinhas e bandejas vergadas sob o peso de pastelões e tortas, ao redor das quais garotos turbulentos promoviam grande algazarra. A cena era completada por uma crepitante lareira natalina que parecia decidida a se fazer escutar apesar de todo o barulho produzido pelos outros. Charles e Mary, naturalmente, também vieram, durante sua visita. O sr. Musgrove fez questão de cumprimentar Lady Russell e sentou-se a seu lado por dez minutos, conversando com ela em voz bem alta, mas geralmente em vão devido à gritaria das crianças ao seu colo. Era uma bela cena familiar.

Anne, julgando por seu temperamento, teria considerado tal furacão doméstico um remédio ruim para nervos que deviam ter sido extremamente abalados pelo acidente de Louisa. A sra. Musgrove, porém, tendo chamado Anne para perto de si de propósito, para agradecer-lhe de modo cordial, repetidas vezes, por todas as suas atenções para com eles, concluiu uma curta recapitulação dos sofrimentos que sentira, comentando, enquanto lançava um olhar satisfeito pela sala, que, depois de tudo por que passara, nada lhe fazia tanto bem quanto um pouco de tranquila alegria em casa.

Louisa agora se recuperava a olhos vistos. Sua mãe até pensava que ela poderia retornar para casa antes de seus irmãos e irmãs voltarem para a escola. Os Harville haviam prometido acompanhá-la e ficar em Uppercross quando ela voltasse. O capitão Wentworth ausentara-se, no momento, para visitar o irmão em Shropshire.

– No futuro, espero me lembrar de não vir a Uppercross na época do Natal – comentou Lady Russell assim que as duas tornaram a se sentar dentro da carruagem.

Todos têm suas preferências em matéria de barulho, bem como em relação a outras coisas; os sons são bastante inócuos, ou muito perturbadores, devido mais ao seu tipo do que a sua quantidade. Quando Lady Russell chegou a Bath não muito tempo depois, em uma tarde chuvosa, percorrendo pelo longo caminho de ruas que iam da Old Bridge até Camden Place, em meio ao barulho de outras carruagens, ao ronco pesado de carroças e carrinhos, aos berros dos jornaleiros, dos padeiros e dos leiteiros, e ao incessante martelar das galochas, ela não se queixou. Não, esses sons que faziam parte dos prazeres do inverno; seu ânimo melhorava sob sua influência; e, da mesma forma que a sra. Musgrove, ela sentia, embora não dissesse, que, depois de uma longa temporada no campo, nada seria melhor para ela quanto um pouco de alegria tranquila.

Anne não compartilhava desses sentimentos. Persistia em sua determinada, apesar de muito silenciosa, aversão a Bath; teve o primeiro vislumbre turvo das fileiras de edifícios fumegando sob a chuva, sem desejar vê-los melhor; sentiu que seu avanço pelas ruas, por mais desagradável que fosse, ainda assim era rápido demais; pois quem se alegraria em vê-la quando chegasse? E relembrou com saudade da agitação de Uppercross e do isolamento de Kellynch.

A última carta de Elizabeth trouxera-lhe uma notícia de algum interesse. O sr. Elliot estava em Bath. Ele visitara Camden Place; depois visitara uma segunda e uma terceira vez; havia sido particularmente atencioso. Se Elizabeth e o pai não estivessem enganados, ele estava se esforçando tanto para estreitar suas relações e declarar o valor daquele parentesco quanto antes se esforçara para se mostrar negligente. Se fosse mesmo verdade, isso era maravilhoso; Lady Russell sentia uma curiosidade e perplexidade muito agradáveis em relação ao sr. Elliot, já renunciando à opinião que tão recentemente havia expressado para Mary de que ele era "um homem que ela não tinha a menor vontade de conhecer". Tinha muita vontade de conhecê-lo. Caso ele de fato quisesse se reconciliar como um membro de um ramo da família cumpridor dos seus deveres, deveria ser perdoado por se desgarrar da árvore paterna.

Anne não estava tão animada assim com essa circunstância, mas sentia-se mais inclinada a encontrar o sr. Elliot de novo do que o contrário, o que era mais do que podia dizer em relação a muitas outras pessoas em Bath.

Ela foi deixada em Camden Place, e Lady Russell prosseguiu para sua própria residência em Rivers Street.

Capítulo 15

Sir Walter havia alugado uma casa muito boa em Camden Place, situada em uma área elegante e digna, como convém a um homem de sua importância; e tanto ele quanto Elizabeth estavam instalados nela com muita satisfação.

Anne adentrou a casa com o coração apertado, prevendo um aprisionamento de muitos meses e questionando-se com ansiedade: "Ah, quando deixarei esta casa?". No entanto, um grau de cordialidade inesperada nas boas-vindas que recebeu lhe fez bem. O pai e a irmã estavam felizes em revê-la, por poder lhe mostrar a casa e a mobília, e trataram-na com gentileza. O fato de ela ocupar o quarto lugar à mesa foi considerado algo bom.

A sra. Clay se mostrou muito agradável e sorridente, mas suas cortesias e sorrisos eram de se esperar. Anne sempre pensara que simularia a atitude adequada ao chegar, mas não previra a afabilidade dos outros. Estavam obviamente de excelente humor, e ela logo ficou sabendo dos motivos. Eles não tinham qualquer interesse em escutá-la. Depois de esperarem ouvir que a falta deles era muito sentida em sua antiga vizinhança, o que Anne não pôde dizer, tiveram apenas algumas perguntas a fazer antes de começarem a monopolizar a conversa. Uppercross não despertava interesse algum, e Kellynch muito pouco: o tema dominante era Bath.

Todos tiveram o prazer de lhe garantir que, sob todos os aspectos, Bath havia mais do que correspondido às suas expectativas. A sua casa era sem dúvidas a melhor de Camden Place; suas salas de visitas eram superiores em relação a todas as outras que haviam visto ou das quais ouviram falar; e a superioridade continuava no que tangia ao estilo da decoração ou ao bom gosto da mobília. Todos tentavam incansavelmente travar conhecimento com eles. Todos desejavam visitá-los. Já haviam recusado muitas apresentações, e mesmo assim continuavam a receber cartões de pessoas que nem sequer conheciam.

Aqui havia muito com que se divertir! Deveria Anne se surpreender com a felicidade da irmã e do pai? Surpreender-se talvez não, mas com certeza lamentava que o pai não se sentisse diminuído por aquela mudança, que não visse razão para lamentar a perda dos deveres e da dignidade de um proprietário que residia nas próprias terras, e que encontrasse tantos motivos para se mostrar vaidoso na pequenez de uma cidade; e teve de lamentar, sorrir, e também se surpreender, quando Elizabeth abriu as portas de dobrar e caminhou exultante de uma sala de visitas à outra, gabando-se de sua amplitude; surpreendia-se com a possibilidade de aquela mulher, que havia sido senhora de Kellynch Hall, encontrar motivos de orgulho entre paredes separadas por pouco menos de dez metros.

Mas não era apenas por isso que estavam felizes. Havia também o sr. Elliot. Anne tinha muito a ouvir a respeito do sr. Elliot. Não apenas havia sido perdoado, como também estavam encantados com ele. Estava hospedado em Bath há mais ou menos uma quinzena (havia passado por lá em novembro, rumo a Londres, quando naturalmente ficara sabendo que Sir Walter estava ali, mas, como passara apenas vinte e quatro horas no local, não pôde fazer uso da informação); agora, porém, fazia duas semanas que estava em Bath, e seu primeiro objetivo ao chegar fora deixar seu cartão de visita em Camden Place, seguindo-o por tais esforços assíduos para se encontrar, e quando de fato se encontraram, por tamanha franqueza de conduta, tamanha presteza em se desculpar pelo passado, tamanha solicitude para ser recebido como um parente de novo, sua boa relação do passado havia sido totalmente restabelecida.

Não viam um defeito nele. Havia explicado o que parecera negligência de sua parte. Esta se originara inteiramente por um mal-entendido.

Jamais pensara em romper relações com eles; temera que eles houvessem rompido relações consigo, desconhecia o motivo, e a boa educação o fizera guardar silêncio. Diante da sugestão de que falara de modo desrespeitoso ou descuidado sobre a família ou suas honrarias, mostrou-se bastante indignado. Logo ele, que sempre se gabara de ser um Elliot e cujos sentimentos com relação a esse parentesco eram rígidos demais para agradar ao tom antifeudal de hoje em dia. Estava realmente pasmo, mas seu caráter e sua conduta em geral desmentiriam tais boatos. Sir Walter podia perguntar a todos que o conheciam; e decerto o esforço que vinha fazendo para aproveitar essa primeira oportunidade de reconciliação, para retornar à posição de parente e herdeiro pressuposto, era um forte indício de suas opiniões quanto ao assunto.

As circunstâncias de seu casamento também foram consideradas passíveis de muitas atenuações. Ele não falava disso pessoalmente; porém, um amigo muito próximo dele, certo coronel Wallis, muito respeitável e perfeito cavalheiro (e nada feio, acrescentou Sir Walter), que vivia em grande estilo em Marlborough Buildings e lhes havia sido apresentado pelo sr. Elliot, por sua própria solicitação, mencionara uma ou duas coisas em relação ao matrimônio que contribuíram muito para mudar a má opinião que tinham dele.

Coronel Wallis conhecia o sr. Elliot há muito tempo, e havia também conhecido bem a sua esposa, compreendia perfeitamente a história toda. Ela com certeza não era uma mulher de berço, mas era bem-educada, culta, rica e perdidamente apaixonada por seu amigo. Esse fora o encanto. Ela buscara se aproximar dele. Não fosse esse atrativo, todo o dinheiro dela não teria sido capaz de tentar Elliot; além do mais, garantiu a Sir Walter que ela havia sido uma mulher muito bonita. Isso tudo melhorava e muito a situação. Uma mulher muito bonita e muito rica, apaixonada por ele! Sir Walter pareceu aceitar isso como uma desculpa perfeita; e, embora Elizabeth não conseguisse ver as circunstâncias por um prisma tão favorável, aceitava que fossem grandes atenuantes.

O sr. Elliot havia feito várias visitas e jantado em sua companhia uma vez, obviamente encantado com a honra de ter sido convidado, pois, em geral, eles não davam jantares; resumindo, ficara maravilhado com todas as demonstrações de atenção dos primos, depositando toda a sua felicidade no fato de estar íntimo dos moradores de Camden Place.

Anne escutou, mas sem compreender de todo. Sabia que era preciso relativizar, e muito, as ideias dos que falavam. Tudo o que ouvia estava sendo exagero. Tudo que soava extravagante ou irracional no decorrer da reconciliação não devia ter outra origem além da linguagem dos que a relatavam. Ainda assim, porém, sentiu que havia algo mais do que aparecia à primeira vista no desejo do sr. Elliot, depois de um intervalo de tantos anos, de ser bem recebido por eles. De um ponto de vista mundano, ele não tinha nada a ganhar por manter boas relações com Sir Walter, e nada a arriscar caso contrário. Com toda probabilidade, já era o mais rico dos dois, e a propriedade de Kellynch com certeza seria sua, tal como o título. Um homem sensato! E lhe parecera ser um homem muito sensato. Por que então desejaria aquilo? Ela só conseguia pensar em uma razão: talvez fosse por causa de Elizabeth. Talvez de fato tivesse havido alguma afeição de sua parte anteriormente, embora conveniências e o acaso o tivessem levado por outro caminho; agora que ele podia se dar ao luxo de fazer o que quisesse, talvez tivesse a intenção de cortejá-la. Elizabeth decerto era muito bonita, com modos educados e elegantes, e talvez o sr. Elliot não tivesse conhecimento de seu caráter, já que a havia encontrado somente em público e quando ele próprio era ainda muito jovem. Como o temperamento e o espírito dela resistiriam à análise dele, neste período mais perspicaz da vida, era outra preocupação, e uma bastante temerosa. Anne desejava com fervor que ele não fosse muito bondoso nem muito observador, caso Elizabeth fosse mesmo seu alvo; e que Elizabeth estava disposta a acreditar nisso, e a sua amiga sra. Clay encorajava a ideia, ficou aparente graças a uma ou duas trocas de olhares durante a conversa enquanto falavam das frequentes visitas do sr. Elliot.

Anne mencionou as ocasiões em que o avistara em Lyme, mas não obteve muita atenção. "Ah, sim, talvez fosse o sr. Elliot. Eles não sabiam. Talvez fosse ele mesmo." Foram incapazes de escutar a descrição que fez dele. Estavam-no descrevendo eles mesmos; em especial, Sir Walter. Ele elogiou sua aparência muito cavalheiresca, seu ar elegante e na moda, seu rosto bem-feito e seu olhar sensível, mas, ao mesmo tempo, "tinha de lamentar que tivesse o queixo tão proeminente, defeito que o tempo parecia ter agravado; tampouco podia fingir que os anos não tivessem alterado quase todas as suas feições para pior. O sr. Elliot parecia pensar que ele (Sir Walter) estava com exatamente a mesma aparência de quando se separaram pela última vez"; Sir Walter, porém, "não pôde retribuir o elogio de forma plena, fato que o deixara constrangido. No entanto, não era a sua intenção reclamar. O sr. Elliot tinha uma aparência melhor do que a maioria dos homens, e ele não fazia qualquer objeção a ser visto em sua companhia em qualquer lugar".

Falaram do sr. Elliot e de seus amigos de Marlborough Buildings durante toda a noite. "O coronel Wallis estivera tão impaciente para ser apresentado a eles! E o sr. Elliot tão ansioso para que isso acontecesse!" Havia também uma sra. Wallis, que ainda conheciam apenas por descrições, pois ela esperava um bebê para qualquer momento; mas o sr. Elliot se referia a ela como "uma mulher de encanto extraordinário, totalmente digna de ser conhecida em Camden Place", e assim que ela se recuperasse iriam ser apresentados. Sir Walter considerava muito a sra. Wallis. Dizia-se que era uma mulher imensamente bonita, linda. "Ansiava por conhecê-la. Esperava que ela pudesse compensar um pouco os muitos rostos sem graça com os quais ele continuamente cruzava pelas ruas. A pior coisa em Bath era a quantidade de mulheres sem graça. Não que quisesse dizer que não houvesse mulheres bonitas, mas, em relação às moças sem graça, era desproporcional. Havia observado muitas vezes, quando caminhava, que um belo rosto era seguido por trinta ou trinta e cinco rostos pavorosos. Uma vez, quando estava em uma loja em Bond Street, havia contado oitenta e sete mulheres que passaram, uma após a outra, sem que houvesse entre elas sequer um rosto tolerável. Havia sido uma manhã gelada, sem dúvida, de um frio cortante que dificilmente uma mulher em mil seria capaz de suportar. Ainda assim, certamente havia uma terrível multidão de mulheres feias em Bath. E quanto aos homens eram infinitamente piores. Tantos espantalhos enchendo as ruas! Era evidente o quanto as mulheres estavam pouco habituadas à visão de qualquer coisa tolerável pelo efeito produzido por um homem de aparência decente. Não ia a lugar algum de braço dado com o coronel Wallis (que era uma bela figura militar, embora tivesse cabelo cor de palha), sem observar que os olhos de todas as mulheres estavam sobre ele; os olhos de todas as mulheres certamente se voltavam para o coronel Wallis." Modesto Sir Walter! Contudo, não lhe foi permitido se esquivar. Sua filha e a sra. Clay se uniram para sugerir que o companheiro do coronel Wallis talvez tivesse um porte tão belo quanto o do coronel Wallis, e é certo não tinha os cabelos cor de palha.

– Como está a aparência de Mary? – indagou Sir Walter, no ápice do bom humor. – Da última vez em que a vi, estava com o nariz vermelho, mas espero que isso não aconteça todos os dias.

– Ah, não, deve ter sido bem acidental. Em geral, ela tem estado muito bem de saúde e com ótima aparência desde a festa de São Miguel.

– Se não achasse que isso iria tentá-la a sair em dias de vento forte e arruinar a maciez de sua pele, lhe mandaria um chapéu e uma peliça novos.

Anne ponderava se deveria se arriscar a sugerir que uma capa ou um barrete não estariam expostos a tal uso indevido, quando uma batida na porta interrompeu a conversa. "Uma batida na porta! E tão tarde! São dez da noite. Seria o sr. Elliot? Sabiam que ele ia jantar em Lansdown Crescent. Era possível que fizesse uma parada a caminho de casa para saber como estavam. Não poderiam pensar em mais ninguém. A sra. Clay estava certa de que era a batida do sr. Elliot." A sra. Clay tinha razão. Com toda a pompa que um mordomo e um lacaio poderiam proporcionar, o sr. Elliot foi conduzido sala adentro.

Era o mesmo homem, o mesmíssimo homem, com a única diferença da roupa que usava. Anne se afastou um pouco enquanto os outros recebiam seus cumprimentos, e sua irmã recebia as desculpas por aparecer em hora tão fora do comum, mas "ele não podia estar tão perto sem desejar saber se ela ou sua amiga haviam se resfriado na véspera" etc. e etc.; e tudo isso foi feito com a maior polidez possível e recebido com a maior polidez possível, mas em seguida chegou o momento da participação de Anne. Sir Walter falou da filha caçula: "Sr. Elliot permita-me lhe apresentar minha filha caçula" (não havia motivo para lembrar de Mary); e Anne, sorrindo e enrubescendo, exibiu de forma muito cativante ao sr. Elliot as belas feições que ele de forma alguma havia esquecido, e na mesma hora viu, achando graça de seu pequeno sobressalto de surpresa, que ele de forma alguma soubera quem ela era. Ele parecia completamente surpreso, porém, não mais do que estava satisfeito; os olhos dele se iluminaram! E, falando com a mais perfeita prontidão, ele acolheu o relacionamento, aludiu ao passado, e implorou para ser visto já como um conhecido. Era tão bem-apessoado quanto parecera ser em Lyme, suas feições melhoravam quando ele falava, e os seus modos eram exatamente como deviam ser, tão elegantes, tão naturais, tão especialmente agradáveis, que ela pôde compará-los em sua excelência aos modos de somente uma pessoa. Não eram os mesmos, mas eram, talvez, igualmente bons.

Ele sentou-se em sua companhia, e melhorou muito sua conversa. Não havia qualquer dúvida de que era um homem sensato. Dez minutos bastaram para confirmar isso. Seu tom de voz, suas expressões, sua seleção de assuntos, sua capacidade de saber quando parar; tudo isso era obra de uma mente sensata e ponderada. Assim que pôde, ele começou a falar com Anne sobre Lyme, querendo comparar opiniões a respeito do lugar, mas em especial querendo falar das circunstâncias de terem se hospedado no mesmo local ao mesmo tempo, relatar a sua própria viagem, saber algo sobre a dela e lamentar ter perdido tal oportunidade para a cumprimentar. Ela lhe fez um breve relato de seu grupo e do que foram fazer em Lyme. Conforme ele escutava, seu arrependimento aumentou. Passara a noite inteira sozinho nos aposentos ao lado daquele em que eles estavam; ouvira vozes e uma alegria constante; pensara que deviam ser um grupo de pessoas muito agradáveis e ansiara se juntar a eles, mas, certamente, sem ao menos suspeitar ter o mínimo direito de se apresentar. Se ao menos tivesse perguntado de quem se tratava! O nome Musgrove teria lhe dito o bastante. "Bem, isso serviria de lição para que perdesse o hábito absurdo de nunca perguntar qualquer coisa em uma hospedaria, hábito adotado quando ainda muito jovem, baseado no princípio de que era muita falta de educação ser curioso."

– Considero que as ideias que um rapaz de vinte e um ou vinte e dois anos quanto aos modos necessários para fazer dele um homem distinto são mais absurdas do que as de qualquer outro grupo no mundo. A irracionalidade das atitudes muitas vezes empregadas por eles só é igualada pela irracionalidade de seus objetivos – comentou ele.

Mas sabia que não devia direcionar suas considerações apenas para Anne; e logo passou a dividir sua atenção também entre os outros, e passou a se referir a Lyme apenas de vez em quando.

Entretanto, suas perguntas acabaram por levar a um relato da cena da qual ela havia participado lá, pouco depois de sua partida da cidade. Após ela aludir a um "acidente", ele teve de ouvir a história toda. Quando começou a fazer perguntas, Sir Walter e Elizabeth começaram a fazer também, mas era impossível não sentir a diferença em sua forma de fazê-las. Anne pôde comparar o sr. Elliot somente a Lady Russell, quanto ao desejo de realmente entender o que acontecera e ao grau de preocupação com o quanto ela devia ter sofrido por testemunhar o ocorrido.

Ele passou uma hora em sua companhia. O pequeno e elegante relógio sobre o console da lareira batera "as onze com seus sons de prata", e o sentinela já era ouvido ao longe entoando a mesma história, antes de o sr. Elliot ou qualquer um deles perceber que ele estivera lá por tanto tempo.

Anne não poderia imaginar que a sua primeira noite em Camden Place fosse correr tão bem!

Capítulo 16

Havia um ponto que Anne, ao voltar para sua família, teria ficado mais grata em averiguar até do que o fato de o sr. Elliot estar apaixonado por Elizabeth, que era o de o seu pai não estar apaixonado pela sra. Clay; e estava muito longe de ficar tranquila em relação a isso, depois de algumas horas em casa. Ao descer para o desjejum, na manhã seguinte, constatou que a senhora apenas fingira muito bem ter a intenção de deixá-los. Podia imaginar que a sra. Clay tivesse dito: "agora que a senhorita Anne chegou, não supunha que sua presença fosse desejada", pois Elizabeth retrucava com uma espécie de sussurro: "Isso não é motivo, de forma alguma. Garanto-lhe que para mim não é motivo. Ela não significa nada para mim comparada a senhora", e chegou a tempo de ouvir o pai dizer:

– Minha cara senhora, isso não pode ser. Até agora não viu nada de Bath. Tem estado aqui apenas para nos ser útil. Não pode fugir de nós agora. Deve ficar para conhecer a senhora Wallis, a bela senhora Wallis. Bem sei que, para sua mente refinada, a visão da beleza é uma verdadeira gratificação.

Sir Walter demonstrou tanta seriedade com suas palavras e atitude que Anne não ficou surpresa em ver a sra. Clay lançando um olhar furtivo para Elizabeth e para ela. Sua atitude talvez demonstrasse alguma cautela; mas o elogio à mente refinada não pareceu causar qualquer estranhamento em sua irmã. A dama não pôde fazer outra coisa senão ceder aos pedidos conjuntos e prometer ficar.

No decorrer da mesma manhã, quando Anne e o pai se encontraram por acaso sozinhos, ele começou a elogiá-la por sua aparência melhorada; considerava que ela estava "menos magra de corpo e de rosto; com a tez muito mais viçosa; mais luminosa, mais fresca. Estaria usando algum produto em especial?".

– Não, nada.

– Apenas a loção Gowland – supôs ele.

– Não, nada mesmo.

– Ah, ficou surpreso com isso! – E acrescentou: – Com certeza você não pode fazer nada melhor do que continuar como está; não pode ficar melhor; caso contrário, eu lhe recomendaria usar a loção Gowland, com frequência, durante a primavera. A senhora Clay a tem usado por recomendação minha, e veja só os resultados. Veja como eliminou as sardas dela.

Ah, se Elizabeth tivesse escutado isso! Um elogio tão pessoal talvez a tivesse chocado, especialmente porque não parecia a Anne que as sardas tivessem diminuído em nada. Mas tudo deve seguir seu curso. O mal de um casamento seria bastante minimizado caso Elizabeth também viesse a se casar. Quanto a ela, sempre poderia ir morar com Lady Russell.

A mente firme e as maneiras corteses de Lady Russell foram postas um tanto à prova nesse quesito em suas visitas a Camden Place. Ver a sra. Clay tão favorecida, e Anne tão menosprezada, constituía para ela uma perpétua provocação e causava-lhe tanta irritação quando estava longe, tanto quanto era possível para alguém em Bath que bebia as águas, recebia todas as novas publicações e tinha muitos conhecidos.

Quando conheceu o sr. Elliot, tornou-se mais condescendente, ou mais indiferente, em relação aos outros. Os modos dele constituíram uma recomendação imediata; conversando com ele, constatou que o interior sustentava tanto as características superficiais que a princípio, conforme contou para Anne, estava prestes a questionar: "Será que é mesmo o sr. Elliot?", e não conseguia imaginar homem mais agradável ou mais digno de estima.

Todas as qualidades se reuniam nele: bom entendimento, opiniões corretas, conhecimento do mundo e um coração sensível. Possuía sentimentos fortes quanto aos laços familiares e à honra da família, sem soberba ou fraqueza; vivia com a prodigalidade de um homem de fortuna, sem ostentação; julgava por si mesmo tudo o que era essencial, mas sem desafiar a opinião pública em qualquer ponto de decoro mundano. Era decidido, observador, moderado, sincero; nunca se deixava levar por impulsos ou egoísmo, que se fizessem passar por forte convicção. Apesar disso, era sensível a tudo o que era agradável e belo, apreciava todas as alegrias da vida doméstica, que aqueles com um temperamento dado a arroubos e a violentas agitações raramente valorizavam. Estava convencida de que ele não havia sido feliz no casamento. O coronel Wallis o dissera, e Lady Russell assim o percebeu; mas não fora infeliz a ponto de se tornar amargurado, ou tampouco (como logo começou a suspeitar) de impedir que ele pensasse em fazer uma segunda escolha. A satisfação de Lady Russell com o sr. Elliot superava toda a irritação pela sra. Clay.

Já fazia alguns anos que Anne começara a ver que ela e sua excelente amiga podiam, às vezes, ter opiniões divergentes; portanto, não ficou surpresa que Lady Russell não visse nada de suspeito ou inconsistente, nada que exigisse mais motivos que os aparentes, no enorme desejo do sr. Elliot de se reconciliar. Para Lady Russell, era muito natural que o sr. Elliot, em uma fase madura da vida, considerasse algo muito desejável e que lhe recomendaria a todas as pessoas sensatas manter boas relações com o chefe de sua família; era o processo mais simples do tempo sobre uma mente naturalmente lúcida, errando apenas no auge da juventude. Anne, porém, previu que ainda iria rir disso. E por fim mencionou "Elizabeth". Lady Russell escutou, olhou para ela, e fez apenas o seguinte comentário cauteloso:

– Elizabeth! Muito bem, o tempo dirá.

Tratava-se de uma referência sobre o futuro à qual Anne, após considerar um pouco, sentiu que devia se submeter. Não podia ter certeza de nada agora. Naquela casa, Elizabeth devia ter a primazia; estava tão acostumada a receber tantas atenções como "senhorita Elliot" que qualquer preferência parecia quase impossível. Além disso, era preciso lembrar que o sr. Elliot ficara viúvo há apenas uns sete meses. Uma certa demora de sua parte seria muito compreensível. Na verdade, Anne nunca podia pousar os olhos sobre o crepe de luto ao redor do chapéu dele sem recear que, na realidade, fosse ela quem estivesse se comportando de forma indesculpável ao atribuir a ele tais pensamentos; pois, embora o casamento não tivesse sido muito feliz, ainda assim havia durado tantos anos que ela não podia conceber uma recuperação muito rápida do péssimo efeito de vê-lo terminado.

Qualquer que fosse o desfecho, o sr. Elliot era sem dúvida seu conhecido mais agradável em Bath; ela não via ninguém que fosse comparável a ele; e era uma grande satisfação conversar com ele de vez em quando sobre Lyme, que ele parecia tão desejoso quanto ela para tornar a visitar e conhecer melhor. Eles repassaram várias vezes os detalhes de seu primeiro encontro. Ele lhe deu a entender que havia olhado para ela com algum interesse. Ela sabia bem disso; e recordava-se também do olhar de outra pessoa.

Nem sempre pensavam da mesma forma. Ela percebeu que ele atribuía mais valor do que ela à posição e às relações sociais. Não havia sido apenas para agradar, devia ter sido por interesse pela causa, que se uniu com fervor às preocupações de seu pai e de sua irmã em relação a um assunto que ela julgava indigno de sua intenção. Certa manhã, o jornal de Bath anunciou a chegada da viúva viscondessa Dalrymple e de sua filha, a honorável srta. Carteret, e todo o conforto do nº – de Camden Place desapareceu por vários dias; pois os Dalrymple (muito desafortunadamente, na opinião de Anne) eram primos dos Elliot. E sua agonia se devia à dúvida acerca de como se apresentar adequadamente.

Anne nunca vira o pai e a irmã em contato com membros da nobreza, e precisava reconhecer que estava desapontada. Esperava comportamento melhor de seus altivos ideais em relação à própria posição social, e viu-se obrigada a desejar algo que jamais teria previsto: o desejo de que eles tivessem mais orgulho; pois passou dias inteiros com os ouvidos cheios de "nossas primas, Lady Dalrymple e srta. Carteret" ou "nossas primas Dalrymple".

Sir Walter havia estado com o finado visconde uma vez, mas nunca conhecera nenhum outro membro da família; e as dificuldades da presente situação advinham do fato de que houvera uma suspensão de toda a correspondência formal, desde o falecimento do mesmo finado visconde, quando, em consequência de uma perigosa doença contraída por Sir Walter na mesma época, ocorrera uma infeliz omissão da parte de Kellynch. Nenhuma carta de pêsames havia sido enviada para a Irlanda. A negligência havia sido retribuída ao ofensor, pois, quando a pobre Lady Elliot faleceu, por sua vez, nenhuma carta de pêsames foi recebida em Kellynch.

Portanto, havia razões mais que suficientes para acreditar que as Dalrymple davam a relação por encerrada. Como corrigir essa inquietante situação para que eles fossem aceitos novamente como primos era a questão; e era uma questão que, de maneira mais racional, nem Lady Russell nem o sr. Elliot consideravam sem importância. "Sempre valia a pena preservar os vínculos familiares e buscar boas companhias. Lady Dalrymple havia alugado uma casa por três meses em Laura Place, onde viveria em grande estilo. Estivera em Bath no ano anterior, e Lady Russell ouvira dizer que era uma mulher encantadora. Era muito desejável que a conexão fosse retomada, se possível, sem comprometer a dignidade dos Elliot."

Sir Walter, porém, decidiu usar seus próprios meios, e por fim escreveu uma carta muito elegante à sua honorável prima, contendo amplas explicações, pesares e rogos. Nem Lady Russell nem o sr. Elliot puderam aprovar a carta; esta, no entanto, surtiu o efeito desejado, recebendo como resposta três linhas rabiscada pela viúva viscondessa. "Estava muito honrada, e ficaria muito feliz em conhecê-los." A parte árdua da questão havia acabado, a agradável começava. Os Elliot visitaram Laura Place, receberam os cartões de visita da viscondessa e da honorável srta. Carteret a serem posicionados onde pudessem ficar mais visíveis, e "nossas primas de Laura Place" e "nossas primas Lady Dalrymple e a senhorita Carteret" eram mencionadas para todos.

Anne estava envergonhada. Se Lady Dalrymple e sua filha fossem muito agradáveis, ainda assim teria sentido vergonha da agitação por elas provocada, mas elas não o eram. Não havia qualquer superioridade de modos, dotes ou entendimento. Lady Dalrymple conquistara a fama de ser "uma mulher encantadora" pelo simples fato de saber sorrir e dar uma resposta cortês a todos. A srta. Carteret, que tinha menos ainda a dizer, era tão sem graça e tão desajeitada que, não fosse a sua origem, jamais teria sido tolerada em Camden Place.

Lady Russell confessou que esperava coisa melhor; mesmo assim "era uma relação que valia a pena cultivar". Quando Anne arriscou externar sua opinião a respeito delas para o sr. Elliot, este concordou que as duas não eram nada em si mesmas, mas ainda sustentou que, como vínculo familiar, como boa companhia e pessoas que reuniam ao seu redor outras boas companhias, tinham o seu valor. Anne sorriu e disse:

– O meu conceito de boa companhia, senhor Elliot, é estar com pessoas inteligentes e bem-informadas, que sejam capazes de conversar sobre vários assuntos; é isso que chamo de boa companhia.

– A senhorita está enganada – disse ele com delicadeza –, isso não é boa companhia; é a melhor companhia. A boa companhia requer apenas berço, educação e boas maneiras, e, quanto à educação, não é muito necessária. Berço e boas maneiras são fundamentais; mas uma educação deficiente não é de forma alguma uma coisa ruim em boa companhia, pelo contrário, é até uma vantagem. Minha prima Anne está sacudindo a cabeça. Não está convencida. É uma moça exigente. Minha cara prima – sentou-se ao seu lado –, a senhorita tem mais direito de ser exigente do que quase qualquer outra mulher que eu conheça, mas será que isso vai adiantar? Será que vai fazê-la feliz? Não será mais sensato aceitar a companhia das boas senhoras de Laura Place e aproveitar o quanto possível as vantagens desse parentesco? Pode ter certeza de que, durante este inverno, elas estarão apenas entre pessoas da alta-roda em Bath, e, como posição social importa, o fato de se saber que são parentes será útil para garantir à sua família (à nossa família, devo dizer) o grau de consideração pelo qual todos devemos ansiar.

– Sim – disse Anne com um suspiro –, de fato, seremos conhecidos por sermos seus parentes! – Em seguida, recompondo-se e sem querer ser respondida, prosseguiu: – Com certeza considero que fizeram um esforço excessivo para conseguir essa relação. – E, sorrindo, acrescentou: – Suponho que eu seja mais orgulhosa do que vocês; mas confesso que me irrita, temos de nos mostrar tão ansiosos em ver reconhecida a relação, a qual decerto lhes é totalmente indiferente.

– Perdoe-me, cara prima, a senhorita está subestimando seus próprios direitos. Em Londres, talvez, em seu atual estilo de vida tranquilo, pode até ser como você diz; em Bath, porém, Sir Walter Elliot e sua família sempre valerão a pena conhecer, serão sempre relações aceitáveis.

– Bem – disse Anne –, com certeza sou orgulhosa, orgulhosa demais para ficar satisfeita com uma acolhida que dependa tanto assim de posição social.

– Amo sua indignação – disse ele –, é muito natural. Mas agora está em Bath, e o objetivo é se estabelecer aqui com toda honra e dignidade a que Sir Walter Elliot tem direito. A senhorita diz que é orgulhosa; sei que me chamam de orgulhoso, não desejaria ser diferente; pois nossos orgulhos, caso fossem examinados, tenho certeza, teriam o mesmo objetivo, embora talvez pareçam ser de espécies um pouco diferentes. De uma coisa tenho certeza, cara prima – prosseguiu, falando mais baixo, embora não houvesse mais ninguém no recinto –, em um ponto, tenho certeza de que pensamos da mesma forma. Ambos pensamos que qualquer acréscimo ao círculo social do seu pai, entre seus iguais ou entre seus superiores, pode ser útil para distrair seus pensamentos dos que são inferiores a ele.

Enquanto falava, olhava para o assento que a sra. Clay costumava ocupar nos últimos tempos: uma explicação suficiente do que ele queria dizer em particular. Embora Anne não pudesse acreditar que eles dois tivessem o mesmo tipo de orgulho, ficou satisfeita com ele por não gostar da sra. Clay; e a sua consciência admitiu que o desejo dele de promover as relações do pai com pessoas de alta posição era mais do que desculpável diante da possibilidade de derrotá-la.

Capítulo 17

Enquanto Sir Walter e Elizabeth empenhavam-se assiduamente a sua sorte em Laura Place, Anne retomou uma relação de um tipo inteiramente diferente.

Visitara sua antiga preceptora, e ficara sabendo que estava em Bath uma antiga amiga de escola, que tinha dois fortes motivos para atrair sua atenção, a gentileza do passado e o sofrimento do presente. A srta. Hamilton, agora sra. Smith, tinha sido bondosa com ela em uma das épocas de sua vida em que isso fora mais valioso. Anne fora para a escola infeliz, lamentando a perda da mãe que tanto amava, sentida com o afastamento de casa e sofrendo como uma menina de catorze anos de grande sensibilidade, e, pouco animada, sofreria em momentos como esse; e a srta. Hamilton, três anos mais velha do que ela, mas que, por falta de parentes próximos e de uma residência fixa, ainda iria permanecer mais um ano na escola, havia se mostrado prestativa e bondosa para com ela de uma forma que diminuíra consideravelmente sua tristeza, e que jamais poderia ser lembrada com indiferença.

A srta. Hamilton havia deixado a escola e se casado pouco depois, dizia-se que com um homem de fortuna, e isso era tudo o que Anne soubera a seu respeito, até agora que o relato de sua professora lhe expôs a situação da antiga amiga de maneira mais clara, porém muito diferente.

Agora era viúva e pobre. O marido era extravagante; e, quando falecera, cerca de dois anos antes, deixara seus negócios terrivelmente comprometidos. Ela enfrentara dificuldades de todo tipo e, além dessas preocupações, sofria com uma grave febre reumática que, tendo por fim atacado suas pernas, a deixara aleijada. Por isso, viera para Bath, e ela agora morava em uma casa alugada próxima às termas quentes, vivendo em condição muito humilde, incapaz até mesmo de ter o conforto de uma criada e, é claro, quase excluída da sociedade.

A amiga em comum garantiu que a senhora Smith ficaria muito satisfeita com uma visita da senhorita Elliot, portanto, Anne não perdeu tempo em ir visitá-la. Em casa, não mencionou nada do que havia escutado ou do que pretendia fazer. Ninguém ali demonstraria qualquer interesse. Apenas consultou Lady Russell, que compartilhou por completo de seus sentimentos e teve muito prazer em levá-la até tão perto dos aposentos da sra. Smith, em Westgate Buildings, como Anne aceitou ser conduzida.

A visita foi feita, a relação, retomada e o interesse de uma pela outra, mais do que reacendido. Os primeiros dez minutos tiveram lá a sua falta de jeito e a sua emoção. Doze anos haviam se passado desde o último encontro, e cada uma era um pouco diferente do que a outra imaginara. Doze anos haviam transformado Anne de uma florescente, silenciosa e imatura garota de quinze anos em uma elegante mulherzinha de vinte e sete anos, dotada de toda a beleza exceto o viço da adolescência, com modos tão conscientemente corretos quanto invariavelmente gentis; e doze anos haviam transformado a bela e crescida srta. Hamilton, que tivera todo o brilho da saúde e da certeza da sua superioridade, em uma pobre, enferma e indefesa viúva, recebendo a visita de sua ex-protegida como um favor; mas tudo de constrangedor na visita logo se dissipou, deixando apenas o interessante encanto de relembrar antigas preferências e conversar sobre os velhos tempos.

Anne encontrou na sra. Smith a mesma sensatez e os mesmos modos afáveis que quase tivera certeza que encontraria, e uma disposição para conversar e mostrar-se alegre que superaram suas expectativas. Nem as extravagâncias do passado – e ela havia levado uma vida muito mundana –, as restrições do presente, a doença ou a tristeza pareciam ter fechado seu coração ou arruinado seu estado de espírito.

Durante uma segunda visita, a sra. Smith falou com grande franqueza, e o espanto de Anne aumentou. Era quase impossível para ela imaginar uma situação mais lamentável do que da sra. Smith. Gostara muito do marido, enterrara-o. Havia se acostumado à riqueza, perdera-a. Não tinha nenhum filho que pudesse reatar seus vínculos com a vida e a felicidade, parentes ou amigos para ajudar na organização de seus negócios confusos, nem saúde para tornar todo o resto suportável. Seus aposentos se limitavam a uma sala de visitas barulhenta com um escuro quarto de dormir atrás, e ela não conseguia mover-se de um lado para o outro sem a ajuda da única criada que havia na casa. Nunca saía de casa exceto para ser conduzida até as termas quentes. No entanto, apesar disso, Anne tinha motivos para crer que ela experimentava apenas breves momentos de depressão e desânimo, em comparação a horas inteiras de ocupação e divertimento. Como era possível? Observou, analisou, refletiu e, por fim, concluiu não se tratar apenas de um caso de força de caráter e resignação. Um espírito submisso poderia ser paciente, um forte entendimento proporcionaria determinação, mas havia algo mais. Havia aqui uma flexibilidade da mente, uma disposição em se reconfortar, uma capacidade de passar com rapidez do mal ao bem e de encontrar ocupações que lhe distraíssem de si mesma que advinham apenas de sua natureza. Era o mais precioso dom celestial; e Anne via na amiga um daqueles exemplos nos quais, graças a um misericordioso desígnio, ele parece destinado a contrabalançar quase todas as outras deficiências.

Houvera um tempo, contou-lhe a sra. Smith, em que quase perdera as esperanças. Agora não podia se dizer inválida, quando comparada com seu estado ao chegar a Bath. Na época, de fato era uma visão de dar dó; pois se resfriara durante a viagem, e mal havia se acomodado em seus aposentos antes de ficar novamente acamada, e sofrera dores intensas e constantes; tudo isso entre desconhecidos, com a necessidade absoluta de uma enfermeira constante, e com finanças particularmente inadequadas, no momento, para suprir qualquer despesa imprevista. Ela tinha resistido, porém, e podia dizer com toda a sinceridade que a provação lhe fizera bem. Aumentara sua tranquilidade fazendo com que sentisse estar em boas mãos. Já conhecia suficientemente o mundo para não esperar encontrar um afeto repentino ou desinteressado de alguém, mas a doença havia lhe provado que a sua senhoria era uma mulher de caráter, que não a maltrataria; além do mais, fora particularmente afortunada em relação à enfermeira, irmã de sua senhoria, enfermeira de profissão, e que sempre morava naquela casa quando não estava empregada, por sorte estar disponível justo a tempo de cuidar dela.

– E ela, além de cuidar de mim de forma admirável, de fato provou ser uma relação inestimável – disse a sra. Smith. – Assim que pude usar as mãos, me ensinou a tricotar, o que tem sido para mim uma grande diversão; e foi ela que me ajudou a começar a fabricar estes porta-linhas, estas almofadas de alfinetes e estes porta-cartões de visita com os quais sempre me vê tão ocupada, e que me permitem fazer algum bem a uma ou duas famílias muito pobres do bairro. Ela conhece muita gente, profissionalmente é óbvio, que têm dinheiro para comprar, e vende as minhas mercadorias. Sabe sempre qual é o momento certo de oferecê-las. Todos os corações estão abertos, bem sabe, quando alguém se libertou há pouco de um forte sofrimento, ou quando está recuperando a graça da saúde, e a enfermeira Rooke compreende exatamente quando deve falar. É uma mulher astuta, inteligente e sensata. Sua profissão a leva a observar a natureza humana; e ela possui um baú de bom senso e observação que a tornam uma companhia muitíssimo superior a milhares daqueles que, tendo recebido apenas "a melhor educação do mundo", não sabem nada de interessante. Pode chamar de fofoca, se quiser, mas, quando a enfermeira Rooke dispõe de meia hora livre para me dedicar, tem sempre algo de divertido e útil a contar, algo que nos permite conhecer melhor nossa própria espécie. Todos gostam de saber o que se passa, de estar a par das mais novas maneiras de ser fútil e tolo. Para mim, que passo tanto tempo sozinha, garanto-lhe que a conversa dela é um deleite.

Anne, longe de querer objetar àquele prazer, replicou:

– Posso acreditar nisso facilmente. As mulheres dessa classe têm ótimas oportunidades e, se elas são inteligentes, vale muito a pena escutá-las. Quantas variedades da natureza humana já observaram! E não é apenas em sua insensatez que a conhecem bem; uma vez que, às vezes, a observam em todas as circunstâncias que podem ser as mais interessantes ou comoventes. Quantos exemplos devem testemunhar de afeto ardente, desinteressado e altruísta, de heroísmo, coragem, paciência, resignação; de todos os conflitos e sacrifícios que mais nos enobrecem? Um quarto de doente muitas vezes pode ensinar tanto quanto muitos livros.

– Sim, às vezes, talvez possa – disse a sra. Smith, em um tom mais cético –, embora eu tema que as suas lições muitas vezes não sejam de estilo tão elevado quanto descreve. Vez ou outra, a natureza humana pode ser grandiosa em tempos de desafios; mas, geralmente, o que surge no quarto de um doente é sua fraqueza, não sua força; o que se ouve é seu egoísmo e sua impaciência, mais do que generosidade e coragem. Há tão pouca amizade verdadeira no mundo! – ela agora falava com a voz baixa e trêmula. – E, infelizmente, há muita gente que se esquece de pensar com seriedade até ser quase tarde demais.

Anne percebeu a infelicidade que esses sentimentos revelavam. O marido não tinha sido como deveria, e a esposa fora obrigada a ter contato com aquela porção da humanidade que a levara a fazer um juízo pior do mundo do que ela esperava que este merecesse. Entretanto, foi apenas uma emoção passageira da sra. Smith; ela a afastou, e logo acrescentou, em um tom diferente:

– Não suponho que a situação em que minha amiga senhora Rooke está agora possa fornecer muita coisa capaz de me interessar ou de me edificar. Está somente cuidando da senhora Wallis, em Marlborough Buildings; apenas uma mulher bonita, tola, esbanjadora e seguidora da moda, creio eu; e é claro que não terá nada para falar exceto sobre rendas e adornos. Mas tenho a intenção de me aproveitar da senhora Wallis. Ela tem muito dinheiro, e minha intenção é que compre todas as coisas caras que tenho para vender.

Anne já havia feito várias visitas à amiga antes de sua existência ser descoberta em Camden Place. Por fim, tornou-se necessário falar sobre ela. Sir Walter, Elizabeth e a sra. Clay voltaram certa manhã de Laura Place com um convite repentino de Lady Dalrymple para a mesma noite, e Anne já havia se comprometido a visitar Westgate Buildings. Não lamentou por ter essa desculpa. Tinha certeza de que só haviam sido convidados porque Lady Dalrymple, confinada em casa devido a um forte resfriado, estava agora contente por poder tirar proveito da relação que lhe havia sido imposta; e recusou o convite com grande entusiasmo: "Havia se comprometido a visitar uma velha amiga de escola naquela noite". Não tinham muito interesse por qualquer fato relacionado a Anne, mas mesmo assim fizeram perguntas suficientes para entender quem era essa velha amiga de escola. Elizabeth mostrou-se desdenhosa, e Sir Walter, severo.

– Westgate Buildings! – exclamou ele. – E quem a senhorita Anne Elliot visitará em Westgate Buildings? Uma certa senhora Smith. Uma viúva. E quem era seu marido? Um dos cinco mil senhores Smith cujo sobrenome se pode encontrar em toda parte. E quais são os seus atrativos? Ser velha e doente. Juro-lhe, senhorita Anne Elliot, que gosto extraordinário o seu! Tudo aquilo que causa repulsa nos outros, más companhias, aposentos miseráveis, ar doentio, amizades vis, tudo isso lhe é convidativo. Mas com certeza poderá adiar até amanhã o encontro com essa velha senhora: ela não está tão próxima do fim, suponho, a ponto de não ter esperança de ver um novo dia. Qual é a idade dela? Quarenta?

– Não, senhor, ela ainda não completou trinta e um anos; mas eu não acho que possa adiar o compromisso, pois essa é a única noite por algum tempo que convém tanto a ela quanto a mim. Amanhã ela irá às termas quentes, e como o senhor sabe temos compromissos até o final da semana.

– E o que Lady Russell pensa dessa amizade? – indagou Elizabeth.

– Não vê nada mal nela – respondeu Anne. – Pelo contrário, a aprova, e foi ela quem me levou até lá, quase todas vezes que visitei a senhora Smith.

– Os moradores de Westgate Buildings devem ter ficado muito surpresos com a aparição de uma carruagem parada junto ao passeio! – observou Sir Walter. – É verdade que a viúva de Sir Henry Russell não tem títulos que distingam seu brasão; mas mesmo assim é uma bela carruagem, e, sem dúvida, se sabe que está transportando uma senhorita Elliot. Uma senhora Smith viúva que mora em Westgate Buildings! Uma pobre viúva, que mal tem do que viver, entre trinta e quarenta anos; uma reles senhora Smith, uma senhora Smith comum, dentre todas as pessoas e todos os nomes do mundo, ser a amiga escolhida pela senhorita Anne Elliot, e ser por ela preferida às suas próprias relações familiares pertencentes à nobreza da Inglaterra e da Irlanda! Senhora Smith! Que nome!

A sra. Clay, que estivera presente enquanto tudo isso se passava, agora julgou aconselhável se retirar, e Anne poderia ter dito muitas coisas e de fato ansiava por dizer algumas, em defesa dos direitos de sua amiga, não muito diferentes dos deles, mas a noção de respeito pessoal que tinha pelo pai a impediu. Ela não respondeu nada. Deixou que ele se recordasse sozinho de que a sra. Smith não era a única viúva em Bath entre trinta e quarenta anos, com poucas posses e sem um sobrenome distinto.

Anne honrou seu compromisso, os outros honraram o deles, e naturalmente na manhã seguinte ela ficou sabendo que tinham tido uma noite agradabilíssima. Ela havia sido a única ausente do grupo, pois Sir Walter e Elizabeth não apenas haviam se colocado ao inteiro dispor de Lady Dalrymple, mas também haviam tido a satisfação de ser por ela encarregados de trazer outras pessoas, e eles tinham se dado ao incômodo de convidar Lady Russell e o senhor Elliot. O sr. Elliot fizera questão de deixar o coronel Wallis mais cedo, e Lady Russell reorganizara todos os seus compromissos da noite, para ir à sua casa. Anne soube de tudo que uma noite daquelas podia proporcionar de Lady Russell. Para ela, o ponto mais interessante foi a sua amiga e o senhor Elliot terem falado muito dela, terem desejado que ela estivesse presente, lamentado que não estivesse e, ao mesmo tempo, elogiado o motivo da sua ausência. Suas visitas cheias de gentileza e compaixão à antiga colega de escola, doente e diminuída, pareciam ter encantado o sr. Elliot. Ele a considerava uma moça deveras extraordinária; um modelo de excelência feminina, pelo seu temperamento, modos, inteligência. Podia se igualar até mesmo a Lady Russell ao conversarem sobre seus méritos. Anne não podia ser levada a entender tanto por sua amiga, não podia saber que era tão bem avaliada por um homem sensato, sem muitas daquelas sensações agradáveis que sua amiga pretendia criar.

Lady Russell agora tinha uma opinião totalmente formada a respeito do sr. Elliot. Estava tão convencida de que ele pretendia conquistar Anne com o tempo quanto de que ele a merecia, e já começava a calcular o número de semanas que lhe faltavam para se libertar das últimas restrições da viuvez, quando ficaria livre para exercer os seus poderes de sedução. Não falaria com Anne nem com metade da convicção que sentia em relação ao assunto, e atreveu-se a pouco mais do que dar pistas do que poderia vir a acontecer, de um possível afeto por parte dele, do caráter desejável de tal união, supondo que o afeto fosse real e correspondido. Anne a escutou sem fazer qualquer exclamação exaltada; apenas sorriu, enrubesceu e sacudiu de leve a cabeça.

– Não sou nenhuma casamenteira, como bem sabe – disse Lady Russell –, sendo conhecedora da incerteza de todos os eventos e projetos humanos. Apenas quero dizer que, se o senhor Elliot em algum momento vier a lhe fazer a corte, e se estiver disposta a aceitá-lo, acho que haverá toda a probabilidade de serem felizes juntos. Todos devem considerar essa união muito adequada, mas eu penso que talvez possa ser também muito feliz.

– O senhor Elliot é um homem extremamente agradável e, sob muitos aspectos, eu o tenho em alta conta – respondeu Anne –, mas nós não iríamos combinar.

Lady Russell deixou passar o comentário, e tudo o que disse em resposta foi:

– Confesso que poder vê-la como futura senhora de Kellynch, futura Lady Elliot, vê-la ocupar o lugar de sua mãe, suceder-lhe em todos os direitos, em toda a sua popularidade, bem como em todas as suas virtudes, seria a maior gratificação possível para mim. Você é parecida com sua mãe na fisionomia e no temperamento. E se me for permitido imaginá-la como ela em matéria de posição, nome e lar, presidindo e agraciando o mesmo local, e superior a ela somente por ser ainda mais estimada! Minha querida Anne, isso me daria mais prazer do que geralmente se sente em minha fase da vida!

Anne se viu obrigada a voltar-se, levantar-se, ir até uma mesa mais afastada e nela se apoiar, fingindo estar ocupada com alguma coisa, para tentar dominar as sensações causadas por esse quadro. Por alguns instantes, sua imaginação e seu coração se deixaram enfeitiçar. A ideia de se tornar o que a mãe havia sido, de ter o precioso nome "Lady Elliot" retomado primeiro nela mesma; de retornar a Kellynch, chamá-la de lar mais uma vez, seu lar para sempre, era tão atraente que foi incapaz de resistir de imediato. Lady Russell não disse mais nada, querendo que a questão agisse por si; e acreditando que se o sr. Elliot pudesse, naquele momento, com toda a propriedade, revelar o que sentia... Acreditava, em suma, naquilo que Anne desacreditava. A mesma imagem do sr. Elliot expondo seus sentimentos fez Anne recuperar sua compostura. Todo o encanto de Kellynch e de "Lady Elliot" desapareceu. Jamais poderia aceitá-lo. E não apenas porque seus sentimentos ainda estavam avessos a qualquer homem, exceto um; seu julgamento, ao avaliar com seriedade as possibilidades de tal acontecimento, era contrário ao sr. Elliot.

Embora agora já fizesse um mês que se conheciam, não estava convencida de conhecer de fato seu caráter. Que era um homem inteligente, agradável, que sabia conversar, emitia opiniões acertadas, parecia julgar de forma acertada e tinha princípios, tudo isso estava suficientemente claro. Ele com certeza sabia o que era correto, e não podia apontar qualquer artigo de conduta moral por ele transgredido; ainda assim, teria hesitado em responder por sua conduta. Desconfiava do passado, ainda que não do presente. Os nomes de antigos amigos que ocasionalmente deixava escapar, as alusões a antigos hábitos e ocupações, lhe inspiravam suspeitas pouco favoráveis sobre o que ele fora. Podia ver que tivera maus costumes; que viajar aos domingos havia sido algo corriqueiro; que houvera um período de sua vida (e provavelmente nada curto) em que havia sido, no mínimo, descuidado em relação a todas as questões sérias. Embora hoje pudesse pensar de forma bem diferente, quem poderia conhecer de fato os verdadeiros sentimentos de um homem inteligente e cauteloso, maduro o suficiente para valorizar um bom caráter? Como seria possível ter certeza de que sua mente houvesse realmente sido purificada?

O sr. Elliot era um homem racional, discreto, refinado, mas não era um homem franco. Nunca exibia qualquer arroubo de sentimento, qualquer ardor de indignação ou deleite diante da maldade ou da bondade alheia. Na opinião de Anne, isso era um defeito claro. Suas primeiras impressões eram irreversíveis. Valorizava acima de tudo um caráter franco, bondoso e fervoroso. O entusiasmo e o ardor ainda a encantavam. Sentia que podia confiar muito mais na sinceridade daqueles que por vezes exibiam alguma expressão ou diziam alguma coisa descuidada ou precipitada do que naqueles cuja presença de espírito jamais variava ou cuja língua nunca escorregava.

O sr. Elliot era demasiadamente agradável. Diversos como eram os temperamentos dos moradores da casa de seu pai, ele agradava a todos. Era demasiado paciente, dava-se demasiado bem com todos. Havia lhe falado com alguma franqueza sobre a sra. Clay. Parecia ter visto perfeitamente as intenções da sra. Clay e desprezá-la. Apesar disso, a sra. Clay o considerava tão agradável quanto os demais.

Lady Russell via algo a menos ou a mais do que sua jovem amiga, pois nada via que suscitasse desconfiança. Não podia imaginar nenhum homem que fosse mais exatamente como deveria ser do que o sr. Elliot; tampouco, acalentava sentimento mais delicioso do que a esperança de vê-lo receber a mão de sua amada Anne na igreja de Kellynch no outono do ano seguinte.

Capítulo 18

Era início de fevereiro, e Anne, que já estava em Bath há um mês, estava ficando ansiosa por notícias de Uppercross e de Lyme. Queria saber muito mais do que Mary contava. Haviam se passado três semanas desde que tivera qualquer notícia. Sabia apenas que Henrietta estava de volta em casa; e que Louisa, embora se considerasse sua recuperação rápida, ainda estava em Lyme. Anne estava pensando muito em todos eles certa noite quando uma carta de Mary, mais grossa do que de costume, lhe foi entregue; e para aumentar ainda mais seu prazer e sua surpresa, vinha acompanhada das saudações do almirante e da sra. Croft.

Os Croft deviam estar em Bath! Uma circunstância que lhe interessava. Eram pessoas para as quais seu coração se inclinava naturalmente.

– Como é? – exclamou Sir Walter. – Os Croft estão em Bath? Os Croft que alugaram Kellynch? O que lhe trouxeram?

– Uma carta do chalé de Uppercross, senhor.

– Ah! Essas cartas são passaportes muito convenientes. Asseguram uma apresentação. De qualquer modo, eu visitaria o almirante Croft. Eu conheço as minhas obrigações para com o meu inquilino.

Anne não conseguiu prestar mais atenção; nem sequer poderia dizer quais comentários seu pai fez sobre a tez do pobre almirante; a carta absorveu-a. Começara a ser escrita vários dias antes:

1º de fevereiro
Minha querida Anne,
Não peço desculpas por meu silêncio, pois sei o quão pouco se pensa em cartas quando se está em um lugar como Bath. Você deve estar demasiado feliz para se interessar por Uppercross, que, como bem sabe, fornece pouco material sobre o qual escrever. Tivemos um Natal muito sem graça; o senhor e a senhora Musgrove não deram um só jantar durante todo o período de festas. Não considero os Hayter dignos de nota. As férias, porém, finalmente acabaram: acho que nenhuma criança jamais teve férias tão longas. Eu com certeza não tive. A casa se esvaziou ontem, com exceção dos pequenos Harville; ficará surpresa em saber que eles ainda não voltaram para casa. A senhora Harville deve ser uma mãe estranha, para estar tanto tempo separada deles. Eu não compreendo. Em minha opinião, não são crianças nem um pouco agradáveis, mas a senhora Musgrove parece gostar bastante delas, se não mais do que os próprios netos. Que tempo horrível temos tido! Talvez não se perceba em Bath, com todas essas suas belas ruas pavimentadas; mas no campo faz diferença. Não recebo nenhuma visita desde a segunda semana de janeiro, exceto por Charles Hayter, que tem aparecido com muito mais frequência do que desejável. Cá entre nós, acho mesmo uma pena Henrietta não ter ficado em Lyme tanto tempo quanto Louisa; isso a teria mantido um pouco afastada dele. A carruagem partiu hoje para trazer Louisa e os Harville amanhã. Mas nós só fomos convidados a ir jantar com eles no dia seguinte, pois a senhora Musgrove está muito preocupada que a filha esteja cansada demais por causa da viagem, o que não é muito provável, levando em conta os cuidados que irá receber, e seria muito mais conveniente para mim ir jantar lá amanhã. Fico satisfeita em saber que acha o senhor Elliot tão agradável, e gostaria de poder conhecê-lo também, mas tenho tido a minha sorte habitual: estou sempre

longe quando alguma coisa interessante está acontecendo; sempre a última da família a receber atenção. Faz muito tempo que a senhora Clay está com Elizabeth! Não tem intenção de ir embora nunca? No entanto, talvez mesmo que liberasse o quarto, não seríamos convidados. Diga-me o que pensa a respeito. Não espero que meus filhos sejam convidados, sabe. Posso muito bem deixá-los na mansão por um mês ou seis semanas. Acabo de saber que os Croft estão partindo para Bath quase neste instante; acham que o almirante está sofrendo de gota. Charles ouviu a notícia por acaso; eles não fizeram a gentileza de me informar, nem de se oferecerem para levar nada. Acho que, como vizinhos, eles não têm melhorado absolutamente nada. Nunca os vemos, e isso é realmente um caso de flagrante desatenção. Charles se une a mim para lhe enviar nosso carinho e tudo o mais.

Afetuosamente,
Mary M.

Sinto dizer que não estou nada bem; e Jemima acaba de me contar que o açougueiro anda dizendo que há uma angina correndo solta por aqui. Garanto que irei pegá-la, e como sabe as minhas anginas são sempre piores do que as de qualquer outra pessoa.

Assim terminava a primeira parte da carta, que foi posteriormente colocada em um sobrescrito contendo outra de tamanho quase idêntico.

Deixei minha carta em aberto para poder lhe mandar notícias de como Louisa passou na viagem, e agora estou muito contente por tê-lo feito, pois tenho muito a acrescentar. Primeiro, ontem recebi um recado da senhora Croft se oferecendo para levar qualquer coisa para você; um recado muito gentil e simpático, dirigido a mim como deve ser; assim, poderei aumentar minha carta o quanto quiser. O almirante não parece muito doente, e torço sinceramente para que Bath lhe faça tanto bem quanto ele deseja. Ficarei realmente contente em tê-los de volta. Nossa vizinhança não pode abrir mão de uma família tão agradável. Mas agora, a respeito de Louisa, tenho algo a lhe dizer vai deixá-la mais do que surpresa. Ela e os Harville voltaram para cá com toda a segurança na terça-feira, e à noite fomos até lá saber como ela estava, quando ficamos muito surpresos ao ver que o capitão Benwick não fazia parte do grupo, pois ele havia sido convidado, assim como os Harville; e qual você acha que é o motivo disso? Nada mais nada menos do que o fato de ele estar apaixonado por Louisa, e ter decidido não ir a Uppercross antes de ter obtido uma resposta do senhor Musgrove; pois tudo já havia ficado decidido entre ele e Louisa antes de ela voltar para casa, e ele escrevera ao pai dela por intermédio do capitão Harville. É verdade, dou-lhe minha palavra de honra! Não está espantada? Ficarei surpresa, pelo menos, se você alguma vez tiver percebido alguma pista disso, pois nunca percebi. A senhora Musgrove afirma solenemente que nunca soube nada a respeito. No entanto, estamos todos muito satisfeitos; embora não seja equivalente a ela desposar o capitão Wentworth, é infinitamente melhor do que Charles Hayter; e o senhor Musgrove escreveu dando seu consentimento, e o capitão Benwick é esperado para hoje. Segundo a senhora Harville, seu marido está muito sentido por causa de sua pobre irmã; porém, ambos gostam muito de Louisa. De fato, a senhora Harville e eu concordamos que gostamos mais dela por termos tomado conta dela. Charles se pergunta o que o capitão Wentworth dirá a respeito; mas, se você bem se lembra, eu nunca o julguei afeiçoado a Louisa; nunca vi nada nesse sentido. E esse é o fim, entende, de qualquer suposição de que capitão Benwick seja seu admirador. Nunca entendi como Charles foi capaz de imaginar uma coisa dessas. Espero que ele agora se mostre mais simpático. Com certeza não é uma grande união para Louisa Musgrove, mas é um milhão de vezes melhor do que se casar com um Hayter.

Mary não precisava recear que a irmã estivesse em qualquer medida preparada para aquela notícia. Nunca ficara mais espantada na vida. O capitão Benwick e Louisa Musgrove! Era quase maravilhoso demais para se acreditar, e foi apenas com muito esforço que conseguiu permanecer na sala, manter uma aparência de calma e responder às perguntas normais da ocasião. Felizmente, para ela, não foram muitas. Sir Walter quis saber se os Croft viajavam com quatro cavalos, e se ficariam hospedados em uma parte de Bath que fosse apropriada à visita sua e da srta. Elliot, mas demonstrou pouca curiosidade além disso.

– Como vai Mary? – indagou Elizabeth e, sem esperar a resposta, acrescentou: – E o que trouxe os Croft a Bath?

– Vieram por causa do almirante. Acham que ele está com gota.

– Com gota e decrépito! – comentou Sir Walter. – Pobre velho cavalheiro!

– Eles têm algum conhecido aqui? – quis saber Elizabeth.

– Não sei; mas não consigo imaginar que, na sua idade e com a sua profissão, o almirante Croft não tenha muitos conhecidos em um lugar como este.

– Desconfio que o almirante Croft ficará mais conhecido em Bath como o inquilino de Kellynch Hall – disse Sir Walter com frieza. – Elizabeth, acha que devemos apresentá-lo e a esposa em Laura Place?

– Ah, não! Penso que não. Relacionados como nós estamos com Lady Dalrymple, sendo seus primos, devemos tomar muito cuidado para não constrangê-la com qualquer relação que ela possa não aprovar. Se não fôssemos parentes, não teria importância; mas, como somos seus primos, ela teria escrúpulos em recusar qualquer proposta nossa. É melhor deixarmos os Croft encontrarem seu próprio nível. Há vários homens de aspecto esquisito andando por esta cidade que, pelo que ouvi dizer, são marinheiros. Os Croft se relacionarão com eles.

Foi esse todo o interesse pela carta demonstrado por Sir Walter e Elizabeth; depois de a sra. Clay a honrar com uma atenção mais decente, perguntando pela sra. Charles Musgrove e seus adoráveis meninos, Anne viu-se livre.

Em seu quarto, tentou compreender a situação. Bem fazia Charles em se perguntar como o capitão Wentworth se sentiria! Talvez ele houvesse abandonado a batalha, desistido de Louisa, deixado de amá-la ou descoberto que não a amava. Não podia suportar a ideia de traição ou leviandade, nem em nada semelhante a deslealdade entre ele e o amigo. Não podia suportar que uma amizade como a deles fosse rompida de forma injusta.

O capitão Benwick e Louisa Musgrove! A animada e alegre conversadeira Louisa Musgrove e o cabisbaixo, pensativo, emotivo e amante da leitura capitão Benwick pareciam ser tudo aquilo que não conviria ao outro respectivamente. Duas mentalidades tão diferentes! Onde poderia ter surgido a atração entre os dois? A resposta logo se apresentou. Fora a situação. Haviam sido forçados a conviver por várias semanas; fizeram parte do mesmo pequeno círculo familiar: desde a partida de Henrietta, deviam ter dependido quase exclusivamente um do outro, e Louisa, convalescente, estava em um estado interessante, e o capitão Benwick não estava inconsolável. Esse era um ponto do qual Anne não pudera evitar duvidar antes; e em vez de chegar à mesma conclusão de Mary, a julgar pelos acontecimentos atuais, estes só faziam confirmar a ideia de que ele havia experimentado uma nascente afeição por ela mesma. No entanto, ela não pretendia tirar disso nada para gratificar a própria vaidade além do que Mary poderia ter admitido. Estava convencida de que qualquer jovem suficientemente agradável que o escutasse e aparentasse se identificar com ele teria recebido a mesma honra. Ele tinha um coração afetuoso. Precisava amar alguém.

Ela não via motivos para que os dois não fossem felizes juntos. Louisa, para começar, tinha bastante admiração pela Marinha, e os dois logo iriam se tornar mais parecidos. Ele ficaria mais alegre, e ela aprenderia a apreciar Scott e Lorde Byron; não, decerto já havia aprendido; é óbvio que os dois haviam se apaixonado por meio da poesia. Pensar em Louisa Musgrove transformada em uma pessoa de gosto literário e reflexões sentimentais era divertido, mas Anne não duvidava de que assim era. O dia em Lyme, a queda no quebra-mar, poderiam influenciar a saúde, os nervos, a coragem e o temperamento de Louisa até o final de sua vida, da mesma forma que pareciam ter influenciado seu destino.

A conclusão de tudo isso era que, se permitiam que a mulher que havia se mostrado sensível aos méritos do capitão Wentworth preferisse outro homem, não havia nada naquele noivado capaz de despertar uma surpresa duradoura; e se o capitão Wentworth não perdera um amigo por isso, certamente não havia nada a lastimar. Não, não era lástima o que fazia o coração de Anne disparar contra sua vontade e suas faces corarem ao imaginar o capitão Wentworth livre e desimpedido. Nutria sentimentos que tinha vergonha de investigar. Eram muito parecidos com a alegria, uma despropositada alegria!

Ansiava por encontrar os Croft; quando o encontro ocorreu, ficou evidente que nenhum rumor da notícia tinha chegado até eles. A visita formal foi feita e retribuída, e Louisa Musgrove foi mencionada, bem como o capitão Benwick, sem nem ao menos um meio sorriso.

Os Croft se instalaram em Gay Street, para a perfeita satisfação de Sir Walter. Não estava nem um pouco envergonhado pela relação e, na verdade, pensava e falava muito mais no almirante do que o almirante jamais pensava ou falava nele.

Os Croft conheciam tantas pessoas em Bath quanto desejavam, e consideravam sua relação com os Elliot mera formalidade, e nem um pouco propensa a lhes provocar qualquer prazer. Trouxeram consigo do campo o hábito de sempre estarem juntos. O almirante recebera ordens de caminhar para evitar a gota, e a sra. Croft parecia tomar parte em tudo com ele, e caminhar o quanto fosse necessário para o bem dele. Anne os via aonde quer que fosse. Lady Russell a levava para passear em sua carruagem quase toda manhã, e ela nunca deixava de pensar neles e de vê-los. Conhecendo os sentimentos que nutriam um pelo outro, como ela conhecia, aquela visão era sempre para ela um retrato muito atraente da felicidade. Ela sempre os observava por quanto tempo pudesse, divertindo-se ao imaginar que entendia sobre o que estavam conversando enquanto caminhavam, em feliz independência, ou igualmente encantada ao ver o caloroso aperto de mão do almirante sempre que encontrava algum velho amigo, e ao observar a animação de sua conversa quando ocasionalmente formavam um pequeno círculo de membros da Marinha, no qual a sra. Croft parecia tão inteligente e interessada quanto qualquer um dos oficiais à sua volta.

Anne tinha compromissos demais com a sra. Russell para passear sozinha com frequência; mas aconteceu que certa manhã, cerca de uma semana ou dez dias após a chegada dos Croft, preferiu deixar a amiga, ou melhor, a carruagem da amiga, na parte mais baixa da cidade, e voltar sozinha para Camden Place, mas ao subir Milsom Street teve a sorte de encontrar o almirante. Ele estava parado sozinho em frente a uma loja de gravuras, com as mãos unidas nas costas, contemplando fascinado uma gravura, e ela não apenas poderia ter passado por ele sem ser vista, como foi obrigada a tocá-lo e falar com ele antes de conseguir atrair sua atenção. No entanto, quando ele a notou e a reconheceu, o fez com a franqueza e o bom humor habituais.

– Ah! É a senhorita? Obrigado, obrigado. Isso que é me tratar como amigo. Estou aqui admirando uma ilustração, como pode ver. Nunca consigo passar por esta loja sem parar. Que coisa é esta se passando por um barco! Já viu algo parecido? Que sujeitos estranhos devem ser esses pintores para pensar que alguém arriscaria a vida em uma casca de noz velha e disforme como essa! No entanto, ali estão dois cavalheiros dentro dela e parecendo muito à vontade, olhando para os rochedos e montanhas ao redor como se não fossem emborcar no instante seguinte, como com certeza deve acontecer. Pergunto-me onde esse barco foi construído. – E riu abertamente. – Eu não confiaria nele nem sequer para atravessar uma poça. Bem – virou-se para ela –, para onde está indo? Quer que vá a algum lugar para a senhorita ou que a acompanhe? Posso lhe ser útil em alguma coisa?

– Não, obrigada, a menos que queira me dar o prazer de sua companhia no pequeno trecho em que nossos trajetos coincidem. Estou indo para casa.

– Farei isso de muito bom grado, e até mais além. Sim, sim, daremos um belo passeio juntos, e tenho algo a lhe contar enquanto caminhamos. Tome, segure meu braço; ótimo. Não me sinto confortável a menos que esteja de braços dados com uma mulher. Meu Deus! Mas que barco! – comentou, lançando um último olhar para a gravura enquanto começavam a andar.

– O senhor disse que tinha algo a me contar?

– Tenho, sim, e logo o farei. Mas eis ali um amigo, o capitão Bridgen; porém vou apenas dizer "como vai" quando passarmos. Não vou parar. "Como vai?" Bridgen está surpreso por me ver com outra pessoa que não minha esposa. Pobrezinha, não pode sair de casa. Está com uma bolha em um dos calcanhares do tamanho de uma moeda de três xelins. Se olhar para o outro lado da rua, poderá ver o almirante Brand a descê-la acompanhado pelo irmão. Uns desleixados, os dois! Que bom que não estão deste lado da rua. Sophy não os suporta. Certa vez me pregaram uma peça terrível: me tiraram alguns de meus melhores homens. Em outra oportunidade, lhe conto toda a história. Lá vem o velho Sir Archibald Drew com o neto. Olhe, ele nos viu; está beijando a mão na sua direção; pensa que é minha esposa. Ah, a paz veio cedo demais para aquele rapaz. Pobre Sir Archibald! O que está achando de Bath, senhorita Elliot? Gostamos muito daqui. Estamos sempre encontrando um ou outro velho amigo; as ruas estão cheias deles todas as manhãs. Sempre encontramos com quem conversar. Então nos afastamos de todos, nos trancamos em casa, puxamos nossas cadeiras e ficamos tão confortáveis como se estivéssemos em Kellynch, sim, ou mesmo como ficávamos em North Yarmouth ou em Deal. Nossas acomodações aqui também não nos agradam menos, posso lhe dizer, por nos fazerem pensar nas primeiras que tivemos em North Yarmouth. O vento atravessa um dos armários exatamente do mesmo jeito.

Depois de avançarem mais um pouco, Anne aventurou-se a lembrar-lhe que o almirante tinha algo a lhe contar. Esperava que, quando saíssem de Milsom Street, sua curiosidade seria satisfeita; mas foi ainda obrigada a esperar, pois o almirante havia decidido não começar antes de chegarem às ruas mais amplas e silenciosas de Belmont; e, como ela não era a sra. Croft, teve de deixá-lo fazer como preferia. Assim que estavam subindo Belmont, ele começou:

– Bem, a senhorita vai ouvir algo que a deixará espantada. Primeiro, porém, precisa me lembrar o nome da jovem sobre quem irei falar. Aquela com quem todos temos estado tão preocupados, sabe? A senhorita Musgrove com quem aconteceu aquilo tudo. Seu nome de batismo; vivo me esquecendo do seu nome de batismo.

Anne sentiu vergonha de mostrar ter entendido tão rapidamente quanto o fez; porém, agora podia sugerir com segurança o nome "Louisa".

– Certo, certo, senhorita Louisa Musgrove, é esse o nome. Gostaria que as moças não tivessem tantos belos nomes de batismo. Nunca me esqueceria caso todas se chamassem Sophy, ou algo assim. Bem, que nós todos pensávamos que essa senhorita Louisa fosse se casar com Frederick, como sabe. Ele a cortejara por semanas. O único motivo de indagação era por que os dois estavam esperando tanto, isso até o incidente em Lyme; depois disso, é claro, ficou evidente que deveriam esperar até a cabeça dela se recuperar. Mas mesmo então havia algo de estranho no comportamento dos dois. Em vez de ficar em Lyme, Frederick foi para Plymouth, e em seguida foi visitar Edward. Quando voltamos de Minehead, ele já tinha partido para a casa de Edward, e tem estado lá desde então. Nós não o vemos desde novembro. Nem mesmo Sophy foi capaz de entender. Agora, porém, a situação tomou o rumo mais estranho; pois essa senhorita, essa mesma senhorita Musgrove, em vez de se casar com Frederick, irá se casar com James Benwick. A senhorita conhece James Benwick?

– Um pouco. Conheço um pouco o capitão Benwick.

– Bem, ela vai se casar com ele. Não, o mais provável é que já estejam casados, pois não imagino o que os faria esperar.

– Achei o capitão Benwick um rapaz muito agradável, e pelo que sei ele tem excelente caráter – disse Anne.

– Ah, sim, claro! Não há nada a dizer contra James Benwick. É apenas um capitão de fragata, é verdade, promovido no verão passado, e nós estamos em uma época ruim para progredir, mas tirando isso, que eu saiba, não tem nenhum outro defeito. Um sujeito excelente e de bom coração, posso lhe garantir; e também um oficial muito ativo e zeloso, o que é mais do que se poderia supor, pois seus modos afáveis não lhe fazem justiça.

– Nisso o senhor está equivocado; os modos do capitão Benwick nunca me fariam concluir que lhe falte energia. Considerei seus modos particularmente agradáveis, e posso lhe garantir que, de modo geral, agradam a todos.

– Bem, bem, senhoras são juízes melhores, mas James Benwick é um pouco quieto demais para mim; e, embora seja parcialidade de nossa parte, Sophy e eu não podemos deixar de pensar que os modos de Frederick são melhores que os dele. Frederick tem algo que nos agrada mais.

Anne estava encurralada. Tivera apenas a intenção de se opor à noção muito corriqueira de que energia e delicadeza eram incompatíveis entre si, não apresentar os modos do capitão Benwick como os melhores possíveis; depois de uma breve hesitação, começara a dizer:

– Não tinha a intenção de fazer qualquer comparação entre os dois amigos... – Mas o almirante a interrompeu dizendo:

– E isso com certeza é verdade. Não é apenas fofoca. Quem nos contou foi o próprio Frederick. Sophy recebeu uma carta dele ontem dando a notícia, e ele havia acabado de ficar sabendo por uma carta de Harville, escrita lá mesmo, em Uppercross. Imagino que estejam todos em Uppercross.

Anne não podia resistir a essa oportunidade; portanto, disse:

– Eu espero, almirante, espero mesmo que não haja nada no estilo da carta do capitão Wentworth que tenha deixado o senhor e a senhora Croft particularmente aflitos. No outono passado, certamente parecia haver algum afeto entre ele e Louisa Musgrove; espero, porém, que este se tenha dissipado para igualmente ambos, e sem violência. Espero que a carta dele não tenha sido escrita com o tom de um homem maltratado.

– De forma alguma, de forma alguma: não há qualquer queixa ou blasfêmia do início ao fim.

Anne baixou os olhos, para esconder o sorriso.

– Não, não; Frederick não é homem de choramingar e reclamar; ele tem energia demais para tal. Se a moça gosta mais de outro homem, é bem melhor que fique com ele.

– Sem dúvida. Mas o que eu quis dizer foi que espero não haver nada na forma de escrever do capitão Wentworth que leve o senhor a pensar que ele se considere traído pelo amigo, coisa que pode transparecer, o senhor sabe, sem que seja dita com todas as letras. Eu ficaria muito triste caso uma amizade como a que existia entre ele e o capitão Benwick fosse destruída, ou mesmo prejudicada por uma circunstância desse tipo.

– Sim, sim, eu a entendo. Mas não há nada dessa natureza na carta. Ele não faz o menor ataque a Benwick; não chega sequer a dizer: "Isso me espanta. Tenho motivos pessoais para ficar espantado com isso". Não, por sua forma de escrever não seria possível adivinhar que ele algum dia tenha considerado essa senhorita (qual é mesmo o nome dela?) para si. Ele espera sinceramente que os dois sejam muito felizes juntos; e não há nada de rancoroso em um desejo assim, suponho.

Anne não sentiu a plena convicção de que o almirante tinha intenção de transmitir, mas teria sido inútil insistir mais no assunto. Assim, contentou-se em fazer comentários banais ou em lhe dedicar uma atenção silenciosa, e o almirante prosseguiu falando como desejava.

– Pobre Frederick! – disse ele, por fim. – Ele agora precisa começar tudo de novo com outra pessoa. Acho que devemos fazê-lo vir a Bath. Sophy precisa lhe escrever e implorar que venha. Tenho certeza de que aqui haverá moças bonitas que bastem. Não adiantaria nada voltar para Uppercross, já que creio que a outra senhorita Musgrove está comprometida com o primo, o jovem curato. Seria melhor tentarmos fazê-lo vir a Bath, não concorda, senhorita Elliot?

Capítulo 19

Enquanto o almirante Croft dava esse passeio com Anne e expressava o desejo de trazer o capitão Wentworth para Bath, este já estava a caminho da cidade. Antes mesmo de a sra. Croft lhe escrever, ele já havia chegado, e Anne o viu na vez seguinte em que saiu de casa.

O sr. Elliot acompanhava as duas primas e a sra. Clay. Estavam em Milsom Street. Começou a chover, não muito, mas o suficiente para que as senhoras desejassem abrigar-se, e o suficiente para tornar muito desejável para a srta. Elliot poder voltar para casa na carruagem de Lady Dalrymple, que fora vista aguardando a uma curta distância dali; assim, ela, Anne e a sra. Clay entraram na Molland's, enquanto o sr. Elliot ia ter com Lady Dalrymple para pedir sua ajuda. Ele logo se juntou de novo a elas, naturalmente tendo obtido sucesso; Lady Dalrymple teria muito prazer em levá-las até em casa, e viria buscá-las dali a poucos minutos.

A carruagem de Lady Dalrymple era uma caleche que não comportava mais de quatro pessoas de forma confortável. A srta. Carteret acompanhava a mãe; por isso, não era razoável esperar que houvesse lugar para todas as três senhoras de Camden Place a bordo. Não havia dúvida em relação à srta. Elliot. Quem quer que viesse a sofrer alguma inconveniência, não seria ela, mas foi preciso algum tempo para decidir a questão de cortesia entre as outras duas. Chovia quase nada, e Anne foi muito sincera ao dizer que preferia voltar caminhando com o sr. Elliot. Mas a chuva também era insignificante para a sra. Clay; praticamente não caía nenhuma gota do céu, e suas botas eram muito grossas, bem mais grossas do que as da srta. Anne! Em suma, a sua educação a tornou tão ansiosa para que a deixassem voltar caminhando com o sr. Elliot quanto Anne, e a discussão entre elas passou a ser de uma generosidade tão cheia de polidez e determinação que os outros tiveram de decidir o assunto por elas. A srta. Elliot afirmou que a sra. Clay já estava um pouco resfriada, e o sr. Elliot, quando perguntado, decidiu que as botas de sua prima Anne eram um bocado mais grossas.

Ficou decidido, portanto, que a sra. Clay voltaria na carruagem; e eles haviam acabado de tomar essa decisão quando Anne, sentada junto à janela, viu com muita certeza e distinção o capitão Wentworth descendo a rua a pé.

Seu sobressalto foi perceptível apenas para si própria, mas sentiu-se na mesma hora a mais incompreensível e absurda tola do mundo! Durante alguns minutos, não viu nada diante de si. Tudo era confusão. Ficou perdida. Quando havia refreado seus sentimentos, constatou que as outras ainda estavam esperavam a carruagem, e o sr. Elliot (sempre atencioso) estava de partida rumo à Union Street, com uma incumbência da sra. Clay.

Anne então se sentiu fortemente inclinada a ir até a porta externa; queria ver se estava chovendo. Por que deveria desconfiar que tivesse algum outro motivo? O capitão Wentworth já devia estar fora de vista. Levantou-se, decidida a ir; metade dela não devia ser sempre tão mais sensata do que a sua outra metade, ou sempre suspeitar que a outra fosse pior do que na realidade era. Iria ver se estava chovendo. Foi obrigada a recuar, porém, um momento depois pela entrada do próprio capitão Wentworth acompanhado por um grupo de damas e cavalheiros, obviamente conhecidos seus, aos quais devia ter se juntado um pouco abaixo de Milsom Street. Ele ficou mais obviamente espantado e confuso ao vê-la do que ela jamais tinha podido observar; ficou bastante vermelho. Pela primeira vez desde que haviam tornado a se encontrar, ela sentiu que, dos dois, era a que menos estava traindo seus sentimentos. Tinha sobre ele a vantagem de ter se preparado durante alguns instantes. Todos os primeiros efeitos de uma forte surpresa, incontroláveis, ofuscantes, estonteantes, já haviam passado para ela. Ainda assim, porém, ela tinha muito a sentir! Agitação, dor, prazer; algo que era um misto de deleite e tristeza.

Ele a cumprimentou, e em seguida virou-lhe as costas. O constrangimento se sobressaiu em seus modos. Ela não poderia ter dito que seu comportamento fora frio nem amigável, nem qualquer outra coisa com mais segurança do que constrangido.

Depois de um curto intervalo, porém, voltou até ela e tornou a falar. Trocaram perguntas mútuas sobre assuntos comuns; provavelmente, nenhum dos dois muito atento ao que escutou, e Anne ainda notava que ele estava bem menos à vontade do que antes. Por terem estado tanto tempo juntos, os dois haviam passado a se falar com uma dose considerável de aparente indiferença e calma; mas agora ele não conseguia fazê-lo. O tempo, ou então Louisa, o transformara. Havia consciência de alguma espécie. Estava com ótima aparência, não parecia estar sofrendo do corpo ou da mente, e falou de Uppercross, dos Musgrove, até mesmo de Louisa, dando-lhe até um rápido olhar significativo ao citar o nome dela; ainda assim, o capitão Wentworth não estava à vontade, nem confortável, e tampouco foi capaz de fingir que estava.

Anne não ficou surpresa, mas entristeceu-se ao constatar que Elizabeth se negava a notá-lo. Percebeu que ele viu Elizabeth, que Elizabeth também o viu, e que houve de ambas as partes um reconhecimento interior completo; convenceu-se de que ele estava pronto para ser cumprimentado como um conhecido, que esperava por isso, e ela teve a dor de ver a própria irmã voltar-lhe as costas com frieza inabalável.

A carruagem de Lady Dalrymple, cuja demora já causava grande impaciência na srta. Elliot, apareceu nesse momento; o criado entrou para anunciar sua chegada. Recomeçava a chover, e houve uma demora, um rebuliço e um falatório suficientes para fazer a pequena multidão na confeitaria entender que Lady Dalrymple estava ali para levar a srta. Elliot. Finalmente, a srta. Elliot e sua amiga, acompanhadas apenas pelo criado (pois o primo ainda não havia retornado), saíram. O capitão Wentworth, observando-as, virou-se mais uma vez para Anne e por seus modos, mais do que por suas palavras, ofereceu os seus préstimos.

– Fico-lhe muito agradecida – foi a resposta dela –, mas não vou acompanhá-las. A carruagem não comporta tantos passageiros. Voltarei a pé, prefiro assim.

– Mas está chovendo.

– Ah, muito pouco! Nada que me incomode.

Após um momento de pausa, ele disse:

– Embora tenha chegado à cidade apenas ontem, já me equipei adequadamente para Bath, como pode constatar – apontando para um guarda-chuva novo. – Gostaria que a senhorita fizesse uso dele, caso esteja decidida a ir a pé; apesar de achar que seria mais prudente se me permitisse chamar uma liteira.

Ela ficou muito agradecida, mas recusou todas as ofertas, repetindo a convicção de que a chuva passaria dentro em breve e acrescentando:

– Estou só aguardando o senhor Elliot. Tenho certeza de que ele chegará daqui a poucos instantes.

Mal havia pronunciado essas palavras quando o sr. Elliot entrou. O capitão Wentworth se lembrava perfeitamente dele. Não havia qualquer diferença entre ele e o homem que parara nos degraus em Lyme, admirando Anne enquanto ela passava, a não ser na atitude, na aparência e nos modos de um conhecido e amigo privilegiado. Ele entrou com um ar agitado, aparentava ter olhos e atenção apenas para ela, desculpou-se pela demora, lamentou tê-la deixado esperando e mostrou-se ansioso para levá-la embora sem mais demora e antes que a chuva aumentasse. Dali a um instante, os dois saíram juntos, de braço dado, e, ao afastar-se, ela apenas teve tempo de lançar um olhar meigo e embaraçado e de dizer enquanto passava:

– Bom dia para o senhor!

Assim que os dois saíram de cena, as senhoras do grupo do capitão Wentworth puseram-se a falar a seu respeito.

– Pelo que vejo, o senhor Elliot não desgosta da prima.

– Ah, não, isso está bem claro! Já é possível adivinhar o que vai acontecer. Ele está sempre na companhia deles; praticamente vive com a família, creio eu. Que homem mais bem-apessoado!

– Sim, e a senhorita Atkinson, que jantou com ele certa vez na casa dos Wallis, disse que ele é o homem mais agradável que ela já conheceu.

– Acho que a Anne Elliot é bonita; muito bonita, quando se olha com atenção. Não é de bom tom dizer isso, mas confesso que a admiro mais do que a irmã.

– Ah, eu também!

– E eu também. Não há comparação. Mas os homens vivem todos loucos atrás da senhorita Elliot. Anne é delicada demais para o seu gosto.

Anne teria ficado particularmente grata ao primo se ele tivesse caminhado a seu lado até Camden Place sem falar nada. Nunca havia achado tão difícil escutá-lo, embora nada pudesse exceder sua solicitude e cuidado, e embora seus assuntos fossem principalmente do tipo propenso a ser sempre interessante: calorosos, justos e sensatos elogios a Lady Russell, e insinuações muito racionais contra a sra. Clay. Contudo, nesse momento, Anne conseguia pensar apenas no capitão Wentworth. Não conseguia entender seus sentimentos atuais, se ele estava de fato muito desapontado ou não; e até isso ser esclarecido, não seria capaz de ser ela mesma.

Esperava tornar-se sábia e sensata com o tempo; infelizmente, porém, tinha de confessar a si mesma que ainda não o era.

Outra circunstância que lhe era essencial descobrir era quanto tempo ele pretendia ficar em Bath; ele não havia mencionado o fato, ou ela não conseguia se lembrar. Talvez estivesse apenas de passagem. Mas era mais provável que tivesse vindo para ficar. Nesse caso, como todo mundo acabava se encontrando em Bath, Lady Russell muito provavelmente o veria em algum lugar. Será que se lembraria dele? O que aconteceria?

Já havia sido obrigada a contar a Lady Russell que Louisa Musgrove iria se casar com o capitão Benwick. Custara-lhe ver a surpresa de Lady Russell; e agora, se por um acaso ela fosse levada a frequentar o mesmo ambiente que o capitão Wentworth, seu conhecimento imperfeito do caso talvez servisse como mais uma camada de preconceito em relação a ele.

Na manhã seguinte, Anne saiu com a amiga, e passou a primeira hora vigiando incessante e temerosamente à procura dele, mas foi em vão; por fim, contudo, quando retornavam descendo Pulteney Street, viu-o na calçada da direita, e a uma distância tal que o tornava visível de quase toda a extensão da rua. Havia muitos outros homens à volta dele, muitos grupos que caminhavam na mesma direção, mas não havia como confundi-lo. Ela olhou instintivamente para Lady Russell, mas não por qualquer ideia tola de que a amiga o reconhecesse tão depressa quanto ela mesma. Não, não era de supor que Lady Russell o visse até estarem quase na frente dele. Olhava para a amiga, porém, de vez em quando, ansiosa; e, quando o momento em que esta o veria se aproximava, embora não se atrevendo a olhar de novo (pois sabia que a própria expressão não estava em condições de ser vista), mesmo assim teve perfeita consciência de que o olhar de Lady Russell estava virado exatamente na direção dele – em suma, de que ela o observava com atenção. Conseguia compreender plenamente o tipo de fascínio que ele devia exercer sobre a mente de Lady Russell, e como devia lhe ser difícil desviar os olhos, a surpresa que ela devia estar sentindo ao constatar que oito ou nove anos haviam passado por ele, sob climas estrangeiros e também no serviço ativo, sem lhe roubarem nada de sua graça pessoal!

Por fim, Lady Russell virou a cabeça. "Agora, como será que ela vai falar nele?"

– Deve estar se perguntando o que atraiu meu olhar por tanto tempo – disse ela. – Mas eu estava procurando umas cortinas sobre as quais Lady Alicia e a senhora Frankland estavam me falando ontem à noite. Descreveram as cortinas das janelas da sala de visitas de uma das casas situadas deste lado e a essa altura da rua como as mais belas e de melhor caimento em toda Bath, mas não se lembravam do número exato da casa, e eu estava tentando descobrir qual poderia ser. Mas confesso que não consigo ver por aqui nenhuma cortina que corresponda à sua descrição.

Anne suspirou, enrubesceu e sorriu, de pena e de desdém, tanto pela amiga como por si mesma. O que mais a aborrecia era que, com todo aquele desperdício de premeditação e cautela, havia perdido o momento certo de observar se ele as tinha visto.

Um ou dois dias transcorreram sem novidades. O teatro ou os salões públicos, onde era mais provável que ele estivesse, não eram suficientemente distintos para os Elliot, cujos divertimentos vespertinos se limitavam à estupidez elegante das festas particulares às quais compareciam com cada vez mais frequência; e Anne, cansada dessa estagnação, farta de não saber nada e imaginando-se mais forte, pois sua força não havia sido posta à prova, esperava, impaciente, pela noite do concerto. Tratava-se de um concerto em benefício de uma pessoa patrocinada por Lady Dalrymple. É claro que tinham de comparecer. Esperava-se muito que fosse um bom concerto, e o capitão Wentworth gostava muito de música. Se ao menos conseguisse ter mais alguns minutos de conversa com ele, imaginava que fosse ficar satisfeita; quanto à capacidade de dirigir-se a ele, sentia-se cheia de coragem, caso surgisse a oportunidade. Elizabeth voltara-lhe as costas; Lady Russell fingira não vê-lo. Seus nervos ficaram fortalecidos por essas circunstâncias; sentia que lhe devia atenção.

Ela havia em parte prometido à sra. Smith visitá-la nessa noite; contudo, durante uma visita curta e apressada, desculpou-se e adiou o compromisso, substituindo-o pela promessa mais definitiva de uma visita mais longa no dia seguinte. A sra. Smith aceitou-o com bom-humor.

– Mas é claro, basta me contar tudo quando vier – pediu ela. – Com quem irá?

Anne nomeou todos. A sra. Smith não falou nada, mas, quando Anne estava indo embora, disse, com uma expressão meio séria, meio maliciosa:

– Bem, desejo de coração que o seu concerto corresponda às suas esperanças. Não deixe de vir me ver amanhã, se puder; estou começando a ter um pressentimento de que não receberei mais muitas visitas suas.

Anne ficou surpresa e atônita; mas, após permanecer parada por alguns instantes de incerteza, foi obrigada, e não lamentou ser obrigada, a partir depressa.

Capítulo 20

Sir Walter, as duas filhas e a sra. Clay foram os primeiros de todos os convidados a chegarem à sala do concerto naquela noite; como era preciso esperar por Lady Dalrymple, foram se acomodar junto a uma das lareiras da Sala Octogonal. No entanto, mal haviam acabado de se instalar, quando a porta tornou a se abrir e o capitão Wentworth entrou sozinho. Anne era a mais próxima dele e, adiantando-se um pouco mais, imediatamente lhe dirigiu a palavra. Ele estava se preparando para fazer uma mesura e seguir em frente, mas o suave "Como vai?" de Anne o fez se desviar de sua linha reta para se aproximar dela e, por sua vez, fazer-lhe perguntas, apesar da presença formidável de seu pai e de sua irmã logo atrás. O fato de eles estarem atrás dela ajudava Anne; ela não sabia quais eram as suas expressões, e sentia coragem para fazer tudo aquilo que julgava certo.

Enquanto os dois conversavam, sussurros entre seu pai e Elizabeth lhe chamaram a atenção. Ela não conseguiu distinguir as palavras, mas pôde adivinhar o assunto; e, quando o capitão Wentworth fez uma mesura distante, compreendeu que o pai havia julgado apropriado conceder-lhe essa simples demonstração de reconhecimento, e deu um olhar de soslaio bem a tempo de ver a própria Elizabeth fazer uma ligeira reverência. Esta, embora atrasada, relutante e indelicada, era melhor do que nada, e seu ânimo melhorou.

Entretanto, após discorrer sobre o tempo, Bath e o concerto, a conversa começou a esmorecer e, por fim, falavam tão pouco que ela esperava que ele fosse se afastar a qualquer momento, mas ele não o fez; não parecia estar com a menor pressa para deixá-la; então, com uma energia renovada, um pequeno sorriso e um leve brilho nos olhos, disse:

– Quase não a vejo desde a nossa estada em Lyme. Temo que deva ter sofrido com o choque, ainda mais por não ter se deixado ser dominada por ele na ocasião.

Anne lhe garantiu que não tinha.

– Foi um momento pavoroso, um dia pavoroso! – disse ele, e passou a mão sobre olhos, como se a lembrança ainda fosse penosa por demais, mas no momento seguinte, mais uma vez com um meio sorriso, acrescentou: – O dia produziu alguns efeitos, porém, algumas consequências que é preciso considerar exatamente o contrário de pavorosas. Quando a senhorita teve a presença de espírito de sugerir que Benwick seria a pessoa mais apropriada para ir chamar um médico, mal poderia imaginar que ele acabaria sendo um dos mais preocupados com o restabelecimento de Louisa.

– Certamente, não fazia ideia. Mas parece que... Espero que seja um casamento muito feliz. Ambos têm bons princípios e bom temperamento.

– Sim – concordou ele, sem olhar diretamente para a frente –, mas acho que a semelhança termina aí. Desejo de todo o coração que os dois sejam felizes, e me alegro por qualquer circunstância que favoreça isso. Eles não têm qualquer dificuldade a enfrentar em casa, nenhuma oposição, nenhum capricho, nenhum atraso. Os Musgrove estão se comportando como sempre, com muita honra e gentileza, ansiosos apenas, com verdadeiros corações de pais, por promover o conforto da filha. Tudo isso favorece muito, muito mesmo, a sua felicidade; mais talvez do que...

Ele se deteve. Pareceu ocorrer-lhe uma recordação súbita, que lhe transmitiu parte da emoção que fazia enrubescer o rosto de Anne e ela fixar o olhar no chão. Depois de pigarrear, porém, ele prosseguiu dizendo:

– Confesso que penso existir certa disparidade, uma disparidade demasiada grande, e em um quesito não menos essencial do que o temperamento. Considero Louisa Musgrove uma jovem muito afável, doce, e não lhe falta entendimento, mas Benwick é mais do que isso. É um homem inteligente, estudioso; e confesso que o fato de se apaixonar por ela me causa alguma surpresa. Caso houvesse sido devido à gratidão, caso ele houvesse aprendido a amá-la por acreditar que ela o preferisse, teria sido diferente. Contudo, não tenho motivos para supor tal coisa. Pelo contrário, o sentimento parece ter sido inteiramente espontâneo e natural de sua parte, e isso me surpreende. Um homem como ele, na sua condição! Com um coração partido, ferido, quase despedaçado! Fanny Harville era uma criatura muito superior, e a sua afeição por ela era de fato afeição. Um homem não se recupera de tal devoção de coração por uma mulher como ela! Não deve; não o faz.

Fosse por ter consciência de que o seu amigo se recuperara, fosse por qualquer outra razão, ele não prosseguiu; e Anne, que apesar da voz agitada na qual a última parte fora proferida, e apesar dos vários ruídos da sala, das batidas quase incessantes da porta, e do burburinho incessante de pessoas passando, havia ouvido distintamente cada palavra, ficou chocada, satisfeita, confusa, e começava a respirar muito depressa e a sentir centenas de emoções ao mesmo tempo. Era-lhe impossível falar sobre aquilo; e, no entanto, após uma pausa, sentindo a necessidade de falar e sem ter o menor desejo de mudar completamente de assunto, desviou-se apenas um pouco, dizendo:

– O senhor passou um bom tempo em Lyme, não foi?

– Cerca de duas semanas. Não podia partir antes que o restabelecimento de Louisa fosse uma certeza. Estava envolvido demais com o acidente para me tranquilizar tão depressa. A culpa fora minha, exclusivamente minha. Ela não teria sido teimosa se eu não tivesse sido fraco. A região em torno de Lyme é muito bonita. Caminhei e cavalguei bastante, e quanto mais via, mais encontrava para admirar.

– Eu gostaria muito de tornar a visitar Lyme – comentou Anne.

– É mesmo? Nunca imaginaria que a senhorita pudesse ter encontrado em Lyme qualquer coisa que inspirasse tal sentimento. E o horror e o sofrimento em que esteve envolvida, toda a tensão mental e o esgotamento nervoso! Teria imaginado que as suas últimas impressões de Lyme fossem de uma profunda aversão.

– As últimas horas sem dúvida foram muito penosas – retrucou Anne. – Contudo, acabada a dor, sua lembrança muitas vezes se torna prazerosa. Não se ama menos um lugar por se ter sofrido nele, a menos que tenha sido apenas sofrimento, nada além de sofrimento, o que não foi nem de longe o caso em Lyme. Nós só ficamos ansiosos e preocupados durante as últimas duas horas, antes disso nos divertimos bastante. Quanta novidade, quanta beleza! Viajei tão pouco que qualquer lugar novo seria interessante para mim, mas em Lyme há beleza de verdade e, para resumir – disse ela, corando de leve com algumas lembranças –, de modo geral minhas impressões em relação ao lugar são muito agradáveis.

Quando ela se calou, a porta tornou a se abrir, e justamente o grupo que estavam aguardando apareceu. "Lady Dalrymple, Lady Dalrymple!", foi a jubilosa exclamação; e, com todo o entusiasmo compatível com uma elegância ansiosa, Sir Walter e as suas duas senhoras se adiantaram para recebê-la. Lady Dalrymple e a srta. Carteret, escoltadas pelo sr. Elliot e pelo coronel Wallis, que por acaso chegaram quase no mesmo instante, adentraram o salão. Os outros foram se juntar a eles, e foi um grupo no qual Anne logo se viu necessariamente incluída. Foi separada do capitão Wentworth. Sua conversa interessante, quase interessante demais, teve de ser interrompida por algum tempo, mas foi uma pequena penitência em comparação com a felicidade que a ocasionara! Aprendera, nos últimos dez minutos, mais sobre os sentimentos dele em relação a Louisa, mais sobre todos os seus sentimentos, do que se atrevia a imaginar; entregou-se às exigências do grupo, às civilidades exigidas pelo momento, com sentimentos deleitosos apesar de agitados. Estava bem-disposta com todos. Havia escutado coisas que a dispunham a ser cortês e gentil com todos, e a sentir pena de todos por não serem tão felizes quanto ela.

Essas deliciosas emoções foram um pouco atenuadas quando, ao se afastar do grupo para que o capitão Wentworth pudesse se aproximar outra vez dela, viu que ele havia se retirado. Ainda conseguiu vê-lo entrar na sala de concerto. Ele fora embora; desaparecera; ela experimentou um instante de pesar. Mas "tornariam a se encontrar. Ele procuraria por ela, a encontraria antes de encerrada a noite, e, por ora, talvez, fosse melhor estarem separados. Ela precisava de um pequeno intervalo para se recompor".

Com a chegada de Lady Russell, pouco depois, o grupo ficou completo, e tudo o que lhes restou foi se reunir e entrar na sala de concerto, e aproveitar sua importância o máximo possível, atrair o maior número de olhares possível, despertar tantos sussurros quanto possível e perturbar o máximo de pessoas possível.

Felizes, muito felizes estavam tanto Elizabeth quanto Anne Elliot ao entrarem. Elizabeth caminhava de braços dados com a srta. Carteret, e com os olhos pregados nas costas largas da viúva viscondessa Dalrymple logo à sua frente, e parecia não haver nada que pudesse desejar que não estivesse a seu alcance; e Anne... Seria uma ofensa à natureza da felicidade de Anne fazer qualquer comparação entre esta e a de sua irmã; a origem de uma era pura vaidade egoísta, a da outra somente uma generosa afeição.

Anne nada viu, nem pensou nada sobre a elegância da sala. Sua felicidade vinha de seu íntimo. Seus olhos brilhavam e suas faces estavam coradas; mas ela não percebia. Pensava apenas na última meia hora e, enquanto se acomodavam em seus lugares, sua mente a relembrou rapidamente. Sua escolha de assuntos, suas expressões faciais, e mais ainda seus modos e seu olhar, só podia interpretá-los de uma forma. Sua opinião quanto à inferioridade de Louisa Musgrove, opinião esta que ele parecera ansioso em expressar, sua surpresa com o capitão Benwick, seus sentimentos em relação a um primeiro e intenso vínculo afetivo; frases iniciadas que ele não conseguia completar, seus olhos meio desviados e seus olhares mais do que um pouco significativos, tudo, tudo declarava que seu coração no mínimo estava voltando a considerá-la; que a raiva, o ressentimento e o desejo de evitá-la não mais existiam, e que haviam sido sucedidos não somente por amizade e apreço, mas pela mesma ternura do passado. Sim, um pouco da ternura do passado! Ela não conseguia atribuir um significado menor àquela mudança. Ele devia amá-la.

Esses eram pensamentos, com os devaneios que os acompanhavam, que a ocupavam e agitavam a ponto de não lhe deixar qualquer poder de observação. Ela percorreu a sala sem ver um relance dele, sem ao menos tentar avistá-lo. Quando seus lugares foram determinados e estavam acomodados adequadamente, olhou ao redor para ver se por acaso ele estava naquela parte da sala, mas ele não estava. Seus olhos não conseguiam avistá-lo. E como o concerto estivesse começando, devia se conformar com uma felicidade mais modesta.

O grupo estava dividido e disposto em dois bancos contíguos; Anne estava entre aqueles na primeira fila, e o sr. Elliot, com o auxílio do amigo coronel Wallis, havia manobrado muito bem para conseguir se sentar ao seu lado. A srta. Elliot, por sua vez, cercada pelas primas e alvo principal dos galanteios do coronel Wallis, parecia muito contente.

A mente de Anne não poderia estar mais inteiramente favorável à diversão daquela noite; era ocupação bastante: tinha sensibilidade para a delicadeza dos espíritos alegres, atenção para os científicos e paciência para os maçantes, e nunca havia apreciado tanto um concerto, pelo menos durante o primeiro ato. Já quase no fim deste, no intervalo após uma canção italiana, pôs-se a explicar para o sr. Elliot a letra da canção. Os dois dividiam o mesmo programa.

– Esse é quase o sentido, ou melhor, o significado das palavras – disse ela –, pois com certeza não se deve falar em sentido em se tratando de uma canção de amor italiana, mas é o significado mais próximo que sou capaz de fornecer, pois não tenho pretensões de conhecer a língua. Sou uma péssima estudiosa de italiano.

– Sim, sim, posso ver que é mesmo. Posso ver que não conhece nada sobre o assunto. Sabe o suficiente apenas para traduzir à primeira vista esses versos invertidos, transpostos e resumidos de italiano para um inglês claro, compreensível e elegante. Não precisa dizer mais nada quanto à sua ignorância. Isso já é uma prova cabal.

– Não vou contradizer uma gentileza tão bondosa, mas me envergonharia em ser examinada por uma pessoa realmente versada.

– Não tive o prazer de fazer muitas visitas a Camden Place sem conhecer um pouco da senhorita Anne Elliot – respondeu ele. – E, de fato, a considero uma pessoa demasiado modesta para que o mundo em geral saiba sequer da metade de seus talentos, e demasiado talentosa para que a modéstia caia bem em qualquer outra mulher.

– Pare! Mas que vergonha! Seu elogio é excessivo. Esqueci-me do que vem a seguir – disse ela, olhando para o programa.

– Talvez eu já conheça o seu temperamento há mais tempo do que a senhorita desconfia – disse o sr. Elliot, falando baixo.

– É mesmo? Como? Só o conheceu desde que cheguei a Bath, com exceção do que pode ter ouvido minha família dizer a meu respeito.

– Eu já a conhecia de reputação muito antes de a senhorita chegar a Bath. Ouvi-a ser descrita por pessoas que a conheciam intimamente. Há muitos anos que conheço o seu caráter. Sua aparência, sua índole, seus talentos, seus modos, foi-me tudo descrito, e mantive tudo na memória.

O sr. Elliot não ficou desapontado com o interesse que pretendia despertar. Ninguém consegue resistir ao charme de tal mistério. Ter sido descrita tempos atrás a um conhecido recente, por pessoas não nomeadas, é algo irresistível; e Anne foi tomada pela curiosidade. Ponderou consigo mesma e ela o questionou com ansiedade; mas foi em vão. Ele ficou encantado com as perguntas, mas não quis respondê-las.

– Não, não, em algum outro momento, talvez, mas agora não. – Ele não iria mencionar nome algum naquele instante, mas podia lhe garantir que havia acontecido. Há muitos anos, havia escutado uma descrição da srta. Anne Elliot que inspirara nele a mais elevada opinião sobre seus méritos e despertara a mais viva curiosidade para conhecê-la.

Anne não conseguia pensar em ninguém capaz de ter falado a seu respeito com tamanha parcialidade anos antes exceto o sr. Wentworth de Monkford, irmão do capitão Wentworth. Ele podia muito bem ter conhecido o sr. Elliot, mas ela não teve coragem de perguntar.

– O nome de Anne Elliot, há muito, me soa interessante – disse ele. – Há muito que exerce um fascínio sobre minha mente; e, se eu me atrevesse, sussurraria meu desejo de que esse nome nunca viesse a mudar.

Tais, acreditava ela, foram as suas palavras; no entanto, mal havia escutado seu som quando sua atenção foi atraída por outros sons logo atrás de si que tornaram tudo mais sem importância. Seu pai e Lady Dalrymple estavam conversando.

– Um homem bem-apessoado, muito bem-apessoado – disse Sir Walter.

– De fato, um rapaz muito bonito! – respondeu Lady Dalrymple. – Com um estilo que raramente se costuma ver em Bath. Irlandês, me arrisco a dizer?

– Não, apenas sei o nome dele. Conheço de vista. Chama-se Wentworth, capitão Wentworth da Marinha. A irmã é casada com meu inquilino de Somersetshire, Croft, que está alugando Kellynch.

Antes de Sir Walter chegar a esse ponto, os olhos de Anne já haviam tomado a direção certa, e distinguido o capitão Wentworth em pé no meio de um grupo de homens a uma pequena distância. Quando seus olhos pousaram nele, os dele pareceram se desviar. Foi o que pareceu acontecer. Era como se tivesse um segundo atrasada; e, enquanto se atreveu a observar, ele não olhou de novo; mas o concerto ia recomeçar, e ela foi forçada a fingir dedicar sua atenção à orquestra e a olhar para a frente.

Quando conseguiu dar outra espiadela, ele havia se afastado. Mesmo que quisesse, não poderia ter se aproximado mais perto dela; ela estava tão cercada e isolada, mas preferia ter conseguido cruzar olhares com ele.

O discurso do sr. Elliot também a preocupara. Ela não tinha mais qualquer inclinação para conversar com ele. Desejou que não estivesse tão perto.

O primeiro ato terminou. Agora, ela torceu por alguma mudança benéfica; e, após algum tempo sem que os membros do grupo dissessem nada, alguns decidiram sair em busca de chá. Anne foi uma das poucas que preferiu não sair. Permaneceu em seu lugar, assim como Lady Russell; mas teve o prazer de se livrar do sr. Elliot; e não pretendia, fossem quais fossem os próprios sentimentos em relação a Lady Russell, esquivar-se de uma conversa com o capitão Wentworth se este lhe desse uma oportunidade. Pelo comportamento de Lady Russell, estava convencida de que ela o tinha visto.

Entretanto, ele não apareceu. Anne algumas vezes pensou distingui-lo a distância, mas ele nunca apareceu. O angustiante intervalo se arrastou improdutivo. Os outros voltaram, a sala se encheu mais uma vez, bancos foram retomados e ocupados de novo, e mais uma hora de prazer ou penitência teria de ser tolerada, mais uma hora de música proporcionaria deleite ou bocejos, conforme um gosto verdadeiro ou fingido por ela prevalecesse. Para Anne, aquela hora prometia ser sobretudo de agitação. Ela não sairia daquela sala tranquila sem ver o capitão Wentworth mais uma vez, sem com ele trocar mais um olhar de amizade.

No retorno aos lugares, ocorreram muitas mudanças cujo resultado lhe foi favorável. O coronel Wallis não quis se sentar de novo, e o sr. Elliot foi convidado por Elizabeth e pela srta. Carteret para se sentar entre elas de uma forma impossível de recusar; graças a algumas outras mudanças e a uma pequena maquinação própria, Anne conseguiu se sentar bem mais perto da extremidade do banco do que antes, muito mais ao alcance de algum dos passantes. Não pôde fazê-lo sem se comparar à srta. Larolles – a inimitável srta. Larolles –, mesmo assim o fez, e sem conseguir um resultado muito mais feliz; embora, graças ao que parecera sorte, na forma de uma abdicação precoce de seus assentos por parte de vizinhos mais próximos, ela se encontrasse no extremo do banco antes do fim do concerto.

Tal era sua situação, com um lugar vazio ao seu lado, quando o capitão Wentworth reapareceu. Ela o viu não muito longe. Ele também a viu. Todavia, tinha o semblante sério, e parecia pouco decidido, e só muito lentamente por fim se aproximou o suficiente para falar com ela. Ela sentiu que devia estar havendo algum problema. A mudança era inegável. A diferença entre seu ar de agora e o que havia demonstrado no Salão Octogonal era marcante. Qual seria a causa daquilo? Pensou no pai, em Lady Russell. Teria havido alguma troca de olhares desagradável? Ele começou discorrendo com gravidade sobre o concerto, mais parecido com o capitão Wentworth de Uppercross; confessou-se decepcionado, pois esperara canto melhor; em suma, devia confessar que não ficaria triste quando chegasse o fim. Anne respondeu e falou tão bem em defesa do espetáculo, mas ao mesmo tempo e de um modo tão agradável, demonstrando consideração pelos sentimentos dele, que o rosto dele se desanuviou, e ele respondeu quase com um sorriso. Os dois ainda conversaram por mais alguns minutos, e a melhora se manteve; ele chegou até a baixar os olhos para o banco, como se visse ali um lugar muito bom de ser ocupado, quando nesse instante um toque no ombro de Anne a obrigou a se virar. Era o sr. Elliot. Este lhe pediu licença e disse que precisava dela para explicar italiano de novo. A srta. Carteret estava muito ansiosa para ter uma ideia geral do que seria cantado a seguir. Anne não podia recusar; mas esse foi o sacrifício à boa educação que mais lhe custara na vida.

Alguns minutos inevitavelmente transcorreram, embora na mínima quantidade possível; e, quando ela se viu livre novamente, quando pôde se virar e olhar como havia feito antes, viu-se abordada pelo capitão Wentworth para uma espécie de reservada, embora apressada despedida. "Precisava lhe desejar boa-noite; estava de saída; precisava chegar em casa o quanto antes."

– Não vale a pena ficar para esta canção? – perguntou Anne, subitamente acometida por uma ideia que a deixava ainda mais ansiosa para se mostrar encorajadora.

– Não! – respondeu ele, com ímpeto. – Não há nada aqui por que valha a pena ficar. – E foi embora na mesma hora.

Ciúme do sr. Elliot! Era o único motivo compreensível. O capitão Wentworth estava com ciúme de seu afeto! Uma semana antes, ou mesmo três horas antes, não teria sido capaz de acreditar nisso! Por alguns instantes, a satisfação que sentiu foi deliciosa. Infelizmente, porém, pensamentos bem diferentes se sucederam. Como aplacar tal ciúme? Como fazê-lo ver a verdade? Como, com todas as desvantagens particulares de suas respectivas situações, ele poderia vir a conhecer seus verdadeiros sentimentos? Atormentava-lhe pensar nas atenções que o sr. Elliot lhe dedicava. O mal que haviam causado era incalculável.

Capítulo 21

Na manhã seguinte, Anne recordou-se com satisfação da sua promessa de visitar a senhora Smith; pois significava que estaria ausente de casa à hora em que era mais provável que o sr. Elliot aparecesse; e evitar o sr. Elliot era quase o seu principal objetivo.

Sentia por ele uma grande boa vontade. Apesar dos danos causados pela atenção que ele lhe havia dedicado, ela lhe devia gratidão e apreço, talvez compaixão. Ela não conseguia deixar de pensar nas extraordinárias circunstâncias em que se tinham conhecido; no direito que ele parecia ter de interessá-la, por tudo na situação de ambos, pelos próprios sentimentos e pela imediata predisposição dele em relação a ela. Era tudo muito extraordinário; lisonjeiro, mas doloroso. Havia muito a lamentar. Não valia a pena imaginar como ela poderia ter se sentido em relação a ele caso não houvesse um capitão Wentworth na situação; pois havia um capitão Wentworth; e quer a conclusão do atual suspense fosse boa ou má, seu afeto pertenceria a ele para sempre. Uma união entre os dois, pensava, não seria capaz de afastá-la mais dos outros homens do que uma separação definitiva.

Jamais devaneios mais belos de amor arrebatado e fidelidade eterna atravessaram as ruas de Bath do que aqueles com os quais Anne se ocupava no trajeto de Camden Place a Westgate Buildings. Foram quase suficientes para espalhar ar puro e perfume por todo o caminho.

Estava certa de que teria uma recepção agradável; e sua amiga lhe pareceu nessa manhã particularmente agradecida pela visita, e quase deu a impressão de não a estar aguardando, embora as duas tivessem compromisso marcado.

Logo um relato do concerto foi solicitado, e as lembranças de Anne eram suficientemente felizes para animar suas feições e deixá-la contente em conversar sobre o assunto. Tudo que podia contar o fez de bom grado, mas esse tudo era pouco para alguém que lá estivera, e insatisfatório para uma interrogadora como a sra. Smith, que já havia escutado, graças ao atalho proporcionado por uma lavadeira e por um garçom, muito mais sobre o sucesso geral e as consequências da noite do que Anne era capaz de relatar, e então passou a pedir em vão diversos detalhes sobre os presentes. A sra. Smith conhecia de nome todas as pessoas com alguma importância ou notoriedade em Bath.

– Os pequenos Durand estavam presentes, imagino – disse ela –, com as bocas abertas para sorver a música como filhotes de pardal implumes esperando para ser alimentados. Eles nunca perdem um concerto.

– Sim; não os vi pessoalmente, mas ouvi o senhor Elliot comentar que estavam na sala.

– Os Ibbotson, estavam lá? E as duas jovens beldades com o oficial irlandês alto que os boatos dizem estar interessado em uma delas?

– Não sei. Acredito que não.

– E a velha Lady Mary Maclean? Nem preciso perguntar. Ela nunca perde um, eu sei; e a senhorita deve tê-la visto. Ela devia fazer parte de seu grupo; afinal, como a senhorita estava acompanhada por Lady Dalrymple, naturalmente ocupou os lugares de honra ao redor da orquestra.

– Não, isso era o que eu temia. Isso teria me desagradado muito, sob todos os aspectos. Felizmente, porém, Lady Dalrymple sempre escolhe ficar mais afastada; e nós estávamos muito bem localizados, quero dizer, para ouvir a música. Não posso dizer para ver, pois parece que vi muito pouco.

– Ah! Viu o suficiente para sua própria diversão. Compreendo. Há uma espécie de prazer íntimo em ser conhecida por todos mesmo em uma multidão, e isso você tinha. Vocês formavam um grupo grande por si sós, e a senhorita não desejava nada além disso.

– Mas eu deveria ter olhado mais em volta – respondeu Anne, consciente, ao falar, de que não deixara de olhar ao redor; o objetivo é que fora limitado.

– Não, não; a senhorita tinha coisa melhor a fazer. Nem precisa me dizer que teve uma noite agradável. Vejo em seus olhos. Vejo exatamente como as horas passaram, que teve sempre algo agradável para escutar. Nos intervalos do concerto, conversou.

Anne deu um meio sorriso e perguntou:

– Está vendo isso nos meus olhos?

– Estou, sim. Sua atitude me informa sem sombra de dúvida que ontem à noite a senhorita estava acompanhada pela pessoa que julga ser a mais agradável do mundo, a pessoa que no presente momento lhe interessa mais do que todo o resto do mundo reunido.

Um rubor se espalhou pelas faces de Anne. Ela não conseguiu responder nada.

– E, sendo esse o caso – prosseguiu a sra. Smith depois de uma curta pausa –, espero que acredite que sei dar valor à sua gentileza em vir me visitar esta manhã. É realmente muita bondade sua vir ficar comigo, quando deve ter tantas outras maneiras mais agradáveis de ocupar seu tempo.

Anne não ouviu. Ainda estava espantada e confusa pela perspicácia da amiga, e incapaz de imaginar como qualquer informação sobre o capitão Wentworth poderia ter chegado aos seus ouvidos.

Depois de mais um breve silêncio, a sra. Smith falou:

– Diga-me, por favor, o senhor Elliot sabe de sua relação comigo? Ele sabe que estou em Bath?

– O senhor Elliot! – repetiu Anne, erguendo os olhos com surpresa. Bastaram alguns instantes de reflexão para lhe mostrar o erro de interpretação que a amiga havia cometido. Ela entendeu na mesma hora e, recuperando a coragem junto com a sensação de segurança, logo acrescentou, mais controlada. – A senhora conhece o senhor Elliot?

– Eu o conheci muito bem – respondeu a sra. Smith com gravidade –, mas a nossa relação parece acabada agora. Há muito tempo não nos vemos.

– Eu não sabia disso. A senhora nunca mencionou o nome dele antes. Se houvesse mencionado, eu teria tido o prazer de falar com ele sobre a senhora.

– Para falar a verdade – disse a sra. Smith, tornando a assumir o tom alegre de sempre –, é exatamente esse prazer que eu desejo que a senhorita tenha. Quero que fale sobre mim ao senhor Elliot. Quero que suscite o interesse dele. Ele tem condições de prestar-me um serviço essencial; e, se tiver a bondade, minha cara senhorita Elliot, de tornar esse um objetivo pessoal também seu, é claro que terá sucesso.

– Eu ficaria muitíssimo feliz com isso; espero que não duvide que estou disposta a lhe ser útil, até mesmo nas coisas mais insignificantes – respondeu Anne. – Mas desconfio que a senhora esteja julgando o meu poder sobre o senhor Elliot, o meu direito de influenciá-lo, maior do que é na realidade. Tenho certeza de que, de uma forma ou de outra, a senhora se imbuiu dessa ideia. Mas deve me considerar apenas parente do senhor Elliot. Caso, sob essa perspectiva, a senhora pense haver alguma coisa que uma prima possa lhe pedir com propriedade, imploro-lhe que não hesite em requisitar minha ajuda.

A sra. Smith lançou-lhe um olhar penetrante, e então, sorrindo, falou:

– Estou vendo que fui um pouco prematura; peço que me desculpe. Eu deveria ter aguardado alguma informação oficial. Mas então, minha cara senhorita Elliot, como sua velha amiga, dê-me uma indicação de quando poderei falar. Na semana que vem? Com certeza na semana que vem poderei supor que tudo já estará acertado, e começar a traçar meus próprios planos egoístas com base na boa sorte do senhor Elliot.

– Não – retrucou Anne –, nem na semana que vem, nem na outra, nem na outra. Garanto-lhe que nada da natureza que a senhora está supondo ficará acertado em qualquer semana que seja. Eu não irei me casar com o senhor Elliot. E gostaria de saber por que acha que vou.

A sra. Smith tornou a olhar para ela, olhou com intensidade, sorriu, balançou a cabeça e exclamou:

– Ora, como gostaria de entendê-la! Como gostaria de saber quais são seus planos! Tenho o forte palpite de que a sua intenção não é ser cruel, quando chegar o momento certo. Até que o momento chegue, como sabe, nós mulheres nunca temos a intenção de aceitar ninguém. É uma prática comum entre nós que todo homem será recusado até fazer o pedido. Mas por que a senhorita haveria de ser cruel? Deixe-me tentar rogar por meu... não posso chamá-lo de atual amigo, mas meu antigo amigo. Onde poderia encontrar pretendente mais adequado? Onde poderia esperar conhecer um homem mais cavalheiresco, mais agradável? Permita-me recomendar o senhor Elliot. Tenho certeza de que só escutou boas coisas a seu respeito do capitão Wallis; e quem poderia conhecê-lo melhor do que o capitão Wallis?

– Minha cara senhora Smith, a esposa do senhor Elliot está morta há pouco mais de seis meses. Não se deve supô-lo fazendo a corte a ninguém.

– Ah, se essas forem as suas únicas objeções, o senhor Elliot está seguro, e não me preocuparei mais com ele! – exclamou a sra. Smith com malícia. – Não se esqueça de mim quando estiver casada, é só o que peço. Deixe que ele saiba que sou sua amiga, e ele então achará pouco o esforço necessário, o que agora é muito natural para ele, com todos os negócios e compromissos que tem, dos quais se esquivar ou se livrar como pode; talvez seja muito natural. Noventa e nove em cada cem homens fariam o mesmo. É claro que ele não pode saber como é importante para mim. Bem, minha cara senhorita Elliot, eu torço e acredito que será muito feliz. O senhor Elliot é sensato o bastante para compreender o valor de uma mulher como você. Sua paz não será arruinada como a minha foi. A senhorita está segura quanto às questões materiais, e segura quanto ao caráter dele. Ele não se deixará tirar do caminho certo, nem se deixará conduzir à ruína por outros.

– Não – disse Anne –, não tenho qualquer dificuldade para acreditar nisso em relação a meu primo. Ele parece ter um temperamento calmo e decidido, nada suscetível a impressões perigosas. Tenho grande respeito por ele. Não tenho motivos, baseada no que tive a oportunidade de observar, para pensar de outra forma. Mas não faz muito tempo que o conheço; e acho que ele não é homem de se deixar conhecer intimamente com rapidez. Será, senhora Smith, que essa forma de me referir a ele não bastará para convencê-la de que ele nada significa para mim? Com certeza é calma o suficiente. E dou-lhe a minha palavra de que ele nada significa para mim. Se algum dia ele me pedir em casamento (coisa que tenho muito pouco motivo para imaginar que esteja cogitando fazer), não vou aceitar. Garanto-lhe que não vou aceitar. Garanto-lhe que o senhor Elliot não teve qualquer participação, como a senhora está supondo, em qualquer prazer que o concerto de ontem à noite tenha podido me proporcionar: não o senhor Elliot. Não é o senhor Elliot que...

Ela se calou, arrependendo-se, com um forte rubor, de ter dado a entender tanta coisa; mas menos não teria sido suficiente. A sra. Smith ainda não teria acreditado no fracasso do sr. Elliot, caso não houvesse compreendido que havia outra pessoa. Com isso, porém, ela não insistiu mais, parecendo não fazer qualquer outra suposição; e Anne, ansiosa para não dar margens a novas observações, mostrou-se impaciente para saber por que a sra. Smith havia imaginado que ela se casaria com o sr. Elliot; de onde havia tirado essa ideia, ou de quem a tinha escutado.

– Diga-me, por favor, como isso lhe passou pela cabeça?

– Primeiro passou-me pela cabeça, quando descobri quanto tempo vocês dois passavam juntos – respondeu a sra. Smith –, e sentindo que é a coisa mais provável no mundo a ser desejada por todos relacionados com um de vocês; e pode acreditar que todos os seus conhecidos pensaram a mesma coisa a seu respeito. Mas eu só ouvi falar nisso dois dias atrás.

– E alguém de fato lhe disse isso?

– A senhorita reparou na mulher que lhe abriu a porta quando esteve aqui ontem?

– Não. Não foi a senhora Speed, como de hábito, nem a criada? Não reparei em ninguém específico.

– Foi a minha amiga senhora Rooke, a enfermeira Rooke, que, aliás, estava muito curiosa para vê-la, e ficou encantada em estar aqui para lhe abrir a porta. Ela só voltou de Marlborough Buildings no domingo; e foi ela quem me disse que a senhorita iria se casar com o senhor Elliot. Escutou isso da própria senhora Wallis, que não me parecia ser uma pessoa mal-informada. Ela passou uma hora sentada aqui comigo na noite de segunda-feira, e contou-me a história toda.

– A história toda! – repetiu Anne, rindo. – Imagino que não tenha podido contar uma história muito comprida com base em uma notícia tão pequena e desprovida de fundamento.

A sra. Smith não respondeu nada.

– No entanto – continuou Anne sem demora –, embora não seja verdade que eu tenha esse tipo de influência sobre o senhor Elliot, ficaria extremamente feliz em lhe ser útil da forma que puder. Devo comentar com ele que a senhora está em Bath? Quer que eu dê algum recado?

– Não, obrigada: certamente não. No calor do momento, e movida por uma impressão equivocada, eu poderia ter me empenhado em envolvê-la em um assunto; mas não agora. Não, eu agradeço, não tenho nada com que incomodá-la.

– A senhora disse, se não me engano, que conheceu o senhor Elliot há muitos anos?

– Sim, conheci.

– Não antes de ele se casar, suponho?

– Sim; ele não era casado quando eu o conheci.

– E... a senhora e ele se conheciam bem?

– Intimamente.

– É mesmo? Então me diga, por favor, como ele era nessa época. Tenho muita curiosidade para saber como era o senhor Elliot quando rapaz. Ele tinha alguma semelhança com a maneira como se apresenta hoje?

– Não vejo o senhor Elliot há três anos – foi a resposta da sra. Smith, pronunciada com tamanha gravidade que foi impossível insistir no assunto; e Anne sentiu que não havia conseguido nada a não ser aumentar a própria curiosidade. Ambas se calaram; a sra. Smith ficou muito pensativa. Então disse:

– Peço-lhe desculpas, minha cara senhorita Elliot – exclamou ela com seu tom natural de cordialidade. – Peço-lhe desculpas pelas respostas breves que tenho lhe dado, mas não tinha certeza de como devia proceder. Tenho tido muitas dúvidas e muita hesitação em relação ao que devo lhe revelar. Havia muitas coisas a levar em conta. Nunca se gosta de ser intrometido, causar má impressão, fazer o mal. Até mesmo a fachada imaculada de um reencontro familiar parece valer a pena ser preservada, ainda que não haja sob ela nada de duradouro. Mas eu agora me decidi: creio que estou certa; acredito que a senhorita deva conhecer o verdadeiro caráter do senhor Elliot. Embora eu acredite plenamente que por ora não tenha a menor intenção de aceitar um pedido de casamento dele, não há como prever o futuro. Em algum momento, talvez venha a mudar de ideia em relação a ele. Sendo assim, escute a verdade agora, enquanto ainda tem uma visão imparcial. O senhor Elliot é um homem desprovido de coração ou consciência; uma criatura manipuladora, cautelosa e fria, que só pensa em si mesma; que pelo próprio interesse ou conforto, seria capaz de qualquer crueldade, ou de qualquer traição, que pudesse cometer sem risco para seu caráter aos olhos do mundo. Ele não tem qualquer consideração pelos outros. É capaz de negligenciar e abandonar sem qualquer hesitação aqueles de cuja ruína foi o principal motivo. Está inteiramente fora do alcance de qualquer sentimento de justiça ou compaixão. Ah, seu coração é podre! Apodrecido e mau!

A expressão atônita de Anne e suas exclamações de espanto fizeram-na interromper-se. Numa voz mais calma, acrescentou:

– Minhas expressões a espantam. A senhorita precisa levar em conta os sentimentos de uma mulher ferida e raivosa. Mas tentarei me controlar. Não vou ofendê-lo. Direi apenas o que descobri sobre ele. Os fatos falarão por si. Ele era amigo íntimo de meu querido marido, que o estimava e confiava nele, e o considerava tão bom quanto a si mesmo. Essa amizade datava de antes de nosso casamento. Quando os conheci, já eram amigos íntimos. Também passei a admirar excessivamente o senhor Elliot e tê-lo na mais alta consideração. Aos dezenove anos, como a senhorita sabe, nós não refletimos com muita seriedade; mas o senhor Elliot me pareceu tão bom quanto os outros, e muito mais agradável do que a maioria dos outros, e nós estávamos quase sempre juntos. Passávamos a maior parte do tempo na cidade, vivendo em grande estilo. Na época, a situação dele era inferior à nossa; o pobre era ele; tinha aposentos em Temple, e isso era o máximo que conseguia fazer para manter as aparências de um cavalheiro. Sempre que desejava, podia ficar na nossa casa; era sempre bem-vindo, era como um irmão. Meu pobre Charles, que tinha o espírito mais bondoso, mais generoso do mundo, teria dividido com ele seu último tostão; sei que a bolsa de meu marido estava aberta para ele; sei que ele o ajudava com frequência.

– Isso deve ter sido mais ou menos durante a época da vida do senhor Elliot que sempre me despertou especial curiosidade – disse Anne. – Deve ter sido mais ou menos a mesma época em que ele conheceu meu pai e minha irmã. Eu mesma não cheguei a conhecê-lo, apenas ouvi falar nele; mas havia algo em sua conduta de então em relação a meu pai e minha irmã, e, mais tarde, nas circunstâncias de seu casamento, que jamais consegui conciliar de todo com seu comportamento atual. Parecia revelar um tipo de homem diferente.

– Eu sei toda a história, eu sei tudo – exclamou a sra. Smith. – Havia sido apresentado a Sir Walter e à sua irmã antes de eu o conhecer, mas eu o ouvi se referir a eles inúmeras vezes. Soube que ele foi convidado e encorajado, e sei que decidiu não ir. Talvez eu possa satisfazer sua curiosidade em relação a questões que a senhorita nem sequer espera; quanto ao casamento dele, soube tudo a respeito na época. Estava ciente de todos os prós e contras; eu era a amiga a quem ele confidenciava suas esperanças e seus planos; e, embora eu não conhecesse sua esposa antes do casamento (sua condição social inferior tornava isso impossível), eu a conheci a vida toda depois do casamento, ou pelo menos durante seus dois últimos anos de vida, e posso responder a qualquer pergunta que a senhorita queira fazer.

– Não – respondeu Anne –, não tenho nenhuma pergunta especial a fazer em relação a ela. Sempre ouvi dizer que eles não eram um casal feliz. Mas gostaria de saber por que, nessa época de sua vida, ele desdenhou a relação com meu pai como o fez. Meu pai decerto estava disposto a lhe dedicar amavelmente toda a atenção adequada. Por que o senhor Elliot se afastou?

– Naquela época – respondeu a sra. Smith –, o senhor Elliot tinha somente um objetivo em mente: fazer fortuna, e por meio de um processo mais rápido do que a lei. Estava decidido a obtê-la por meio do casamento. Estava decidido, pelo menos, a não se prejudicar com um casamento imprudente; e sei que ele acreditava (embora, é claro, não possa decidir se com motivo ou não) que o seu pai e a sua irmã, com suas cortesias e convites, estavam tentando organizar um enlace entre o herdeiro e a jovem dama, e teria sido impossível tal enlace corresponder às suas ambições de riqueza e independência. Posso lhe garantir que foi esse o motivo do seu afastamento. Ele me contou tudo. Não tinha segredos comigo. Curioso que, logo depois de eu me separar da senhorita em Bath, a primeira e principal relação formada por mim depois de casada tenha sido com seu primo, e que, por ele, eu tenha ouvido falar continuamente no seu pai e na sua irmã. Enquanto ele descrevia uma das srtas. Elliot, eu pensava na outra com grande afeição.

– A senhora por acaso, às vezes, falou de mim para o senhor Elliot? – exclamou Anne, assaltada por uma ideia súbita.

– Com certeza; muitas vezes. Eu costumava me gabar de minha Anne Elliot, e garantir que a senhorita era uma criatura muito diferente de...

Ela se conteve bem a tempo.

– Isso esclarece algo que o senhor Elliot disse ontem à noite – exclamou Anne. – Isso explica tudo. Eu descobri que ele estava acostumado a ouvir falar em mim. Não conseguia entender como. Quantas ideias loucas nós temos quando o assunto somos nós mesmos! Quantos erros cometemos! Mas peço-lhe desculpas; eu a interrompi. Então o senhor Elliot se casou unicamente por dinheiro? E esse foi, provavelmente, o primeiro indício que abriu os olhos da senhora quanto ao seu caráter?

Nesse ponto, a sra. Smith hesitou um pouco.

– Ah! Essas coisas são por demais corriqueiras. Quando se vive no mundo, o fato de um homem ou mulher se casar por dinheiro é comum demais para nos chocar como deveria. Eu era muito jovem, e só me relacionava com pessoas jovens, e nós formávamos um grupo despreocupado e alegre, sem qualquer regra estrita de conduta. Vivíamos para nos divertir. Hoje penso de maneira diferente; o tempo, a doença e a tristeza me fizeram mudar de opinião; naquela época, porém, devo confessar que não vi nada de repreensível na atitude do senhor Elliot. "Fazer o melhor por si mesmo", era esse o nosso lema.

– Mas ela não era uma mulher de condição muito inferior?

– Sim; e eu me opunha a isso, mas ele não me deu ouvidos. Dinheiro, dinheiro era tudo o que queria. O pai dela era criador de gado, o avô tinha sido açougueiro, mas nada disso tinha importância. Era uma mulher bonita, recebera uma educação decente, fora apresentada à sociedade por uns primos, passara a conviver por acaso com o senhor Elliot e se apaixonara por ele; e ele não teve qualquer dificuldade ou escrúpulo a respeito da origem dela. Toda a sua cautela foi dedicada a se certificar do verdadeiro montante de sua fortuna, antes de se comprometer. Esteja certa de que, seja qual for a estima que o senhor Elliot possa ter hoje em dia pela própria condição social, quando jovem ele não dava o menor valor a isso. A possibilidade de vir a herdar Kellynch significava alguma coisa, mas toda a honra da família não valia nada para ele. Muitas vezes o ouvi afirmar que, se os títulos de baronete pudessem ser vendidos, qualquer um poderia comprar o seu por cinquenta libras, incluindo insígnias e divisas, sobrenome e libré; mas não vou nem tentar repetir metade do que o ouvi falar sobre esse assunto. Não seria justo; e a senhorita precisa de provas, pois isso tudo que acabo de lhe dizer não passa de afirmações, e provas a senhorita terá.

– Minha cara senhora Smith, eu não quero prova alguma – exclamou Anne. – A senhora não me afirmou nada que vá contra o que o senhor Elliot aparentava ser alguns anos atrás. Pelo contrário, isso tudo parece confirmar o que nós costumávamos escutar e acreditar. Estou mais curiosa para saber por que ele está tão diferente agora.

– Mas faça-me um favor, e tenha a bondade de tocar a sineta para chamar Mary. Não, espere. Tenho certeza de que terá a bondade ainda maior de ir pessoalmente até meu quarto e me trazer a caixinha marchetada que encontrará na prateleira de cima do armário.

Anne, ao ver a amiga tão ansiosamente decidida, fez o que ela pedia. A caixa foi trazida e posta na sua frente, e a senhora Smith, suspirando enquanto a destrancava, falou:

– Esta caixa está cheia de documentos que pertenceram a ele, ao meu marido; uma pequena parte dos papéis que tive de examinar quando o perdi. A carta que estou procurando foi escrita pelo senhor Elliot para ele antes de nosso casamento, e por acaso foi guardada; não imagino o porquê. Mas meu marido era descuidado e pouco metódico em relação a essas coisas, como os homens geralmente são; e, quando fui examinar seus documentos, encontrei esta carta junto com outras ainda mais triviais de diferentes pessoas espalhadas aqui e ali, enquanto muitas cartas e memorandos realmente importantes haviam sido destruídos. Aqui está; não quis queimá-la, porque, estando já naquela época muito pouco satisfeita com o senhor Elliot, estava decidida a preservar todos os documentos que provassem nossa antiga intimidade. Agora tenho mais um motivo para me alegrar de poder mostrá-la.

Era esta a carta, endereçada ao Ilustre Cavalheiro Charles Smith, Tunbridge Wells, enviada de Londres e datada de julho de 1803:

Meu caro Smith,

Recebi sua carta. Sua bondade quase me sufoca. Queria que a natureza tivesse tornado mais comuns corações como o seu, mas já vivi vinte e três anos no mundo sem encontrar nenhum igual ao seu. Garanto-lhe que agora não estou precisando dos seus serviços, pois tenho dinheiro novamente. Pode dar-me os parabéns: consegui me livrar de Sir Walter e da senhorita Elliot. Voltaram para Kellynch, quase me fizeram jurar ir visitá-los neste verão; mas a minha primeira visita a Kellynch será com um avaliador, para me dizer como leiloar a propriedade da maneira mais vantajosa. Não é improvável, porém, que o baronete volte a se casar; é tolo o suficiente para isso. Caso isso aconteça, no entanto, me deixarão em paz, o que talvez seja uma compensação decente pela perda. Ele está ainda pior do que no ano passado.

Quisera eu ter qualquer outro nome que não fosse Elliot. Estou farto dele. Quanto ao nome Walter, graças a Deus posso abandoná-lo! E desejo que nunca mais volte a me insultar com meu segundo W. de batismo, pois pretendo, pelo resto da vida, ser apenas, sinceramente,

Wm. Elliot

Anne não conseguiu ler uma carta dessas sem corar; e a senhora Smith, ao ver a vermelhidão do seu rosto, disse:

– Sei que o linguajar é muito desrespeitoso. Embora tenha me esquecido das palavras exatas, lembro-me com perfeição do teor geral. Mas a carta revela bem o nosso homem. Note bem as declarações que ele faz a meu pobre marido. Poderia haver algo mais forte?

Anne não conseguiu superar de imediato o choque e o desgosto de ver aquelas palavras usadas para se referir a seu pai. Foi obrigada a recordar-se de que ler aquela carta era uma violação das leis da honra, que ninguém devia ser julgado ou conhecido por testemunhos dessa espécie, que nenhuma correspondência particular devia ser lida por olhos alheios, antes de conseguir recuperar calma suficiente para devolver a carta sobre a qual vinha refletindo e dizer:

– Obrigada. Isto é uma prova suficiente e incontestável; prova de tudo o que a senhora me disse. Mas por que se relacionar conosco agora?

– Posso explicar isso também – exclamou a sra. Smith com um sorriso.

– Pode mesmo?

– Sim. Mostrei-lhe o senhor Elliot como era doze anos atrás, e tornarei a mostrá-lo como é agora. Não posso fornecer outra prova escrita, mas posso prestar o testemunho oral mais autêntico que se possa desejar do que ele está querendo e do que está fazendo agora. Ele agora não está sendo hipócrita. De fato deseja se casar com a senhorita. As atenções que dedica atualmente à sua família são muito sinceras; vêm do fundo do coração. Vou lhe revelar a fonte de minhas informações: o seu amigo coronel Wallis.

– Coronel Wallis! A senhora o conhece?

– Não. A informação não chegou até mim por uma linha tão direta assim; fez um ou dois desvios, mas nada importante. O riacho está tão puro quanto na sua origem; e os pequenos sedimentos que se juntam pelo caminho são facilmente removidos. O senhor Elliot conversa com o coronel Wallis sem reservas sobre as intenções que tem a seu respeito, e imagino que o coronel Wallis seja um sujeito sensato, cuidadoso e perspicaz; mas o coronel Wallis tem uma esposa muito bela e tola, a quem conta coisas que seria melhor não contar, porém ele lhe repete tudo. Ela, por sua vez, tomada pela energia transbordante da sua convalescência, repete tudo para a enfermeira; e a enfermeira, ciente de minha relação com a senhorita, muito naturalmente relata tudo a mim. Assim, na segunda-feira à noite, minha boa amiga senhora Rooke me revelou boa parte dos segredos de

Marlborough Buildings. Quando falei na história toda, portanto, a senhorita pode ver que não estava exagerando tanto quanto supunha.

– Minha cara senhora Smith, sua fonte de informação é deficiente. Ela não basta. O fato de o senhor Elliot ter intenções em relação a mim não explica em nada o esforço que ele fez para se reconciliar com meu pai. Isso tudo ocorreu antes de eu vir para Bath. Quando cheguei, encontrei-os já nos mais amigáveis termos.

– Eu sei disso; sei disso perfeitamente, mas...

– Na verdade, senhora Smith, nós não devemos esperar obter informações verdadeiras nessas condições. Fatos e opiniões que passam pelas mãos de tanta gente, sendo deformados pela tolice de um e pela ignorância de outro, não podem conservar muita verdade.

– Apenas ouça-me por um instante. Logo poderá julgar o mérito geral da informação, depois de escutar alguns detalhes que a senhorita mesma poderá contradizer ou confirmar imediatamente. Ninguém imagina que a senhorita tenha sido seu primeiro alvo. De fato, ele a tinha visto antes de vir para Bath, e a admirara, mas sem saber quem era. Pelo menos é o que diz minha informante. É verdade? Ele por acaso a viu no verão ou no outono passado "em alguma parte do oeste", para usar suas próprias palavras, sem saber quem a senhorita era?

– Com certeza viu. Até aí é tudo verdade. Foi em Lyme. Eu por acaso estava em Lyme.

– Bem – prosseguiu a sra. Smith com um tom de triunfo –, então conceda à minha amiga o crédito devido pela confirmação do primeiro ponto. Ele a viu, portanto, em Lyme, e a senhorita lhe agradou tanto que ele ficou imensamente satisfeito quando tornou a encontrá-la em Camden Place e soube se tratar da senhorita Anne Elliot, e, desse momento em diante, não tenho dúvidas, suas visitas à casa passaram a ter um duplo objetivo. No entanto, havia outra razão, uma razão anterior, que vou agora explicar. Caso haja no meu relato alguma coisa que a senhorita julgue falsa ou improvável, por favor, me interrompa. Segundo o relato que ouvi, a amiga de sua irmã, a senhora que atualmente vive em sua casa e de quem já ouvi falar, chegou a Bath com a senhorita Elliot e Sir Walter já em setembro, ou seja, quando eles vieram, e permanece desde então; é uma mulher bonita, insinuante e esperta, pobre e astuta e que, pela sua condição e modos, dá a impressão geral, entre os conhecidos de Sir Walter, de que tem a intenção de vir a ser Lady Elliot, constituindo grande surpresa o fato de a senhorita Elliot estar aparentemente cega perante esse perigo.

Nesse ponto, a sra. Smith fez uma curta pausa. Anne, porém, não tinha nada a dizer; então, prosseguiu:

– Era sob esse prisma que os conhecidos da família viam a situação bem antes de a senhorita retornar ao seu convívio; e o coronel Wallis, embora na época não visitasse Camden Place, prestava atenção suficiente em seu pai para perceber tudo; mas seu apreço pelo senhor Elliot tornava interessante para ele observar tudo o que acontecia na casa, e quando o senhor Elliot veio passar um ou dois dias em Bath, como por acaso fez pouco antes do Natal, o coronel Wallis lhe informou sobre a aparente situação e sobre os boatos que começavam a circular. Agora, a senhorita precisa entender que o tempo havia operado uma mudança muito significativa na opinião do senhor Elliot quanto ao valor de um título de baronete. Hoje, é um homem totalmente mudado no que diz respeito às questões de sangue e parentesco. Como há muito tempo já tem mais dinheiro do que é capaz de gastar, nada a desejar em relação a avarezas ou indulgências, ele aos poucos aprendeu a fundamentar a própria felicidade inteiramente no título que vai herdar. Eu já tinha a impressão de que isso estava ocorrendo antes de as nossas relações cessarem, mas agora é uma sensação confirmada. Ele não pode suportar a ideia de não se tornar Sir William. A senhorita pode imaginar, portanto, que a notícia que ouviu do amigo não lhe foi das mais agradáveis, e pode imaginar o que esta acarretou; a decisão de retornar a Bath o quanto antes, de aqui fixar residência por algum tempo com o objetivo de renovar as antigas relações, recuperar uma influência tal no seio da família que lhe permitisse avaliar o grau de risco que estava correndo e neutralizar a dama caso julgasse isso necessário. Tal fato ficou decidido entre os dois amigos como a única atitude a se tomar; e o coronel Wallis dispôs-se a ajudar como pudesse. Ele seria apresentado à família, a senhora Wallis seria apresentada à família, e todos seriam apresentados. O senhor Elliot regressou conforme o planejado; pediu desculpas, foi perdoado, como já sabe, e foi readmitido no seio da família; a partir daí, seu objetivo constante, seu único objetivo (antes de a sua chegada proporcionar um segundo) era vigiar Sir Walter e a senhora Clay. Ele não perdia nenhuma oportunidade para estar em sua companhia, provocava todos os encontros possíveis, aparecia a qualquer momento em sua casa; mas eu não preciso entrar em detalhes quanto a isso. A senhorita pode imaginar o que um homem astuto é capaz de fazer; e, de posse dessas informações, talvez se lembre do que já o viu fazer.

– Sim – respondeu Anne –, a senhora não está me contando nada que não se encaixe com o que já sabia ou imaginava. Há sempre algo de ofensivo nos detalhes das ações ardilosas. As manobras de egoísmo e duplicidade são sempre repulsivas, mas nada escutei que de fato me surpreenda. Sei de pessoas que talvez ficassem chocadas com essa descrição do senhor Elliot, que teriam dificuldade em acreditar nisso, mas nunca me deixei convencer. Sempre desejei conhecer outro motivo para a sua conduta que não o aparente. Gostaria de saber a opinião atual dele quanto à probabilidade do acontecimento que tanto teme; se ele considera que esse perigo está diminuindo ou não.

– Diminuindo, creio eu – retrucou a sra. Smith. – Segundo ele, a senhora Clay o teme, tem consciência de que ele sabe o que ela está tentando fazer e não se atreve a continuar agindo como poderia na sua ausência. No entanto, como ele deverá se ausentar em algum momento, não entendo como algum dia poderá ficar seguro enquanto ela estiver exercendo a atual influência. Segundo a enfermeira me contou, a senhora Wallis tem a divertida opinião de que, quando a senhorita e o senhor Elliot se casarem, será incluída no contrato nupcial uma cláusula proibindo o seu pai de se casar com a senhora Clay. Uma ideia digna da inteligência da senhora Wallis; mas a minha sensata enfermeira Rooke pode ver o quanto é absurda. "Com certeza, senhora, não irá impedi-lo de se casar com nenhuma outra", disse ela. E de fato, para falar a verdade, não acho que a enfermeira, no fundo, seja uma forte opositora ao fato de Sir Walter contrair segundas núpcias. É preciso reconhecer que ela é uma defensora do casamento; e (uma vez que sempre temos motivações próprias) quem pode afirmar que não se imagine cuidando da próxima Lady Elliot por recomendação da senhora Wallis?

– Estou muito satisfeita por saber de tudo isso – disse Anne depois de refletir um pouco. – Sob determinados aspectos, vai ser mais doloroso para mim estar na companhia dele, mas saberei melhor como agir. Minha conduta agora será mais direta. Está claro que o senhor Elliot é um homem ardiloso, falso e mundano, e que nunca teve qualquer princípio melhor a guiá-lo que não o egoísmo.

Mas a conversa sobre o sr. Elliot ainda não havia terminado. A sra. Smith se desviara de seu curso inicial, e Anne havia esquecido, em prol das preocupações da própria família, tudo o que havia originalmente sido insinuado contra ele; mas agora sua atenção foi atraída para a explicação dessas primeiras insinuações, e escutou um relato que, embora não justificasse de todo a profunda amargura da sra. Smith, provava que ele havia se mostrado muito insensível em sua conduta em relação a ela; muito deficiente tanto em matéria de justiça quanto de compaixão.

Anne ficou sabendo que, tendo a relação estreita entre eles prosseguido sem entraves após o casamento do sr. Elliot, os três haviam continuado a estar sempre juntos como antes, e que o sr. Elliot levara o amigo a fazer despesas muito além do que suas posses permitiam. A sra. Smith não queria assumir a culpa ela própria, e muito menos jogá-la no marido; mas Anne pôde compreender que sua renda nunca havia sido compatível com seu estilo de vida e que, desde o início, houvera grande quantidade de extravagâncias generalizadas e conjuntas. Por meio do relato que a esposa fez dele, pôde deduzir que o sr. Smith fora um homem de bons sentimentos, de boa índole, de hábitos descuidados e discernimento deficiente, muito mais bondoso do que o amigo e muito diferente dele, por ele influenciado e provavelmente por ele desprezado. O sr. Elliot, agora muito rico devido ao casamento, e propenso a todas as gratificações de prazer e vaidade passíveis de serem obtidas sem se comprometer (pois todos os seus excessos o haviam tornado um homem prudente), e tendo se tornado rico justamente quando o amigo precisava se dar conta da própria pobreza, parecia não ter tido qualquer preocupação com a provável situação financeira do amigo, muito pelo contrário, provocara e incentivara despesas cujo resultado só podia ser a ruína; e os Smith, de fato, haviam se arruinado.

O marido morrera bem a tempo de ser poupado de toda a extensão do desastre. No passado, o casal havia enfrentado dificuldades suficientes para pôr à prova a amizade dos amigos, e para demonstrar que era melhor não pôr à prova a do sr. Elliot, mas foi só depois da morte do marido que o terrível estado de suas finanças veio à tona por completo. Confiando na estima do sr. Elliot, mais devido aos sentimentos do que ao juízo, o sr. Smith nomeara-o seu executor testamentário; o sr. Elliot, porém, recusara a responsabilidade, e as dificuldades e provações que essa recusa havia causado à viúva, somadas ao sofrimento inevitável de sua condição, tinham sido de tal monta que não podiam ser comunicadas sem angústia nem escutadas sem uma indignação condizente.

Anne pôde em seguida ler algumas cartas escritas por ele na época em resposta às solicitações urgentes da sra. Smith; todas deixavam evidente a mesma firme decisão de não se empenhar em um esforço inútil e, sob uma fria polidez, a mesma indiferença cruel em relação a qualquer mal que isso viesse causar a ela. Era um retrato terrível de ingratidão e falta de humanidade; e Anne sentiu, em alguns momentos, que nenhum crime manifesto e flagrante poderia ter sido pior. Ela teve muito o que escutar; todos os detalhes de tristes cenas passadas, todas as minúcias de sucessivos sofrimentos que, em conversas passadas haviam sido apenas aludidos, foram agora relatados com uma indulgência natural. Anne compreendia perfeitamente o imenso alívio sentido pela amiga, e este só fez deixá-la mais inclinada a estranhar o autocontrole de sua atitude habitual.

Havia uma circunstância na história de seus infortúnios particularmente irritante. A sra. Smith tinha bons motivos para acreditar que uma propriedade do marido nas Índias Ocidentais, durante muito tempo sujeita a uma espécie de interdição para o pagamento de suas dívidas, poderia ser recuperada, caso fossem tomadas as medidas adequadas; essa propriedade, embora não muito grande, bastaria para torná-la razoavelmente rica. No entanto, não havia ninguém para tratar do assunto. O sr. Elliot se recusava a fazer qualquer coisa, e ela própria nada podia fazer, duplamente incapacitada de tratar do caso pessoalmente por seu estado de fraqueza física e de contratar alguém para fazê-lo por falta de dinheiro. Não tinha parentes para ajudá-la nem mesmo com conselhos, nem condições de pagar pela ajuda da lei. Isso era um cruel agravante para a uma situação financeira já difícil. Pensar que poderia estar vivendo em condições melhores, que um pequeno esforço no lugar certo poderia proporcionar isso, e temer que a demora pudesse estar diminuindo suas chances era difícil de suportar.

Era nesse ponto que esperava poder utilizar os préstimos de Anne junto ao sr. Elliot. Anteriormente, prevendo o casamento dos dois, ficara muito apreensiva com medo de que fosse perder a amiga; no entanto, ao ficar segura de que ele não poderia ter feito qualquer tentativa nesse sentido, pois sequer sabia de sua presença em Bath, ocorreu-lhe imediatamente que algo poderia ser feito para ajudá-la graças à influência da mulher que ele amava, e estava se preparando apressadamente para conquistar o apoio de Anne, até onde a cautela devida ao caráter do sr. Elliot permitia, quando Anne, refutando o que se supunha em relação ao noivado, mudou toda a situação; e, embora este lhe tenha roubado a recém-surgida esperança de alcançar o objetivo de sua principal angústia, pelo menos lhe deixou o consolo de poder contar a história toda a seu modo.

Após escutar essa descrição completa do sr. Elliot, Anne não pôde evitar manifestar certa surpresa com o fato de a sra. Smith ter se referido a ele de maneira tão favorável no início de sua conversa. "Parecera recomendá-lo e elogiá-lo!"

– Minha cara, não havia mais nada a fazer – foi a resposta da sra. Smith. – Considerava o casamento de vocês coisa certa, embora talvez ele ainda não tivesse feito o pedido, e já não poderia contar a verdade sobre ele mais do que se fosse seu marido. Meu coração sangrava por sua causa, enquanto falava em felicidade. No entanto, ele é sensato, agradável, e com uma esposa como a senhorita, a situação não era de todo desesperadora. Ele tratou muito mal a primeira esposa. Os dois foram muito infelizes juntos. Mas ela era ignorante e tola demais para merecer respeito, e ele nunca a amou. Eu estava disposta a torcer para que a senhorita tivesse melhor sorte.

Anne não conseguiu admitir em seu íntimo a possibilidade de ter sido convencida a se casar com ele sem estremecer ao pensar na infelicidade que obrigatoriamente se seguiria. Era bem possível que tivesse se deixado persuadir por Lady Russell! Nesse caso, qual das duas teria ficado mais infeliz quando, tarde demais, o tempo revelasse tudo?

Era muito desejável que Lady Russell não permanecesse iludida. Uma das decisões finais tomadas durante essa importante conferência, que as ocupou pela maior parte da manhã, foi a de que Anne tinha toda a liberdade de relatar à amiga todos os fatos relativos à sra. Smith nos quais a conduta do sr. Elliot estivesse envolvida.

Capítulo 22

Anne foi para casa refletir sobre tudo o ouvira. Por um lado, seus sentimentos estavam tranquilizados por esse conhecimento sobre o sr. Elliot. Não lhe devia mais qualquer manifestação de afeto. Ele se opunha ao capitão Wentworth com todas as suas intromissões inoportunas; e o mal causado por suas atenções na noite anterior, o mal irremediável que ele talvez tivesse causado, foi avaliado com sentimentos claros e decididos. Já não sentia mais qualquer pena dele. Esse, porém, era o único motivo de alívio. Em todos os outros aspectos, ao olhar ao redor ou ao pensar no futuro, via mais razões para desconfiança e apreensão. Preocupava-se com a decepção e a dor que Lady Russell iria sentir; com a humilhação que iria se abater sobre seu pai e sua irmã, e tinha toda a aflição de prever muitos males sem saber como evitar qualquer um deles. Estava imensamente agradecida por saber o que sabia sobre ele. Jamais se considerara merecedora de qualquer recompensa por não desdenhar uma velha amiga como a sra. Smith, mas ali estava uma enorme recompensa advinda disso! A sra. Smith lhe contara coisas que ninguém mais poderia ter contado. Ah, se essas informações pudessem ser compartilhadas com sua família! Mas era uma ideia vã.

Precisava conversar com Lady Russell, contar-lhe, consultá-la e, logo após ter feito o melhor possível, aguardar o evento com o máximo de compostura possível. E, depois de tudo, a maior falta de compostura estava naquele canto de sua mente que não podia ser revelado a Lady Russell, naquele fluxo de ansiedades e temores que deveriam permanecer somente seus.

Ao chegar em casa, descobriu que, conforme previra, de fato escapara de encontrar o sr. Elliot; que ele aparecera e que lhes fizera uma longa visita matinal. No entanto, mal havia se parabenizado e começado a se sentir segura quando ouviu que ele estaria de volta à noite.

– Eu não tinha a menor intenção de convidá-lo – disse Elizabeth, com fingida indiferença –, mas ele fez muitas insinuações; pelo menos é o que afirma a senhora Clay.

– Fez, eu garanto. Nunca vi ninguém na vida mais desejoso de ser convidado. Pobre homem! Fiquei mesmo consternada por ele; pois a sua irmã Anne, que tem um coração de pedra, parece decidida a ser cruel.

– Ah! – exclamou Elizabeth. – Conheço bem demais esse jogo para me deixar enganar tão facilmente pelas sugestões de um cavalheiro. No entanto, quando percebi o quão desolado ficou por não encontrar meu pai hoje de manhã, cedi na mesma hora, pois realmente nunca perderia uma oportunidade de proporcionar um encontro entre ele e Sir Walter. Parecem sentir-se tão bem na companhia um do outro! Ambos se comportam de maneira muito agradável. O senhor Elliot demonstra tanto respeito.

– É uma maravilha! – exclamou a sra. Clay, sem no entanto se atrever a olhar para Anne. – Exatamente como pai e filho! Não posso dizer isso, minha cara senhorita Elliot, como pai e filho?

– Ah, eu não coloco nenhum embargo nas palavras de ninguém. Se a senhora pensa assim! Mas juro que não percebo nas atenções dele nada de superior às dos outros homens.

– Minha cara senhorita Elliot! – exclamou a sra. Clay, erguendo as mãos e os olhos e enterrando todo o resto de seu espanto em um silêncio oportuno.

– Ora, minha cara Penelope, não precisa ficar tão alarmada por causa dele. Eu o convidei, você sabe. Mandei-o embora com sorrisos. Quando descobri que ele iria mesmo passar o dia de amanhã visitando seus amigos de Thornberry Park, tive pena dele.

Anne admirou a capacidade de atuação da amiga, ao ser capaz de demonstrar tanta alegria quanto fez diante da expectativa e com a chegada justamente da pessoa cuja presença devia interferir com seu objetivo principal. Era impossível que a sra. Clay sentisse outra coisa que não ódio pelo sr. Elliot; no entanto, era capaz de adotar uma expressão muito dócil e tranquila, e de parecer bastante satisfeita com a possibilidade reduzida de se dedicar a Sir Walter apenas a metade do que teria feito em outras circunstâncias.

Para Anne, por sua vez, foi muito desagradável ver o sr. Elliot entrar no aposento; e muito doloroso vê-lo se aproximar dela e lhe dirigir a palavra. Estivera acostumada a sentir que ele podia nem sempre ser totalmente sincero, mas agora via insinceridade em tudo. A deferência atenciosa que dedicava ao seu pai, comparada à linguagem por ele utilizada anteriormente, lhe parecia detestável; quando ela se lembrou de sua conduta cruel para com a sra. Smith, mal pôde suportar a visão de seus sorrisos e gentilezas de agora, nem a expressão de seus bons sentimentos artificiais.

Pretendia evitar qualquer alteração de comportamento que desse margem à reprovação da parte dele. Para ela, era um objetivo importante escapar de qualquer pergunta ou escândalo; mas sua intenção era se mostrar tão fria para com ele quanto fosse compatível com a relação que tinham; e recuar, com a maior discrição possível, os poucos passos de desnecessária intimidade que havia gradualmente sido levada a conceder. Assim, mostrou-se mais reservada e fria do que na noite anterior.

Ele quis tornar a despertar sua curiosidade quanto a como e onde podia ter escutado elogios a seu respeito anteriormente; quis muito ser gratificado com novas perguntas sobre isso. O feitiço, porém, havia sido quebrado; ele constatou que o calor e a animação de um salão público eram necessários para atiçar a vaidade da sua modesta prima; constatou, pelo menos, que não conseguiria fazê-lo agora, por meio de qualquer uma das tentativas que ele poderia arriscar em meio às solicitações excessivamente imperiosas dos outros. Mal desconfiava que esse era agora um assunto que ia justamente contra seu interesse, trazendo na mesma hora à mente dela todos os detalhes menos perdoáveis de sua conduta.

Ela teve alguma satisfação ao descobrir que ele, na realidade, iria embora de Bath na manhã seguinte, bem cedo, e que estaria fora por dois dias. Foi convidado para vir de novo a Camden Place na noite de seu retorno; de quinta-feira até sábado à noite, porém, sua ausência era certa. Já era ruim o bastante ter uma sra. Clay sempre à sua frente; mas ter um hipócrita ainda maior se unindo a seu grupo parecia a destruição de tudo que se assemelhava à paz e ao conforto. Era tão humilhante pensar no constante engano em que seu pai e Elizabeth viviam; e pensar nos vários motivos de humilhação que estavam preparados para eles! O egoísmo da sra. Clay não era tão refinado nem tão repulsivo quanto o dele. Anne teria apoiado o casamento na hora, mesmo com todos os seus males, se pudesse assim se livrar dos estratagemas do sr. Elliot, ao tentar impedi-lo.

Na manhã de sexta-feira, Anne tinha a intenção de ir bem cedo à casa de Lady Russell a fim de lhe comunicar o que era preciso; e teria ido logo depois do desjejum se a sra. Clay não fosse sair também no obsequioso objetivo de poupar algum trabalho à sua irmã, o que a obrigou a esperar até ter certeza de que estaria a salvo dessa companhia. Esperou a sra. Clay estar a uma distância razoável antes de começar a falar em passar a manhã em Rivers Street.

– Muito bem – disse Elizabeth –, não tenho nada a enviar-lhe exceto lembranças. Ah! E você bem que poderia levar de volta aquele livro enfadonho que ela me emprestou, e fingir que o li todo. Eu não posso passar a vida perdendo tempo com todos os novos poemas e documentos da nação que aparecem. Lady Russell aborrece-me com todas as suas novas publicações. Não precisa dizer isso a ela, mas achei seu vestido horrendo na outra noite. Costumava pensar que ela tivesse algum bom gosto em matéria de vestuário, mas senti vergonha dela no concerto. Seu aspecto tinha algo de tão formal, de tão artificial! E ela se mantinha tão ereta quando sentada! Mande-lhe as minhas melhores lembranças, é claro.

– E as minhas também – acrescentou Sir Walter. – Meus melhores votos. E pode dizer que tenho a intenção de ir visitá-la em breve. Transmita-lhe uma mensagem cortês; mas deixarei apenas o meu cartão. Visitas matinais nunca são adequadas para mulheres de sua idade, que se maquiam tão pouco. Se ao menos ela usasse ruge, não teria medo de ser vista; da última vez em que estive lá, reparei que as persianas foram baixadas na mesma hora.

Enquanto seu pai falava, alguém bateu à porta. Quem poderia ser? Lembrando-se das visitas calculadas do sr. Elliot, que aparecia a qualquer hora, Anne teria acreditado que era ele, se não soubesse que ele estava viajando, a mais de dez quilômetros dali. Após o costumeiro intervalo de incerteza, os sons habituais de pessoas se aproximando foram ouvidos, e "o sr. e a sra. Musgrove" foram conduzidos sala adentro.

A surpresa foi a emoção mais forte causada pela aparição do casal; mas Anne ficou realmente satisfeita em vê-los; e os outros não lamentaram tanto a visita a ponto de não conseguirem ostentar um ar de boas-vindas decente; e, assim que ficou claro que estes, seus parentes mais próximos, não tinham ido até lá com qualquer expectativa de se fazer hospedar naquela casa, Sir Walter e Elizabeth puderam intensificar sua cordialidade e fazer-lhes as honras muito bem. Tinham vindo passar alguns dias em Bath com a sra. Musgrove, e estavam hospedados no White Hart. Essa parte foi logo esclarecida; no entanto, apenas após Sir Walter e Elizabeth conduzirem Mary até a outra sala de visitas para se deliciar com sua admiração, Anne conseguiu interrogar Charles para obter um relato coerente de sua vinda ou uma explicação para algumas alusões sorridentes a uma incumbência específica, que tinham sido feitas ostensivamente por Mary, bem como para esclarecer quem eram os membros de seu grupo.

Ficou então sabendo que este era formado pela sra. Musgrove, Henrietta e o capitão Harville, além de eles dois. Charles lhe fez um relato bem simples e inteligível da história toda; uma narrativa na qual ela pôde perceber vários procedimentos muito típicos. O primeiro impulso em favor da viagem tinha sido a vontade do capitão Harville de visitar Bath a negócios. Começara a falar nisso uma semana antes; e, para ter algo que fazer, já que a temporada de caça terminara, Charles havia sugerido acompanhá-lo; a sra. Harville parecera gostar imensamente da ideia, que lhe parecia vantajosa para o marido; Mary, porém, não podia suportar a ideia de ser deixada para trás, e havia se mostrado tão infeliz que, durante um ou dois dias, a viagem parecera estar suspensa ou mesmo abandonada. Fora então, porém, que o pai e a mãe de Charles haviam se interessado pela viagem. Sua mãe tinha alguns velhos amigos em Bath a quem desejava visitar; e pensava que era uma boa oportunidade para Henrietta comprar roupas de casamento para si e para a irmã; resumindo, o projeto acabou se transformando na viagem de sua mãe, de modo a tornar tudo mais confortável e fácil para o capitão Harville; e ele e Mary foram incluídos no grupo para a vantagem de todos. Tinham chegado a Bath tarde na noite anterior. A sra. Harville, seus filhos e o capitão Benwick tinham permanecido em Uppercross com o sr. Musgrove e Louisa.

A única surpresa de Anne foi que a situação estivesse avançada o bastante para já se estar falando nos vestidos de casamento de Henrietta. Imaginara que existissem dificuldades financeiras que impediam o casamento de se realizar tão em breve; soube por Charles, porém, que muito recentemente (desde que Mary havia lhe escrito) Charles Hayter havia sido solicitado por um amigo para ocupar uma posição em nome de um jovem que só poderia assumir a responsabilidade dali a muitos anos; e que, graças a essa renda, além da quase certeza de algo mais permanente bem antes de expirado o prazo em questão, as duas famílias haviam consentido com o desejo dos jovens, e o casamento provavelmente iria ocorrer dali a poucos meses, ao mesmo tempo que o de Louisa.

– E é um curato muito bom – acrescentou Charles. – Fica a apenas cerca de quarenta quilômetros de Uppercross, em uma região muito bonita: uma parte muito bela de Dorsetshire. Fica no meio de algumas das melhores terras do reino, cercada por três grandes proprietários, cada qual mais cuidadoso e desconfiado que o outro; e Charles Hayter talvez consiga uma recomendação especial para pelo menos dois dos três. Não que ele vá lhes dar o devido valor – observou ele. – Charles não liga para caça. É a sua pior característica.

– Estou satisfeita, muito mesmo – exclamou Anne. – Fico particularmente satisfeita que isso aconteça; e que, para duas irmãs igualmente merecedoras, e que sempre foram tão amigas, as felizes perspectivas de uma não façam sombra às da outra, que as duas possam gozar de prosperidade e conforto em igual medida. Espero que seu pai e sua mãe estejam felizes em relação às duas.

– Ah, sim! Meu pai ficaria mais feliz caso os cavalheiros fossem mais ricos, mas não vê nenhum outro defeito nos dois. O dinheiro, sabe, ter de encontrar dinheiro para duas filhas ao mesmo tempo, não é uma operação das mais agradáveis, e está lhe causando algumas dificuldades. Mas não quero dizer que elas não têm direito a esse dinheiro. É muito justo que recebam aquilo a que têm direito como filhas; e estou certo de que ele sempre se mostrou um pai muito gentil e generoso para mim. Mary não aprecia tanto assim o pretendente de Henrietta. Nunca apreciou, você sabe. Mas ela não lhe faz justiça, nem valoriza Winthrop como devia. Não consigo fazê-la compreender o valor da propriedade. Na época em que vivemos, é um enlace muito bom; e eu sempre gostei de Charles Hayter, e não é agora que vou deixar de gostar.

– Pai e mãe tão excelentes quanto o senhor e a senhora Musgrove devem estar felizes com o casamento das filhas – exclamou Anne. – Tenho certeza de que fazem tudo para lhes proporcionar felicidade. Que bênção para duas jovens estar nas mãos de pessoas assim! Seu pai e sua mãe parecem inteiramente desprovidos de todos aqueles sentimentos ambiciosos que já levaram a tantos erros e infelicidade, tanto jovens como velhos! Você agora julga Louisa totalmente recuperada, suponho?

A resposta de Charles foi um pouco hesitante.

– Sim, acredito que sim; está muito recuperada; mas está mudada. Já não corre nem pula mais, não ri nem dança; está muito diferente de antes. Se alguém bater uma porta com um pouco mais de força, ela se sobressalta e estremece como um mergulhão-pequeno na água; e Benwick passa o dia inteiro sentado a seu lado lendo poemas ou sussurrando em seu ouvido.

Anne não pôde reprimir uma risada.

– Sei que isso não deve ser muito de seu agrado – disse ela –, mas acredito de fato que ele seja um rapaz excelente.

– Com certeza é, ninguém duvida disso; e espero que você não me julgue tão pouco generoso a ponto de querer que todos os homens tenham os mesmos objetivos e os mesmos prazeres que eu. Tenho grande apreço por Benwick; e, quando alguém consegue fazê-lo falar, ele tem muito a dizer. Suas leituras não o prejudicaram, pois, além de ler, ele também combateu. É um sujeito corajoso. Conheci-o melhor na segunda-feira passada do que jamais o conhecera antes. Nós passamos a manhã inteira numa grande caçada às ratazanas nos grandes celeiros de meu pai; e ele desempenhou seu papel tão bem que desde então gosto mais dele.

Nesse ponto, os dois foram interrompidos pela absoluta necessidade de Charles acompanhar os outros e ir admirar espelhos e as porcelanas. Mas Anne já havia escutado o bastante para compreender a atual situação de Uppercross e se alegrar com a felicidade que lá reinava; e, embora seu júbilo fosse acompanhado por alguns suspiros, seus suspiros não tinham nada da maldade advinda da inveja. Ela com certeza gostaria de viver a mesma sensação caso pudesse, mas não queria diminuir a dos outros.

A visita transcorreu em uma atmosfera muito bem-humorada. Mary estava com uma disposição excelente, desfrutando a alegria e a mudança de ares, e também tão satisfeita com a viagem na carruagem de quatro cavalos da sogra e com sua total independência de Camden Place para se mostrar inteiramente inclinada a admirar tudo como devia, e a apreciar imediatamente todas as vantagens da casa, conforme estas lhe eram descritas com riqueza de detalhes. Não tinha nada a exigir do pai ou da irmã, e a sua própria importância era adequadamente aumentada pela visão de suas belas salas de visitas.

Elizabeth sofreu bastante, por algum tempo. Percebeu que a sra. Musgrove e todo o grupo deveriam ser convidados para jantar com eles; porém, não podia suportar a diferença de estilo e a redução do número de criados que tal jantar pudesse proporcionar, testemunhados por pessoas que sempre haviam sido tão inferiores aos Elliot de Kellynch. Era uma disputa entre o decoro e a vaidade. Mas a vaidade triunfou, e ela novamente se sentiu alegre. Foi assim que se persuadiu internamente: "Ideias ultrapassadas de hospitalidade do interior. Não nos gabamos em dar jantares, poucas pessoas em Bath o fazem; Lady Alicia nunca o faz; nem sequer convidou a família da própria irmã, embora já estivessem há um mês na cidade; além do mais, atrevo-me a pensar que seria muito inconveniente para a sra. Musgrove; que lhe causaria diversos transtornos. Tenho certeza de que ela preferiria não vir; não é possível que se sinta à vontade conosco. Vou convidá-los todos para um serão; será bem melhor; será uma novidade e um prazer. Eles nunca viram duas salas de visitas como estas na vida. Ficarão encantados em vir amanhã à noite. Será uma reunião normal, pequena, mas muito elegante". Isso satisfez Elizabeth; e, uma vez o convite feito aos dois presentes, e prometido aos ausentes, Mary também se mostrou inteiramente satisfeita. Ela foi convidada especificamente para conhecer o sr. Elliot e para ser apresentada a Lady Dalrymple e à srta. Carteret, que felizmente já haviam se comprometido com a visita; e não poderia ter recebido uma atenção mais gratificante. A srta. Elliot teria a honra de visitar a sra. Musgrove pela manhã; e Anne, acompanhada por Charles e Mary, saiu na mesma hora para ir fazer uma visita a ela e Henrietta.

Seus planos de conversar com Lady Russell tiveram de ser adiados. Todos os três fizeram uma parada de poucos minutos em Rivers Street; mas Anne, convencida de que um dia de atraso na comunicação pretendida não teria importância, apressou-se em seguir para o White Hart, para rever os amigos e companheiros do outono anterior, com a impaciência e a disposição que suas muitas lembranças contribuíam para gerar.

Encontraram a sra. Musgrove e a filha sozinhas, e Anne recebeu de ambas as mais calorosas boas-vindas. Henrietta, com as perspectivas do seu futuro recentemente melhoradas e a sua felicidade presente, estava cheia de atenções e cuidados para com todos aqueles de quem nunca gostara antes; e o afeto honesto da sra. Musgrove tinha sido conquistado pela utilidade de Anne em uma situação difícil. Sua cordialidade, seu calor e sua sinceridade deleitavam Anne ainda mais pelo fato de lhe faltarem tais bênçãos em casa. Ela foi instada a lhes dedicar o máximo de tempo que pudesse, foi convidada a passar todos os dias e os dias inteiros com elas, ou melhor, foi reivindicada como parte da família; em troca, entregou-se naturalmente ao seu comportamento habitual atencioso e prestativo e, quando Charles as deixou sozinhas, passou a escutar o relato da sra. Musgrove sobre Louisa e o de Henrietta sobre si mesma, deu opiniões sobre compras e recomendou lojas; com intervalos, para ajudar Mary com todas as suas necessidades, que iam de ajeitar uma fita a fazer uma conta, de encontrar as próprias chaves e arrumar seus badulaques a tentar persuadi-la de que não estava sendo maltratada por ninguém; o que Mary, embora bem entretida à janela observando a entrada da sala das bombas de água mineral, não conseguia deixar de imaginar por alguns momentos.

Era de se esperar que a manhã fosse atribulada. Um grupo grande hospedado em um hotel era garantia de uma situação sempre movimentada e inquieta. A cada cinco minutos surgia algum recado, no seguinte um pacote; Anne não passara meia hora lá antes que a sala de jantar, por mais espaçosa que fosse, parecesse estar preenchida quase até a metade; um grupo de velhas amigas estava sentado ao redor da sra. Musgrove, e Charles voltou acompanhado pelos capitães Harville e Wentworth. A vinda desse último não podia causar em Anne mais do que uma surpresa passageira. Era impossível que ela tivesse deixado de pensar que a chegada de seus amigos em comum logo os faria ter um novo encontro. O último entre eles fora muito importante para revelar os sentimentos dele; ela havia tirado desse encontro uma deliciosa convicção; no entanto, a julgar pela expressão dele, temia que a mesma desafortunada impressão que o fizera ir embora da sala de concerto ainda o dominasse. Ele não parecia querer ficar suficientemente próximo dela para que os dois pudessem conversar.

Tentou permanecer calma e deixar as coisas seguirem seu curso, e tentou refletir bastante sobre este argumento racional: "Com certeza, se houver um afeto constante de ambas as partes, nossos corações irão se entender em breve. Não somos mais crianças, para nos irritarmos caprichosamente, nos enganarmos por momentos de inadvertência e brincarmos descuidadamente com nossa própria felicidade". Apesar disso, alguns minutos depois, sentiu que o fato de estarem juntos dessa forma, nas atuais circunstâncias, só os estava expondo a inadvertências e equívocos do tipo mais nefasto.

– Anne – chamou Mary, ainda à janela –, lá está a senhora Clay, tenho certeza, em pé debaixo da colunata acompanhada de um cavalheiro! Eu a vi dobrar a esquina de Bath Street ainda agora. Os dois parecem muito entretidos. Quem é ele? Venha cá me dizer. Céus! Agora me lembro. É o próprio senhor Elliot.

– Não – Anne se apressou em dizer –, não pode ser o sr. Elliot, isso eu lhe garanto. Ele estava de partida de Bath hoje às nove da manhã, e só volta amanhã.

Enquanto falava, ela sentiu que o capitão Wentworth a estava observando, e essa consciência a deixou irritada e constrangida, e a fez se arrepender de ter dito tanto, por mais simples que fosse.

Mary, ofendida por poderem pensar que não reconhecia o próprio primo, começou a discorrer acaloradamente sobre os traços da família, e a afirmar com uma convicção ainda maior que era, sim, o sr. Elliot, chamando Anne para ir ver com os próprios olhos, mas Anne não se moveu, e tentou aparentar calma e indiferença. Sua aflição, no entanto, retornou ao reparar em sorrisos e olhares sugestivos entre duas ou três das senhoras presentes, como se elas se considerassem a par de um segredo. Era evidente que o relato a seu respeito havia se espalhado, e a curta pausa que se sucedeu pareceu garantir que iria se espalhar ainda mais.

– Venha, Anne, venha ver você mesma! – exclamou Mary. – Se não se apressar, vai chegar tarde demais. Estão se despedindo; estão apertando as mãos. Ele está se virando para ir embora. Não reconhecer o senhor Elliot, imagine só! Você parece ter se esquecido de tudo o que aconteceu em Lyme.

Para tranquilizar Mary, e talvez para disfarçar o próprio constrangimento, Anne foi, calada, até a janela. Chegou bem a tempo de confirmar que era de fato o sr. Elliot, coisa em que não havia acreditado, antes de ele desaparecer por um dos lados da rua enquanto a sra. Clay se afastava rapidamente para o outro. Então, mascarando a surpresa que lhe foi impossível não sentir ao testemunhar uma conversa aparentemente tão amigável entre duas pessoas de interesses totalmente opostos, disse com calma:

– Sim, é mesmo o senhor Elliot, não há dúvida. Imagino que tenha mudado a hora da partida, só isso, ou talvez eu esteja enganada, talvez não tenha escutado bem. – Dito isso, andou de volta até a cadeira, já recomposta, e torcendo para ter conseguido se sair bem da situação.

As visitas se despediram de sua amiga; e Charles, depois de acompanhá-las educadamente até a porta e em seguida lhes fazer uma careta, insultando-as por terem aparecido, começou dizendo:

– Bem, mãe, fiz uma coisa pela senhora de que vai gostar. Fui ao teatro e reservei um camarote para amanhã à noite. Não sou um bom menino? Sei que a senhora ama peças; e há lugar no camarote para nós todos. Nele cabem nove pessoas. Já convidei o capitão Wentworth. Tenho certeza de que Anne terá prazer em nos acompanhar. Todos gostamos de uma peça. Não fiz bem, mãe?

A sra. Musgrove estava começando a expressar, muito bem-humorada, sua plena vontade de assistir à peça, caso Henrietta e os outros assim quisessem, quando Mary a interrompeu ansiosamente dizendo:

– Deus do céu, Charles! Como você pôde ter uma ideia dessas? Reservar um camarote para amanhã à noite! Esqueceu-se de que amanhã à noite temos compromisso em Camden Place? Que fomos especificamente convidados para conhecer Lady Dalrymple e sua filha, além do senhor Elliot, ou seja, todas as nossas relações familiares mais importantes presentes para que possamos ser apresentados a eles? Como pode ser tão esquecido?

– Calma! Calma! – retrucou Charles. – Que importância tem uma reunião noturna? Nem vale a pena se lembrar disso. Se o seu pai quisesse nos ver, poderia ter nos convidado para jantar, é o que penso. Você pode fazer como preferir, mas eu vou ao teatro.

– Ah, Charles! Vai ser abominável se fizer isso depois de ter prometido ir a Camden Place.

– Não, eu não prometi. Apenas dei um sorriso amarelo e fiz uma mesura, e pronunciei as palavras "Com gosto". Não houve promessa nenhuma.

– Mas, Charles, você precisa ir. Seria imperdoável se não fosse. Fomos convidados de propósito para sermos apresentados. Sempre houve uma forte conexão entre a família Dalrymple e a nossa. Nada jamais aconteceu com qualquer das duas que não fosse anunciado de imediato. Nós somos parentes bem próximos, você sabe disso? E o senhor Elliot também, que você deveria encontrar especialmente! Devemos toda nossa atenção ao senhor Elliot. Pense só, o herdeiro de meu pai: o futuro representante da família.

– Não venha me falar em herdeiros e representantes – exclamou Charles. – Eu não sou daqueles que negligenciam o poder reinante para se prostrar diante do sol nascente. Se eu não compareceria por respeito ao seu pai, consideraria um escândalo comparecer por respeito ao herdeiro dele. Que significa o senhor Elliot para mim?

Aquela expressão de desprezo foi tudo para Anne. Percebeu que o capitão Wentworth também era todo atenção, observando e escutando com toda a sua alma; viu também que as últimas palavras fizeram-no passar o olhar de Charles para ela com uma expressão intrigada.

Charles e Mary seguiram conversando no mesmo tom; ele, parte sério e parte debochado, sustentando os planos para o teatro, e ela, invariavelmente séria, discordando com veemência, e sem deixar de afirmar que, por mais determinada que estivesse a ir a Camden Place, sentir-se-ia extremamente maltratada caso fossem ao teatro sem ela. A sra. Musgrove interveio.

– É melhor adiarmos o teatro. Charles, seria melhor se voltasse lá e mudasse o camarote para terça. Seria uma pena nos dividirmos, e perderíamos a senhorita Anne também, caso haja uma reunião na casa do pai dela; e estou certa de que nem eu nem Henrietta iríamos ligar a mínima para a peça caso a senhorita Anne não estivesse conosco.

Anne se sentiu de fato agradecida a ela por tamanha gentileza, e também pela oportunidade que lhe proporcionou de dizer:

– Se dependesse apenas de minha vontade, senhora, a reunião em casa não representaria o menor obstáculo (exceto no que diz respeito a Mary). Não tenho o menor prazer nesse tipo de reunião, e ficaria muito feliz em poder trocá-la por uma peça de teatro, ainda mais em sua companhia. Mas talvez seja melhor não tentar fazer isso – ela disse; mas tremia ao chegar ao fim, consciente de que suas palavras estavam sendo escutadas, e não se atrevendo nem a tentar observar seu efeito.

Todos logo concordaram que o melhor seria na terça-feira; e Charles apenas se reservou o direito de provocar a esposa, ao insistir que ia ao teatro no dia seguinte, ainda que ninguém mais fosse.

O capitão Wentworth se levantou de seu lugar e andou até a lareira, provavelmente para poder dali se afastar logo em seguida e ir se sentar, sem que isso parecesse tão óbvio, ao lado de Anne.

– A senhorita não se encontra em Bath há tempo suficiente para apreciar os eventos noturnos da cidade – comentou ele.

– Ah, não! O caráter habitual desses eventos não me atrai. Não gosto de jogar cartas.

– A senhorita era assim antes, eu sei. Não costumava gostar de cartas; mas o tempo opera muitas mudanças.

– Eu não mudei tanto assim – exclamou Anne, e parou de falar, temendo algum mal-entendido que nem sequer sabia qual era. Depois de aguardar alguns instantes, e como se isso fosse o resultado de um sentimento atual, ele disse:

– Um intervalo e tanto, de fato! Oito anos e meio é um intervalo e tanto!

Se ele teria ido mais longe, caberia à imaginação de Anne refletir, em uma ocasião mais calma; pois, enquanto ainda escutava as palavras por ele pronunciadas, foi despertada para outros assuntos por Henrietta, ansiosa para aproveitar o tempo livre de que agora dispunham e sair, e insistindo com os companheiros para que não perdessem tempo, caso alguma outra pessoa aparecesse.

Foram obrigados a sair. Anne disse que estava totalmente pronta, e tentou aparentá-lo; mas sentiu que, se Henrietta conhecesse o pesar e a relutância de seu coração em deixar aquela cadeira, em se preparar para sair da sala, teria encontrado, no afeto que nutria pelo primo e na segurança do afeto recíproco dele, motivos para ter pena dela.

Mas seus preparativos foram interrompidos. Barulhos alarmantes se fizeram ouvir; outros visitantes se aproximaram, e a porta foi aberta de supetão para Sir Walter e a srta. Elliot, cuja entrada pareceu gelar toda a sala. Anne sentiu uma opressão instantânea, e para onde quer que olhasse via sintomas idênticos. O conforto, a liberdade, a alegria do recinto haviam evaporado e se transformado em fria compostura, decidido silêncio ou insípidas conversas, tudo para condizer com a elegância desalmada de seu pai e de sua irmã. Que humilhação constatar isso!

Seu olhar ressentido encontrou pelo menos um motivo de satisfação. O capitão Wentworth foi novamente cumprimentado por ambos, e por Elizabeth de maneira mais graciosa do que antes. Ela chegou até a lhe dirigir a palavra uma vez, e a olhar para ele em mais de uma ocasião. Na verdade, Elizabeth estava preparando uma grande cartada. O que se seguiu explicou tudo. Uma vez desperdiçados alguns minutos com as insignificâncias de praxe, ela começou a fazer o convite que iria solicitar toda a obrigação remanescente dos Musgrove.

– Amanhã à noite, para encontrar alguns amigos; não é uma ocasião formal. – Tudo foi dito de forma muito graciosa, e os cartões de visita que ela havia trazido consigo, nos quais se podia ler "A senhorita Elliot recebe em sua casa", foram postos sobre a mesa com um sorriso cortês dirigido a todos os presentes, e um sorriso e um cartão mais decididamente dirigidos ao capitão Wentworth. A verdade era que Elizabeth já passara tempo suficiente em Bath para entender a importância de um homem com sua atitude e aparência. O passado nada significava. O presente significava que o capitão Wentworth seria uma bela figura na sua sala de visitas. O cartão foi entregue com um gesto deliberado, e Sir Walter e Elizabeth se levantaram e foram embora.

A interrupção fora breve, apesar de severa, e a descontração e animação tornaram a tomar conta da maioria dos presentes uma vez fechada a porta, mas não de Anne. Ela só conseguia pensar no convite que presenciara com tamanho assombro, e na forma como este fora recebido; uma atitude de significado duvidoso, mais de surpresa do que de satisfação, mais de reconhecimento educado do que propriamente de aceitação. Ela o conhecia; viu o desprezo nos olhos dele, e não se atreveu a pensar que ele estivesse decidido a aceitar esse convite, como expiação por toda a insolência do passado. Seu ânimo murchou. Ele continuou segurando o cartão na mão depois de seu pai e sua irmã saírem, como quem reflete cuidadosamente sobre o assunto.

– Imaginem só, Elizabeth convidando todo mundo! – sussurrou Mary de forma bem audível. – Só posso imaginar a satisfação do capitão Wentworth! Reparem como não consegue nem sequer largar o cartão.

O olhar de Anne cruzou com o dele; ela viu suas faces corarem e sua boca formar uma expressão passageira de desprezo, e virou-lhe as costas para não ver nem ouvir mais nada que pudesse perturbá-la.

O grupo se separou. Os cavalheiros tinham os próprios interesses, as damas prosseguiram com os seus; e os dois não tornaram a se encontrar enquanto Anne permaneceu com elas. Foi convidada com insistência para voltar e jantar em sua companhia, para lhes dedicar o restante do dia; contudo, sua disposição havia sido posta à prova durante tanto tempo que não se sentia capaz de mais nada, e tudo que podia fazer era voltar para casa, onde estava certa de que poderia ficar tão quieta quanto quisesse.

Prometendo passar a manhã inteira do dia seguinte em sua companhia, portanto, ela concluiu o cansaço do dia com uma árdua caminhada até Camden Place, onde passou a noite escutando as providências atarefadas de Elizabeth e da sra. Clay para o evento do dia seguinte, a enumeração frequente das pessoas convidadas, e os detalhes cada vez mais minuciosos de todas as melhorias que deviam fazer daquele evento o mais elegante de seu gênero em toda Bath; enquanto se atormentava com a dúvida incessante: o capitão Wentworth viria ou não? As duas contavam com sua presença por certa, mas para Anne essa era uma aflição impossível de aplacar por mais de cinco minutos. De modo geral, pensava que ele viria, porque, de modo geral, pensava que ele devesse vir; mas era um caso que ela não conseguia encaixar em qualquer ato determinado de dever ou escolha, de forma a aplacar sem hesitação as insinuações de sentimentos inteiramente opostos.

Apenas despertou das meditações sombrias dessa agitação inquieta para dizer à senhora Clay que ela fora vista na companhia do sr. Elliot três horas depois do horário em que ele deveria ter saído de Bath; pois, depois de esperar em vão a própria dama fazer alguma alusão ao encontro, decidiu mencioná-lo; pareceu-lhe que enxergara culpa na expressão da sra. Clay ao escutar suas palavras. Foi algo passageiro, logo desapareceu; mas Anne julgou ler naquela expressão a consciência de ter sido obrigada a escutar (talvez por meia hora), devido a alguma complicação decorrente dos respectivos ardis, ou então, por alguma autoridade superior da parte dele, aos seus sermões e suas restrições em relação aos desígnios dela para com Sir Walter. A sra. Clay, entretanto, exclamou com uma imitação bastante razoável de naturalidade:

– Ah, sim! É verdade. Imagine a senhorita que, para minha grande surpresa, encontrei o senhor Elliot em Bath Street. Eu não poderia ter ficado mais espantada. Ele deu meia-volta e caminhou comigo o Pump Yard. Havia sido impedido de partir para Thornberry, mas esqueço-me por que exatamente; pois eu estava com pressa e não pude lhe dar muita atenção, e tudo que posso assegurar é que ele está decidido a não retardar sua volta. Ele queria saber a partir de que horas poderia chegar amanhã. Tudo em que conseguia falar era de amanhã; evidentemente, eu também agora só consigo falar nisso, desde que entrei em casa e fiquei sabendo da extensão dos planos e de tudo o que aconteceu, caso contrário não teria me esquecido tão inteiramente de meu encontro com ele.

Capítulo 23

Apenas um dia havia transcorrido desde a conversa de Anne com a sra. Smith; mas um assunto de maior interesse havia se apresentado, e ela agora estava tão indiferente à conduta do sr. Elliot, exceto quanto a suas consequências sobre um único assunto, que na manhã seguinte foi muito natural adiar novamente a visita esclarecedora a Rivers Street. Havia prometido ficar com os Musgrove da hora do desjejum até o jantar. Sua palavra havia sido dada, e o caráter do sr. Elliot, assim como a cabeça da sultana Sherazade, seria poupado por mais um dia.

Não conseguiu, contudo, chegar pontualmente ao compromisso; o tempo estava desfavorável, e ela havia lamentado a chuva por causa de seus amigos, e ficado muito contrariada por si mesma, antes de poder iniciar a caminhada. Quando chegou ao White Hart e se encaminhou para o quarto certo, constatou que nem chegara na hora, e tampouco era a primeira a chegar. Já estavam ali presentes: a sra. Musgrove conversando com a sra. Croft, e o capitão Harville com o capitão Wentworth; e ela logo ficou sabendo que Mary e Henrietta, demasiado impacientes para esperar, haviam saído na mesma hora em que a chuva estiara, mas que voltariam logo, e que a sra. Musgrove havia recebido as mais rígidas instruções para manter Anne ali até que voltassem. A Anne restou apenas submeter-se, sentar-se, aparentar tranquilidade e sentir-se afundar imediatamente em todas as agitações as quais julgara que fosse provar apenas um pouco antes de concluída a manhã. Não houve demora nem perda de tempo. Estava mergulhada na felicidade desse pesar ou no pesar dessa felicidade. Dois minutos depois de ela adentrar a sala, o capitão Wentworth disse:

– Podemos escrever agora a carta sobre a qual estávamos falando, Harville, se puder me fornecer o material.

O material estava todo ao alcance da mão, sobre uma outra mesa; ele foi até lá e, praticamente virando as costas a todos os presentes, pôs-se a escrever, muito compenetrado.

A sra. Musgrove estava contando à sra. Croft a história do noivado de sua filha mais velha, e fazia-o naquele tom de voz que era perfeitamente audível ao mesmo tempo em que fingia ser um sussurro. Anne sentiu que não tinha lugar naquela conversa, mas, como o capitão Harville parecia pensativo e sem vontade de conversar, não pôde evitar ouvir vários detalhes indesejáveis; tais como "o sr. Musgrove e meu cunhado Hayter se encontraram inúmeras vezes para conversar a respeito; o que meu cunhado Hayter tinha dito em um dia, e o que o sr. Musgrove tinha proposto no dia seguinte, e o que tinha ocorrido a minha irmã Hayter, e o que os jovens desejavam, e o que eu disse a princípio que jamais aceitaria, mas depois fui convencida a pensar que seria muito adequado", e várias outras coisas no mesmo estilo de comunicação franca: minúcias que, mesmo com todas as vantagens do bom gosto e da delicadeza, que a bondosa sra. Musgrove era incapaz de oferecer, só interessavam realmente para os principais envolvidos. A sra. Croft escutava de muito bom humor e, quando falava alguma coisa, tudo o que dizia era sempre muito sensato. Anne torceu para que ambos os cavalheiros estivessem ocupados demais para escutar.

– Assim, minha senhora, considerando tudo isso – disse a sra. Musgrove com seu sussurro potente –, embora pudéssemos ter desejado outra coisa, no final das contas, porém, não achamos justo adiar mais a questão, pois Charles Hayter estava entusiasmadíssimo, e Henrietta quase no mesmo estado; então pensamos que seria melhor eles se casarem logo, e que se arranjassem da melhor forma possível, como muitos outros já fizeram antes deles. De toda forma, na minha opinião, isso será melhor do que um longo noivado.

– Era justamente esse o comentário que eu ia fazer – exclamou a sra. Croft. – Acho preferível os jovens se casarem logo com uma renda pequena e enfrentarem alguma dificuldade do que terem um noivado longo. Sempre penso que nenhuma afeição mútua...

– Ah, minha cara senhora Croft! – exclamou a sra. Musgrove, incapaz de deixá-la terminar a frase. – Não há nada que eu considere mais abominável para os jovens do que um noivado longo. Foi o que sempre tentei evitar para meus filhos. Não há problema algum em jovens noivarem, é o que eu costumava dizer, contanto que haja a certeza de poderem se casar dentro de seis meses, ou mesmo doze. Mas um noivado longo!

– Sim, cara senhora, ou então um noivado incerto, ou um noivado que poderia ser longo – prosseguiu a sra. Croft. – Considero muito inseguro e insensato começar um noivado sem saber em que momento haverá condições de se casar, e, na minha opinião, todos os pais deveriam evitar isso a qualquer custo.

Anne encontrou nessa conversa um interesse inesperado. Sentia sua aplicação ao caso dela mesma, sentiu um tremor nervoso tomar conta de todo o seu ser; e, na mesma hora em que seus olhos se voltaram instintivamente na direção da mesa mais afastada, a caneta do capitão Wentworth parou de se mover, ele ergueu a cabeça, parou por um instante, escutou, e então, no instante seguinte, virou-se para lançar um olhar, um só olhar rápido e significativo, em sua direção.

As duas senhoras seguiram conversando, insistindo nas mesmas verdades já estabelecidas e ilustrando-as com exemplos dos efeitos nefastos de qualquer prática contrária que tivessem podido observar, mas Anne nada escutou com atenção; tudo não passava de um zumbido de palavras em seu ouvido, pois sua mente estava confusa.

O capitão Harville, que na verdade não vinha escutando nada da conversa, levantou-se então de sua cadeira e foi até uma janela, e Anne, que parecia o observar, embora fosse por total distração, aos poucos reparou que ele a estava chamando para ir até o seu lado. Olhava para ela com um sorriso e um leve meneio de cabeça que diziam: "Venha cá, tenho algo a lhe dizer"; e uma gentileza descontraída e sem afetação, que caracterizava os sentimentos de uma relação bem mais antiga do que aquela de fato era, reforçava fortemente o convite. Ela se levantou e foi até onde ele estava. A janela junto à qual se encontrava o capitão Harville ficava do outro lado da sala em relação àquela onde estavam sentadas as duas senhoras e, embora mais próxima da mesa ocupada pelo capitão Wentworth, não próxima demais. Quando Anne se juntou a ele, a atitude do capitão Harville retomou a expressão séria e pensativa que parecia lhe ser natural.

– Olhe – disse ele, desfazendo um embrulho que tinha na mão e mostrando-lhe uma pequena pintura em miniatura. – Sabe quem é este aqui?

– Claro; é o capitão Benwick.

– Sim, e a senhorita pode adivinhar para quem se destina a pintura. No entanto – sua voz se fez mais grave –, não foi feita para ela. Senhorita Elliot, está lembrada de quando caminhamos juntos em Lyme, e de como lamentamos a situação dele? Eu mal podia imaginar na ocasião... mas não importa. Esta pintura foi feita no Cabo. O capitão Benwick conheceu um jovem e inteligente artista alemão e, de acordo com uma promessa feita à minha pobre irmã, posou para ele, e estava trazendo esta pintura de presente para ela; e eu agora estou incumbido de mandá-la emoldurar adequadamente para outra! Ele me pediu isso! Mas a quem mais poderia pedir? Espero poder desculpá-lo. De fato não me desagrada passar a incumbência a outro. Ele vai assumir a tarefa – olhando na direção do capitão Wentworth –; escreve sobre isso agora mesmo – e, com os lábios trêmulos, concluiu o discurso da seguinte maneira: – Pobre Fanny! Ela não o teria esquecido tão depressa.

– Não – respondeu Anne com a voz baixa e emocionada –, nisso posso acreditar com facilidade.

– Não era de sua natureza. Ela o adorava.

– Não seria da natureza de qualquer mulher que amasse de verdade.

O capitão Harville sorriu como quem pergunta "Está dizendo isso em nome de todas as mulheres?", e ela respondeu, sorrindo também:

– Sim. Nós certamente não os esquecemos tão depressa quanto vocês nos esquecem. Talvez esse seja o nosso destino e não o nosso mérito. Não conseguimos agir de outra forma. Vivemos em casa, tranquilas, isoladas, e perseguidas por nossos sentimentos. Vocês são levados ao esforço. Têm sempre uma profissão, objetivos, negócios de alguma espécie, que os fazem voltar na mesma hora para o mundo, e a ocupação e a mudança contínuas logo enfraquecem as impressões.

– Admitindo ser verdadeira essa sua afirmação de que o mundo faz isso cedo demais aos homens (embora, eu não ache que o admita), tal coisa não se aplica ao capitão Benwick. Ele não foi forçado a realizar esforço algum.

A paz o fez retornar à terra firme na mesma época, e ele desde então tem morado conosco, em nosso pequeno círculo familiar.

– É verdade – disse Anne –, é a mais pura verdade; eu não estava me lembrando; mas o que devemos dizer então, capitão Harville? Se a mudança não se deve a circunstâncias externas, decerto vem de dentro; deve ter sido a natureza, a natureza masculina, que influenciou o capitão Benwick.

– Não, não, não foi a natureza masculina. Não admito que seja da natureza masculina mais do que da feminina ser inconstante e esquecer quem se ama, ou quem já se amou. Acredito no contrário. Acredito em uma verdadeira analogia entre nossas estruturas físicas e mentais; e que, como nossos corpos são mais fortes, o mesmo se dá com os sentimentos; estes são capazes de suportar os tratamentos mais rudes, e de enfrentar os mais árduos climas.

– Os seus sentimentos podem até ser mais fortes – retrucou Anne –, mas o mesmo espírito de analogia me permitirá afirmar que os nossos são mais delicados. O homem é mais robusto do que a mulher, mas não vive mais tempo; o que explica justamente a minha opinião quanto à natureza de seus afetos. Não, seria difícil demais para vocês caso fosse de outra forma. Vocês já têm dificuldades, privações e perigos suficientes com que lidar. Estão sempre se esforçando, trabalhando, expostos a todo tipo de risco e provação. Sua casa, seu país, seus amigos, tudo isso vocês têm que abandonar. Não têm tempo, nem saúde, nem vida para chamar de seus. Realmente, seria muito difícil – com uma voz embargada – se os sentimentos de uma mulher viessem se somar a isso tudo.

– Nós nunca vamos concordar em relação a isso – ia começando a dizer o capitão Harville quando um leve ruído chamou a atenção de ambos para a área até então inteiramente silenciosa da sala ocupada pelo capitão Wentworth. Sua caneta caíra no chão, apenas isso; mas Anne se surpreendeu ao perceber que ele estava mais próximo do que havia imaginado, e sentiu-se um pouco inclinada a pensar que a caneta só caíra no chão porque ele estivera prestando atenção na conversa, esforçando-se para distinguir alguma palavra, embora não pensasse que pudesse tê-los escutado.

– Já terminou sua carta? – indagou o capitão Harville.

– Ainda não, faltam algumas linhas. Daqui a cinco minutos terei terminado.

– Por mim não há pressa. Só estarei pronto quando o senhor estiver. Estou muito bem ancorado aqui – sorrindo para Anne –, bem-abastecido, e não me falta nada. Não estou com pressa nenhuma de receber qualquer sinal. Bem, senhorita Elliot – baixando a voz –, como eu ia dizendo, penso que nunca vamos concordar quanto a isso. Provavelmente, nenhum homem e nenhuma mulher o fariam. Permita-me observar, porém, que todas as histórias a contrariam... todos os contos, em prosa e em verso. Se tivesse a memória de Benwick, poderia lhe recitar em um instante cinquenta citações que corroboram o meu lado do argumento, e creio que jamais abri um livro na vida que não tivesse algo a dizer sobre a inconstância feminina. Canções e provérbios mencionam o temperamento volúvel da mulher. Mas a senhorita vai me dizer, talvez, que eles foram todos escritos por homens.

– Talvez diga. Sim, sim, por favor, sem referências a exemplos de livros. Os homens tiveram todas as vantagens em relação ao contar sua versão da história. Eles tiveram uma educação muito mais refinada; a caneta sempre em suas mãos. Não vou aceitar nenhuma prova tirada dos livros.

– Mas como então iremos provar alguma coisa?

– Não iremos. Nunca poderemos esperar provar o que quer que seja em relação ao assunto. É uma diferença de opinião que não admite provas. Cada um de nós provavelmente começa com uma leve parcialidade em relação ao próprio sexo; e, a partir dessa parcialidade, interpretamos todas as circunstâncias em seu favor já ocorridas em nosso círculo, muitas das quais (talvez precisamente nos casos que mais nos impressionam) talvez sejam justo do tipo que não se pode citar sem trair uma confidência, ou de alguma forma dizer o que não deveria ser dito.

– Ah! – exclamou o capitão Harville com um tom muito arrebatado. – Se ao menos pudesse fazê-la compreender o quanto um homem sofre quando deita os olhos pela última vez na esposa e nos filhos, quando fica observando o barco que os leva embora até este desaparecer, para em seguida virar as costas e dizer: "Só Deus sabe quando tornaremos a nos encontrar!". E depois, se ao menos eu pudesse lhe dar uma ideia do brilho de sua alma quando ele torna a vê-los; quando, após retornar de uma ausência de um ano, talvez, obrigado a adentrar outro porto, calcula em quanto tempo será possível fazê-los chegar até lá, fingindo enganar a si mesmo e dizendo: "Eles não poderão chegar antes do dia tal", mas todo o tempo esperando que cheguem doze horas antes, e ao vê-los chegar por fim, como se o céu houvesse lhes dado asas, muitas horas antes disso! Se pudesse lhe explicar tudo isso, e tudo o que um homem pode suportar e fazer, e se orgulha de fazer em nome desses tesouros de sua existência! Refiro-me, sabe, apenas aos homens que têm coração! – completou ele, apertando o próprio peito com emoção.

– Ah! – exclamou Anne com sofreguidão. – Espero fazer justiça a tudo aquilo que o senhor sente, e a tudo o que sentem os que se parecem com o senhor. Que Deus não me impeça de subestimar os sentimentos calorosos e leais de um de meus semelhantes. Eu mereceria o mais completo desprezo caso me atrevesse a imaginar que o verdadeiro afeto e a verdadeira constância fossem conhecidos apenas pelas mulheres. Não, considero vocês capazes das mais grandiosas e boas ações em suas vidas de casados. Acredito que possam desempenhar igualmente todos os esforços importantes e todas as obrigações domésticas, contanto que... se me permite usar esse termo, contanto que tenham um objeto. Isto é, enquanto a mulher que amam vive e vive para vocês. O único privilégio que reivindico para meu sexo (que não é dos mais invejáveis; não há por que cobiçá-lo) é o de amar por mais tempo quando o objeto ou a esperança já se foram!

Ela não teria sido capaz de pronunciar outra frase de imediato; seu coração estava tomado, seu peito demasiado oprimido.

– A senhorita é uma alma boa – exclamou o capitão Harville, pondo a mão em seu braço com um gesto afetuoso. – Não há como discutir. E, quando penso em Benwick, não sei o que dizer.

Sua atenção foi atraída pelos outros. A sra. Croft estava se retirando.

– Creio que aqui nos separamos, Frederick – disse ela. – Vou voltar para casa, e você tem um compromisso com seu amigo. Hoje à noite teremos todos o prazer de nos reencontrar em sua casa – e virando-se para Anne –, recebemos ontem o cartão de sua irmã, e pelo que entendi Frederick também o recebeu, embora eu não o tenha visto; e você está livre, não é mesmo, Frederick, assim como nós?

O capitão Wentworth estava dobrando uma carta às pressas, e não pôde ou não quis responder inteiramente à pergunta.

– Sim – disse ele –, é verdade, aqui nos separamos, mas Harville e eu logo iremos atrás de você; quer dizer, Harville, se estiver pronto, eu estarei em meio minuto. Sei que não ficará contrariado em ir embora. Estarei a seu dispor em meio minuto.

A sra. Croft se retirou, e o capitão Wentworth, após lacrar sua carta com grande rapidez, de fato ficou pronto, e chegou a demonstrar um ar apressado e agitado que transmitia uma impaciência de partir. Anne não soube como interpretar isso. Ouviu do capitão Harville o mais gentil "Bom dia, que Deus a abençoe!", mas dele não recebeu uma só palavra, um só olhar! Ele havia saído da sala sem olhar para ela!

No entanto, ela teve apenas tempo de chegar mais perto da mesa à qual ele havia se sentado para escrever quando escutou passos voltando; a porta se abriu, e era ele. Pediu desculpas, pois esquecera as luvas, e em um instante atravessou a sala até a mesa de escrever, tirou uma carta do meio dos papéis espalhados e a pôs diante de Anne, fixando-lhe por algum tempo um olhar de súplica ardente, e recolheu rapidamente as luvas e tornou a sair da sala quase antes de a sra. Musgrove se dar conta de sua presença: tudo em um instante!

A revolução que esse instante operou em Anne era quase impossível de expressar. A carta, com o destinatário quase ilegível, estava endereçada à "Senhorita A. E. –", e era obviamente a mesma que ele havia dobrado com tanta pressa. Enquanto fingia estar escrevendo apenas para o capitão Benwick, ele também estivera escrevendo para ela! Do conteúdo daquela carta dependia tudo o que este mundo poderia fazer por ela! Qualquer coisa era possível, era capaz de enfrentar qualquer coisa, menos a incerteza. A sra. Musgrove tinha pequenos afazeres dos quais cuidar em sua própria mesa; Anne precisou se confiar à proteção que estes proporcionavam e, deixando-se afundar na mesma cadeira que ele havia ocupado, sucedendo-o no mesmo lugar em que ele havia se inclinado para escrever, seus olhos devoraram as seguintes palavras:

> *Não posso mais escutar em silêncio. Preciso lhe falar com os meios dos quais disponho. A senhorita me trespassa a alma. Estou dividido entre a agonia e a esperança. Não me diga que é tarde, que tão preciosos sentimentos desapareceram para sempre. Ofereço-me outra vez à senhorita com um coração ainda mais seu do que quando quase o partiu, oito anos e meio atrás. Não se atreva a dizer que o homem esquece mais rapidamente do que a mulher, que o amor dele morre mais cedo. Nunca amei ninguém além da senhorita. Posso ter sido injusto, fraco e ressentido, eu fui, mas jamais inconstante. Foi apenas por sua causa que vim a Bath. Apenas pela senhorita penso e traço planos. Não enxergou isso? Não compreendeu meus desejos? Não teria aguardado nem sequer esses dez dias se pudesse ter lido*

seus sentimentos como acredito que a senhorita deve ter desvendado os meus. Mal consigo escrever. A todo instante ouço algo que me arrebata. A senhorita baixa a voz, mas sou capaz de distinguir os tons dessa voz quando estariam perdidos para outros. Criatura boa demais, excelente! A senhorita de fato nos faz justiça. Você acredita mesmo que exista afeto e constância genuínos entre os homens. Acredite que são mais fervorosos e mais constantes no seu

F. W.

Devo partir, incerto de minha sorte, mas voltarei ou me unirei a seu grupo logo que possível. Uma palavra, um olhar bastarão para decidir se entrarei na casa de seu pai esta noite ou nunca.

Não era fácil se recuperar após a leitura de uma carta dessas. Meia hora de solidão e reflexão talvez a houvessem tranquilizado; mas os meros dez minutos transcorridos antes que fosse interrompida, com todas as limitações de sua situação, em nada contribuíam para sua serenidade. Cada instante, pelo contrário, trazia mais agitação. A felicidade era arrebatadora. E, antes mesmo que superasse o primeiro estágio dessa sensação tão intensa, Charles, Mary e Henrietta entraram na sala.

A absoluta necessidade de aparentar seu estado normal produziu então um embate imediato; no entanto, depois de algum tempo, Anne não conseguiu mais fingir. Passou a não entender uma palavra sequer do que eles diziam, e foi obrigada a alegar uma indisposição e pedir licença para se retirar. Então, todos puderam constatar que ela parecia muito adoentada, ficaram chocados e preocupados, e não iriam a lugar algum sem ela por nada neste mundo. Isso era terrível! Se ao menos fossem embora e a deixassem sozinha, em paz naquela sala, isso a teria curado; mas ter todos ao seu redor a incomodava e, desesperada, disse que iria para casa.

– Mas é claro, minha querida – exclamou a sra. Musgrove –, volte para casa agora mesmo, e cuide-se para estar disposta hoje à noite. Queria que Sarah estivesse aqui para cuidar da senhorita, mas eu própria sou péssima enfermeira. Charles, peça uma liteira. Ela não deve caminhar.

Uma liteira não resolveria nada. Seria pior ainda! Perder a possibilidade de dizer duas palavras ao capitão Wentworth durante um trajeto silencioso e solitário pela cidade (e estava quase certa de que o encontraria) era inaceitável. Anne protestou vivamente contra a liteira, e a sra. Musgrove, que só conseguia pensar em um tipo de doença, depois de se assegurar com certa ansiedade que não houvera nenhuma queda; que Anne não havia escorregado recentemente, em nenhum momento, e batido com a cabeça; que estava inteiramente segura de não ter caído, pôde se separar dela com tranquilidade, convencida de encontrá-la se sentindo melhor à noite.

Ansiosa para não deixar de lado qualquer precaução, Anne se esforçou e disse:

– Temo, senhora, que nem tudo tenha ficado perfeitamente claro. Por favor, tenha a bondade de mencionar aos outros cavalheiros que esperamos receber o grupo todo hoje à noite. Temo que talvez tenha havido algum equívoco; e desejo que assegure especialmente ao capitão Harville e ao capitão Wentworth que esperamos vê-los os dois.

– Ah, minha cara; isso está entendido, posso lhe garantir. O capitão Harville não pensa em outra coisa.

– Acha mesmo? Estou receosa; e ficaria tão decepcionada. Promete-me que falará com eles quando os vir novamente? Imagino que tornará a ver os dois hoje de manhã. Por favor, prometa.

– Com certeza prometo, se a senhorita faz questão. Charles, se vir o capitão Harville em algum lugar, lembre-se de lhe transmitir o recado da senhorita Anne. Mas realmente, minha querida, não precisa ficar preocupada. O capitão Harville considera-se firmemente comprometido, posso garantir; e ouso dizer que o mesmo se aplica ao capitão Wentworth.

Anne não podia fazer mais nada; mas seu coração previa algum acaso infeliz que maculasse a perfeição de sua felicidade. No entanto, isso não duraria muito. Ainda que ele mesmo não comparecesse a Camden Place, ela poderia lhe mandar uma mensagem inteligível por intermédio do capitão Harville. Então surgiu outra contrariedade momentânea. A genuína preocupação e a boa índole de Charles o fizeram fazer questão de acompanhá-la até em casa; não houve como dissuadi-lo. Foi quase uma crueldade. Mas ela não pôde se mostrar mal-agradecida por muito tempo; ele estava sacrificando um compromisso em um armeiro para lhe ser prestativo, e ela partiu acompanhada por ele, sem demonstrar outro sentimento que não a gratidão.

Estavam os dois na Union Street, quando passos mais apressados atrás deles e algum ruído conhecido proporcionaram a Anne dois momentos de preparação antes que visse o capitão Wentworth. Ele se juntou a eles; mas aparentava estar indeciso entre ficar ou seguir seu caminho, não disse nada, limitou-se a olhar. Anne conseguiu dominar-se o suficiente para receber esse olhar, sem rejeitá-lo. As faces outrora pálidas agora estavam rosadas, e os movimentos antes hesitantes eram decididos. Ele caminhava a seu lado. Dali a pouco, acometido por uma ideia repentina, Charles perguntou:

– Para onde está indo, capitão Wentworth? Somente até Gay Street, ou mais adiante?

– Nem eu sei bem – retrucou o capitão Wentworth, surpreso.

– Vai até Belmont? Vai passar perto de Camden Place? Porque, se for, não terei escrúpulos em lhe pedir que assuma meu lugar e dê o braço a Anne para acompanhá-la até a casa do pai. Está bem fatigada desta manhã, e não deve ir tão longe sem companhia, e eu preciso encontrar aquele sujeito em Market Place. Ele prometeu me mostrar uma arma excelente que está prestes a despachar; disse que a manteria desembrulhada até o último instante possível para que eu pudesse vê-la; se eu não voltar agora mesmo, perderei a oportunidade. Pela descrição dele, se parece muito com aquela minha de cano duplo que o senhor usou certo dia próximo a Winthrop.

Não havia qualquer objeção. Havia apenas a mais apropriada prontidão e a mais amável aquiescência, condizentes com o espaço público; sorrisos contidos e espíritos que bailavam em um enleio secreto. Em meio minuto, Charles já estava de novo no final da Union Street, e os dois seguiram juntos; logo palavras suficientes haviam sido trocadas entre eles para que decidissem tomar o rumo do caminho de cascalho, comparativamente mais tranquilo e reservado, onde o poder da conversa de fato transformou o presente em uma bênção e o preparou para toda a imortalidade que as mais felizes considerações quanto a seu futuro juntos podiam conceder. Ali trocaram novamente os sentimentos e as juras que no passado haviam parecido ser a garantia de tudo, mas que haviam sido sucedidos por muitos, muitos anos de distância e separação. Ali revisitaram outra vez o passado, talvez, mais intensamente felizes na sua nova união do que na primeira; mais afetuosos, mais experientes, mais seguros do caráter, da sinceridade e do afeto um do outro; mais capazes de agir e mais justificados em fazê-lo. E ali, ao subir lentamente o caminho, alheios a qualquer outro grupo à sua volta, sem enxergar os políticos saltitantes, as governantas atarefadas, as moças namoradeiras, ou as babás com suas crianças, puderam se entregar a essas lembranças e reconhecimentos, e sobretudo à explicação dos acontecimentos que haviam antecedido imediatamente aquele momento, que eram de interesse tão pungente e tão inesgotável. Todas as mínimas variações da semana anterior foram repassadas; e as da véspera e as da manhã desse mesmo dia pareciam que nunca teriam fim.

Ela não o interpretara mal. O ciúme que sentira do sr. Elliot havia sido de fato o peso, a dúvida, o tormento que o paralisara. Este começara a agir desde o primeiro instante de seu encontro com ela em Bath; e retornara, após um curto intervalo, para arruinar o concerto; o influenciara em tudo o que tinha dito, feito ou deixado de dizer ou fazer durante as últimas vinte e quatro horas. Aos poucos começara a enfraquecer diante da esperança mais feliz que os olhares, as palavras ou as ações de Anne ocasionalmente davam a entender; e fora finalmente derrotado pelos sentimentos e pelo tom de voz que ele pudera escutar durante a conversa dela com o capitão Harville; e fora sob o seu domínio irresistível que ele pegara uma folha de papel e derramara os próprios sentimentos.

Nada do que ele havia escrito deveria ser retirado ou relativizado. Insistia que nunca amara ninguém exceto ela. Ela nunca fora substituída. Ele não acreditava nem mesmo algum dia ter conhecido uma mulher que se igualasse a ela. Ao menos uma coisa era obrigado a reconhecer: que havia sido fiel de modo inconsciente, não intencional, até. Que tivera a intenção de esquecê-la, e que acreditava tê-la esquecido. Havia se imaginado indiferente, quando na verdade estava apenas zangado. Também fora injusto em relação aos seus méritos, pois estes o tinham feito sofrer. Seu caráter estava agora gravado em sua mente como a própria imagem da perfeição, o mais belo exemplo de coragem e delicadeza. Contudo, era obrigado a admitir que somente em Uppercross havia aprendido a lhe fazer justiça, e que somente em Lyme havia começado a entender os próprios sentimentos. Em Lyme, havia aprendido lições de mais de um tipo. A admiração passageira do sr. Elliot pelo menos o fizera despertar, e as cenas no quebra-mar e na casa do capitão Harville haviam confirmado a superioridade de Anne.

Quanto às suas tentativas anteriores de se afeiçoar a Louisa Musgrove, motivadas por um orgulho ferido, afirmou que sempre julgara isso impossível; que não gostara, que não podia gostar de Louisa; embora até esse dia, até depois de ter podido refletir, não tivesse sido capaz de entender a excelência e a perfeição da mente com a qual a de Louisa mal podia se comparar, ou o poder absoluto e sem rival que esta exercia sobre a dele mesmo. Somente então havia aprendido a diferenciar firmeza de princípios da obstinação teimosa, arroubos temerários da resolução de uma mente ponderada. Somente ali vira tudo aquilo capaz de exaltar em sua estima a mulher que perdera; e começara então a lastimar o orgulho, a loucura, a insensatez do ressentimento que o impediram de tentar reconquistá-la quando ela ressurgiu em seu caminho.

A partir dessa data, sua penitência havia sido severa. Logo depois de superados o horror e o remorso dos primeiros dias após o acidente de Louisa, logo depois de recomeçar a se sentir vivo, havia percebido que, embora vivo, não estava livre.

– Descobri que Harville me considerava um homem comprometido! – disse ele. – Que nem Harville nem a esposa tinham qualquer dúvida quanto a nosso afeto mútuo. Fiquei surpreso e chocado. Até certo ponto, pude contradizê-lo na hora; porém, quando comecei a refletir que outras pessoas talvez tivessem pensando a mesma coisa... a família dela, ou até mesmo a própria Louisa... não pude mais agir como gostaria. Minha honra me obrigava a ser dela caso ela assim desejasse. Eu havia sido descuidado. Não havia pensado seriamente no assunto antes. Não havia considerado que meu excesso de intimidade tinha o perigo de trazer más consequências em muitos sentidos; que eu não tinha o direito de tentar ver se conseguia me afeiçoar a alguma das duas moças, sob o risco de gerar algum boato desagradável, ainda que não houvesse outros efeitos negativos. Eu agira de modo muito errado, e tinha de aguentar as consequências.

Enfim, havia descoberto, tarde demais, que estava enredado; e que, justamente quando estava certo de não nutrir qualquer afeto por Louisa, tinha de se considerar comprometido com ela caso os sentimentos dela fossem como os Harville supunham. Isso o convenceu a deixar Lyme e aguardar em outro lugar o seu completo restabelecimento. Tentaria de bom grado enfraquecer, por todos os meios legítimos possíveis, qualquer sentimento ou suposição a seu respeito que pudesse existir; assim, fora para a casa do irmão com a intenção de voltar a Kellynch depois de algum tempo e agir como exigiriam as circunstâncias.

– Passei seis semanas com Edward – disse ele –, e julguei-o feliz. Não conseguia ter qualquer outro prazer. Não merecia nenhum. Ele me perguntou especificamente pela senhorita; perguntou até se estava muito mudada fisicamente, sem desconfiar que, aos meus olhos, a senhorita jamais poderia mudar.

Anne sorriu e deixou-o passar. Era um equívoco agradável demais para ser corrigido. É importante para uma mulher de quase vinte e oito anos ser tranquilizada quanto a não ter perdido nenhum dos charmes da juventude; mas o valor desse elogio era indescritivelmente mais intenso para Anne pela comparação com palavras anteriores e por sentir que era o resultado, e não a causa, do ressurgimento de seu caloroso afeto.

Ele permanecera em Shropshire, deplorando a cegueira do próprio orgulho e os erros dos próprios cálculos, até se ver subitamente liberado de Louisa pela espantosa e feliz notícia de seu noivado com Benwick.

– Foi então – disse ele – que a pior parte da minha situação chegou ao fim; pois agora poderia ao menos começar a me mover em direção à felicidade; podia me esforçar; podia fazer alguma coisa. Mas ter esperado tanto tempo sem agir, esperando apenas o pior, tinha sido terrível. Em menos de cinco minutos eu disse a mim mesmo: "Estarei em Bath na quarta-feira", e foi o que fiz. Terá sido imperdoável pensar que valia a pena vir? E chegar munido de alguma esperança? A senhorita estava solteira. Era possível que, assim como eu, ainda conservasse os sentimentos do passado. Além do mais, eu tinha um motivo para me animar. Jamais poderia duvidar que a senhorita tornaria a ser amada e cortejada por outros, mas sabia com certeza que havia recusado pelo menos um homem mais ilustre do que eu; e não podia evitar perguntar a mim mesmo com frequência: "Terá sido por minha causa?".

Houve muito o que falar sobre seu primeiro encontro em Milsom Street e ainda mais sobre o concerto. Aquela noite parecia ter sido constituída inteiramente de momentos inesquecíveis. O momento em que ela havia se adiantado para falar com ele no Salão Octogonal, o instante em que o sr. Elliot havia aparecido e a levado embora, e mais um ou dois instantes subsequentes marcados pelo ressurgimento da esperança ou pelo aumento do desânimo foram debatidos com energia.

– Ver a senhorita – exclamou ele –, vê-la no meio de pessoas que não poderiam desejar o meu bem; ver o seu primo tão próximo, conversando e sorrindo, e pensar em todas as horríveis vantagens e conveniências de tal enlace! Pensar que este devia ser o desejo certo de qualquer pessoa que pudesse esperar influenciá-la! Mesmo que seus próprios sentimentos fossem relutantes ou indiferentes, imaginar o forte apoio de que ele dispunha! Será que isso não bastava para fazer de mim o tolo que eu aparentava ser? Como assistir àquilo sem agonia? A simples visão da amiga sentada atrás da senhorita, a lembrança do que acontecera, o conhecimento da influência dela, a impressão indelével, inalterável do que sua persuasão um dia havia realizado... não estava isso tudo contra mim?

– O senhor deveria ter diferenciado as duas situações – respondeu Anne. – Não devia ter duvidado de mim agora; a situação é muito diferente, minha idade também. Se errei ao ceder uma vez à persuasão, lembre-se de que cedi em favor da segurança, não do risco. Quando cedi, pensei estar cedendo ao dever, mas no caso atual não é possível alegar qualquer dever. Se me casasse com um homem que me é indiferente, teria corrido todos os riscos e violado todos os deveres.

– Talvez eu devesse ter raciocinado assim – respondeu ele –, mas não consegui. Não consegui me beneficiar do recente conhecimento que havia adquirido sobre seu caráter. Não consegui fazer uso dele. Estava soterrado, incapacitado, perdido em meio aos velhos sentimentos sob os quais eu vinha sofrendo ano após ano. Conseguia pensar apenas na senhorita como alguém que havia cedido, que havia desistido de mim, que teria se deixado influenciar por qualquer outra pessoa exceto por mim. Encontrei-a acompanhada pela mesma pessoa que a havia aconselhado naquele ano de sofrimento. Não tinha motivos para pensar que sua autoridade agora houvesse diminuído. Era preciso acrescentar a ela a força do hábito.

– Imaginei que meu comportamento para com o senhor poderia lhe ter poupado todas essas dúvidas – disse Anne.

– Não, não! Seu comportamento talvez refletisse apenas a descontração conferida por um noivado com outro. Foi acreditando nisso que a deixei; ainda assim, estava decidido a vê-la de novo. Pela manhã minha disposição melhorou, e senti que ainda tinha um motivo para permanecer na cidade.

Por fim, Anne estava em casa outra vez, e mais alegre do que qualquer um naquela casa poderia imaginar. Com toda a surpresa, a incerteza e todas as outras partes dolorosas da manhã dissipadas por essa conversa, entrou mais uma vez em casa, tão feliz que foi obrigada a temperar essa felicidade com algumas apreensões passageiras de que esta não poderia perdurar. Um intervalo de reflexão, séria e agradecida, era o melhor remédio para todos os perigos de uma felicidade tão intensa. Retirou-se para o quarto e sentiu-se firme e destemida em meio à gratidão por sua ventura.

A noite chegou, os salões foram iluminados, o grupo se reuniu. Era apenas uma reunião de carteado, apenas uma mistura de pessoas que nunca haviam se encontrado antes, e de pessoas que se encontravam com demasiada frequência; um acontecimento banal, numeroso demais para ser íntimo e pequeno demais para ser variado. Entretanto, para Anne, nunca houvera noite mais curta. Radiante e adorável em sensibilidade e felicidade, e em geral mais admirada do que imaginava ou se importava, ela demonstrou alegria e paciência com todos que a rodeavam. O sr. Elliot estava presente; evitou-o, mas conseguiu ter pena dele. Divertiu-se tentando entender os Wallis. Lady Dalrymple e a srta. Carteret em breve seriam para ela apenas duas primas inofensivas. Mostrou-se indiferente à sra. Clay; e não encontrou qualquer motivo para se envergonhar no comportamento do pai e da irmã. Com os Musgrove teve as alegres conversas propiciadas por uma total descontração; com o capitão Harville, uma relação amigável entre irmão e irmã; com Lady Russell, tentativas de conversa que uma deliciosa consciência interrompia; com o almirante e a sra. Croft, toda singular cordialidade e fervoroso interesse que a mesma consciência buscava ocultar; e, com o capitão Wentworth, instantes de comunicação que ocorreram com frequência, e sempre na esperança de haver outros, e sempre com a consciência de que ele estava presente.

Foi durante um desses breves encontros, ambos aparentemente dedicados à admiração de uma bela planta de estufa, que ela disse:

– Estive pensando no passado, e tentando distinguir com imparcialidade o certo do errado, com relação a mim mesma, quero dizer; e devo acreditar que, por mais que tenha me feito sofrer, tive razão, tive inteira razão em me deixar guiar pela amiga que o senhor irá aprender a amar mais do que ama agora. Para mim, ela era mãe. Não me entenda mal. Não estou dizendo que ela não errou em seu conselho. Talvez esse tenha sido um daqueles casos em que o conselho só é bom ou ruim dependendo de como o evento se desenrola. Eu, de minha parte, com certeza jamais darei um conselho parecido em nenhuma circunstância parecida. O que quero dizer é que tive razão em acatar-lhe o conselho, e que, caso tivesse agido de outra forma, teria sofrido mais prolongando o compromisso do que sofri ao rompê-lo, porque teria sofrido na consciência. Hoje, até onde tal sentimento é possível para a natureza humana, não tenho nenhum motivo para repreender a mim mesma; e, se não me engano, um forte senso de dever não é uma coisa ruim para uma mulher.

Olhou para ela, olhou para Lady Russell e, olhando para ela de novo, respondeu como se numa fria deliberação:

– Ainda não, mas há esperança de que ela seja perdoada com o tempo. Acredito que logo terei simpatia por ela. Também estive pensando no passado e me questionei se não haveria outra pessoa que era mais minha inimiga do que essa senhora? Eu mesmo. Diga-me, quando voltei à Inglaterra, no ano oito, de posse de alguns milhares de libras, e nomeado capitão do Laconia, se nessa época eu houvesse lhe escrito, a senhorita teria respondido à minha carta? Isto é, teria reatado o noivado nessa ocasião?

– Se eu teria reatado? – foi tudo que ela respondeu; mas seu tom não deu margem a dúvidas.

– Bom Deus! – exclamou ele. – Teria aceitado! Não que eu não tivesse pensado nisso, nem o desejado, pois era a única coisa capaz de coroar todos os meus outros sucessos; mas fui orgulhoso, orgulhoso demais para pedir mais uma vez. Não a entendia. Fechei os olhos, me recusei a entendê-la e a lhe fazer justiça. Essa é uma lembrança que deveria me fazer perdoar a todos antes de perdoar a mim mesmo. Seis anos de separação e sofrimento poderiam ter sido evitados. Esse também é um novo tipo de dor para mim. Estou acostumado à satisfação de me julgar merecedor de todas as bênçãos que recebo. Orgulhava-me de receber recompensas justas por esforços honrados. Assim como outros grandes homens que passam por reviravoltas na vida – acrescentou ele com um sorriso –, preciso tentar submeter minha mente à minha sorte. Preciso aprender a tolerar ser mais feliz do que mereço.

Capítulo 24

Quem pode duvidar do que se sucedeu? Quando dois jovens decidem se casar, é certo que, graças à perseverança, acabem por consegui-lo, quer sejam pobres ou imprudentes, ou mesmo pouco adequados ao bem-estar futuro um do outro. Talvez essa seja uma péssima moral para concluir esta história, mas acredito que seja verdadeira; e, se tais casais obtêm sucesso, como poderiam um certo capitão Wentworth e uma Anne Elliot, favorecidos pela maturidade mental, pela consciência de seu direito, e por uma fortuna independente, fracassar em derrotar qualquer oposição? Na verdade, poderiam ter suportado bem mais do que tiveram de enfrentar, pois pouca coisa os perturbou além da falta de cortesia e de amabilidade. Sir Walter não fez qualquer objeção, e Elizabeth não fez nada pior que adotar um ar frio e indiferente. O capitão Wentworth, dono de uma fortuna de vinte e cinco mil libras, e tão bem-sucedido em sua profissão quanto o mérito e a atividade permitiam, não era mais um homem qualquer. Era agora considerado digno o suficiente para cortejar a filha de um baronete tolo e perdulário, desprovido da sensatez ou dos princípios necessários para se manter na situação em que a Providência o fizera nascer, e que agora podia dar à filha apenas uma pequena parcela das dez mil libras que deveriam lhe caber mais tarde.

Na verdade, Sir Walter, apesar de não nutrir qualquer afeto por Anne, e embora sua vaidade não tivesse sido acariciada o bastante para deixá-lo feliz na ocasião, estava longe de pensar que o capitão era um mau partido para ela. Pelo contrário, depois de ver o capitão Wentworth mais vezes, depois de observá-lo muitas ocasiões à luz do dia, de encará-lo muito bem, ficou muito impressionado com seus charmes pessoais, e julgou que a superioridade de sua aparência talvez se igualasse à superioridade de classe de Anne. Tudo isso, aliado ao fato de seu nome lhe soar agradável aos ouvidos, permitiu a Sir Walter finalmente empunhar a caneta, de muito bom grado, para anotar o casamento no livro de honra.

A única pessoa entre eles cujos sentimentos hostis poderiam despertar grande ansiedade era Lady Russell. Anne sabia que ela devia estar sofrendo para compreender a situação e renunciar ao sr. Elliot e lutando consigo mesma para conhecer e fazer justiça ao capitão Wentworth. Isso, porém, era o que Lady Russell tinha de fazer, agora. Precisava entender que se enganara a respeito de ambos; que havia sido injustamente influenciada pelas aparências em ambos os casos; e que, como os modos do capitão Wentworth não se encaixavam com suas próprias expectativas, havia sido rápida demais em desconfiar que indicavam um caráter perigosamente impetuoso; e que, como os modos do sr. Elliot haviam-na agradado exatamente por sua propriedade e correção, por sua polidez e delicadeza geral, havia sido rápida demais em julgá-los o resultado de opiniões corretas e de uma mente bem-equilibrada. Restava-lhe agora apenas admitir que estivera completamente equivocada e adotar um novo conjunto de opiniões e esperanças.

Algumas pessoas possuem uma rapidez de percepção, uma habilidade no discernimento do caráter, uma compreensão natural, em suma, que em outras pessoas nenhuma experiência é capaz de igualar. Lady Russell havia sido menos bem dotada nesse quesito do que sua jovem amiga. Era, porém, uma mulher excelente, e se seu segundo objetivo era ser sensata e fazer um juízo correto das coisas, o primeiro era ver Anne feliz. Amava Anne mais do que amava as próprias qualidades e, quando o constrangimento inicial havia sido superado, não teve muita dificuldade para desenvolver um afeto maternal pelo homem que estava garantindo a felicidade daquela sua outra filha.

De todos na família, Mary foi provavelmente quem ficou mais satisfeita de imediato com o acontecimento. Ter uma irmã casada era muito respeitável, e poderia se gabar de ter tido um papel muito importante naquele enlace, por ter hospedado Anne consigo durante o outono. Além disso, como sua irmã precisava ser melhor do que as irmãs de seu marido, era muito agradável que o capitão Wentworth fosse mais rico que o capitão Benwick e que Charles Hayter. Talvez tenha tido um motivo para sofrer, quando as duas tornaram a se encontrar, por ver Anne restaurada aos seus direitos de irmã mais velha, além de agora ser proprietária de um belo landau; mas podia prever um futuro de grandes consolos. Anne não tinha um Uppercross Hall para herdar, não tinha propriedades, nem a chefia de uma família; e, se ao menos fosse possível impedir o capitão Wentworth de se tornar baronete, ela e Anne não trocariam de posição.

Seria bom que a mais velha das três irmãs se contentasse igualmente com sua situação, pois uma mudança ali não era muito provável. Logo sofrera a humilhação de ver o sr. Elliot se afastar e, desde então, nenhum outro com as condições necessárias se apresentou para sequer criar as esperanças infundadas que com ele naufragaram.

A notícia do noivado da prima Anne se abateu sobre o sr. Elliot inesperadamente. Viera para estragar seus planos mais bem-elaborados de felicidade doméstica, sua maior esperança de manter Sir Walter solteiro graças à atenção que os direitos de genro lhe teriam concedido. No entanto, embora frustrado e decepcionado, ainda era capaz de fazer algo em prol do próprio interesse e da própria satisfação. Foi embora de Bath pouco tempo depois; com a partida da sra. Clay, logo em seguida, e as notícias que chegaram de que ela estava instalada em Londres sob sua proteção, seu jogo duplo ficou evidente, assim como ficou evidente também o quão estava determinado a não ser derrotado por, ao menos, uma mulher astuciosa.

A afeição da sra. Clay levara a melhor sobre seus interesses, e sacrificara pelo rapaz a possibilidade de tramar por mais tempo para conquistar Sir Walter. No entanto, ela possuía seus talentos, além dos afetos; e agora já não se sabia mais qual das duas inteligências astuciosas levaria a melhor, a dele ou a dela; nem se, depois de impedir que ela se tornasse a esposa de Sir Walter, ele talvez não viesse a ser convencido e adulado o suficiente para no final das contas transformá-la em esposa de Sir William.

Não havia dúvida de que Sir Walter e Elizabeth ficaram chocados e mortificados com a perda de sua companheira e com a descoberta de sua duplicidade. Ainda tinham, é bem verdade, as grandiosas primas, junto às quais podiam buscar consolo; mas sentiriam por muito tempo que bajular e seguir os outros, sem ser bajulado e seguido por sua vez, era um estado de apenas meia satisfação.

Anne, obtendo logo a certeza de que Lady Russell tinha a intenção de amar o capitão Wentworth como deveria, não tinha mais nada que embotasse sua futura felicidade a não ser a consciência de não ter para apresentar a ele nenhum parente do tipo que um homem sensato pudesse valorizar. Nesse ponto, sentia muito intensamente a própria inferioridade. A desproporção de suas posses não era nada, e não lhe causava um momento de pesar; mas não ter uma família que o recebesse e estimasse adequadamente, que fosse respeitável, harmoniosa ou simpática para oferecer em troca de toda a estima e acolhida imediata que recebeu dos irmãos e das irmãs dele, constituía uma fonte tão aguda de pesar, quanto sua mente era capaz de experimentar em circunstâncias que eram, sob todos os outros aspectos, de intensa felicidade. Anne tinha apenas duas amigas no mundo para acrescentar à lista do marido: Lady Russell e a sra. Smith. A estas, porém, ele se mostrou muito disposto a se afeiçoar. Apesar de todos os erros cometidos por Lady Russell no passado, nutria por ela agora uma estima sincera. Embora não chegasse a dizer que a julgava certa por tê-los separado no passado, estava disposto a dizer quase tudo o mais a seu favor, e a sra. Smith, por sua vez, possuía várias qualidades para conquistar sua estima de forma rápida e permanente.

As boas ações recentes da sra. Smith para com Anne já bastavam para recomendá-la, e o casamento deles, em vez de privá-la de uma amiga, garantiu-lhe dois. Foi a primeira pessoa a visitar o casal em sua nova casa, e o capitão Wentworth, ajudando-a a iniciar o processo de recuperação da propriedade do marido nas Índias Ocidentais, ao escrever em seu nome, agir em seu nome e ajudá-la com todas as pequenas dificuldades do caso com a presteza e o esforço de um homem destemido e amigo determinado, retribuiu plenamente os serviços que ela havia prestado ou que alguma vez pretendera prestar à sua esposa.

A alegria da sra. Smith não foi em nada diminuída por essa melhoria em sua renda, acompanhada de uma melhoria de saúde e da aquisição de amigos que podia encontrar com frequência, pois sua boa disposição e energia mental não lhe faltaram. Enquanto essas principais fontes de felicidade perdurassem, seria capaz de enfrentar até mesmo níveis mais elevados de prosperidade material. Poderia ter se tornado extremamente rica e perfeitamente saudável, ainda assim continuaria feliz. A fonte de sua felicidade estava no resplandecer de seu espírito, assim como a de sua amiga Anne estava na ternura de seu coração. Anne era a doçura encarnada, e encontrava no afeto do capitão Wentworth uma retribuição inteiramente à altura. A única coisa que poderia fazer os seus amigos desejarem que esse afeto fosse menor era a profissão dele, e o temor de uma futura guerra era a única sombra capaz de obscurecer sua luz. Anne tinha orgulho de ser esposa de um marinheiro, mas era obrigada a pagar o preço da preocupação contínua pelo fato de o marido pertencer a uma profissão que, caso seja possível, distingue-se ainda mais pelas virtudes domésticas do que pela importância nacional.

SIGA NAS REDES SOCIAIS:

@editoraexcelsior

@editoraexcelsior

@edexcelsior

@editoraexcelsior

editoraexcelsior.com.br